書下ろし

ざ・だぶる

安達 瑶

目次

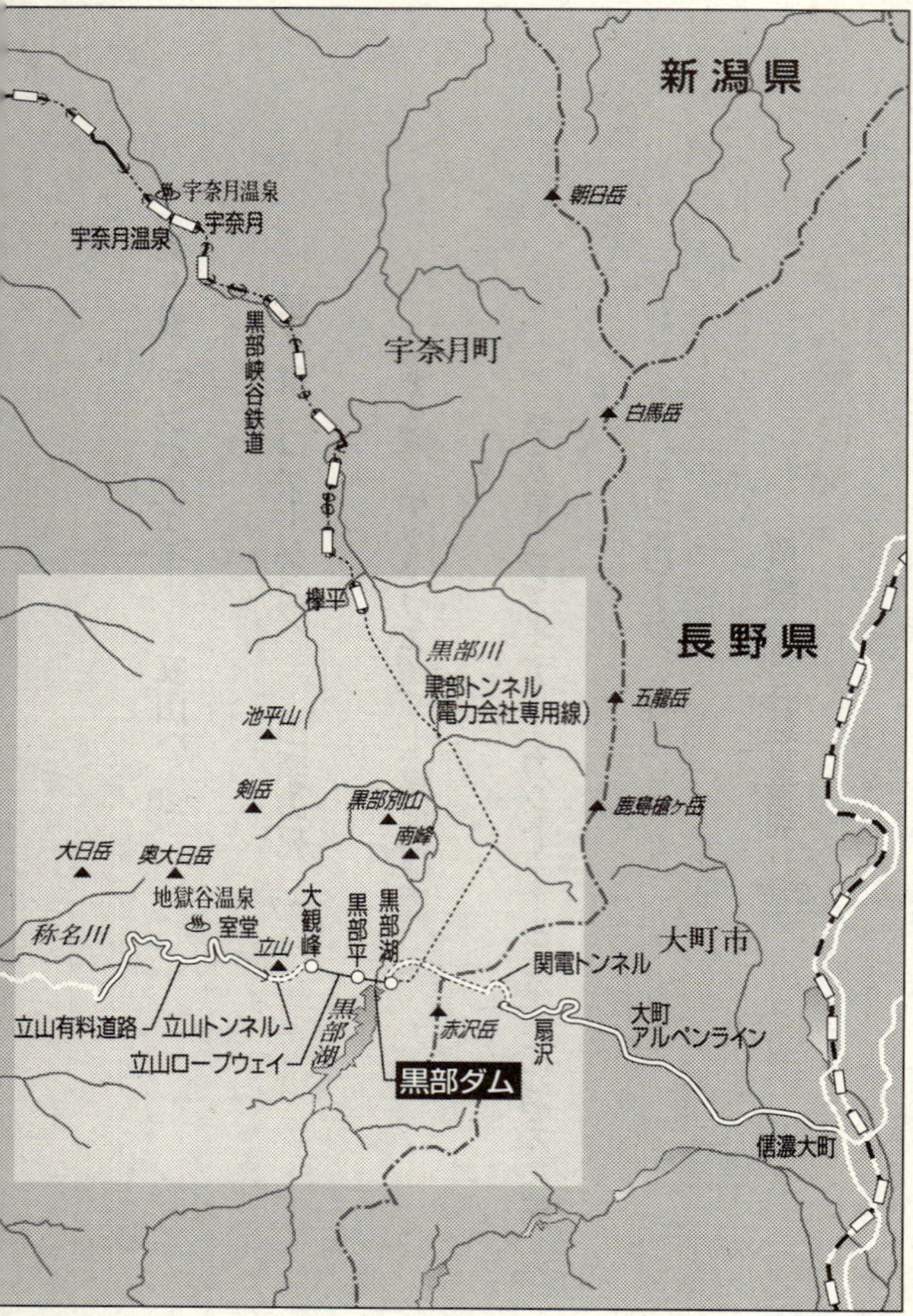

新潟県
宇奈月温泉
宇奈月温泉
宇奈月
朝日岳
黒部峡谷鉄道
宇奈月町
白馬岳
欅平
長野県
黒部川
黒部トンネル
(電力会社専用線)
池平山
五龍岳
剣岳
黒部別山
鹿島槍ヶ岳
南峰
大日岳
奥大日岳
地獄谷温泉
大観峰
黒部平
黒部湖
室堂
称名川
立山
大町市
関電トンネル
黒部湖
赤沢岳
大町
アルペンライン
扇沢
立山有料道路
立山トンネル
立山ロープウェイ
黒部ダム
信濃大町

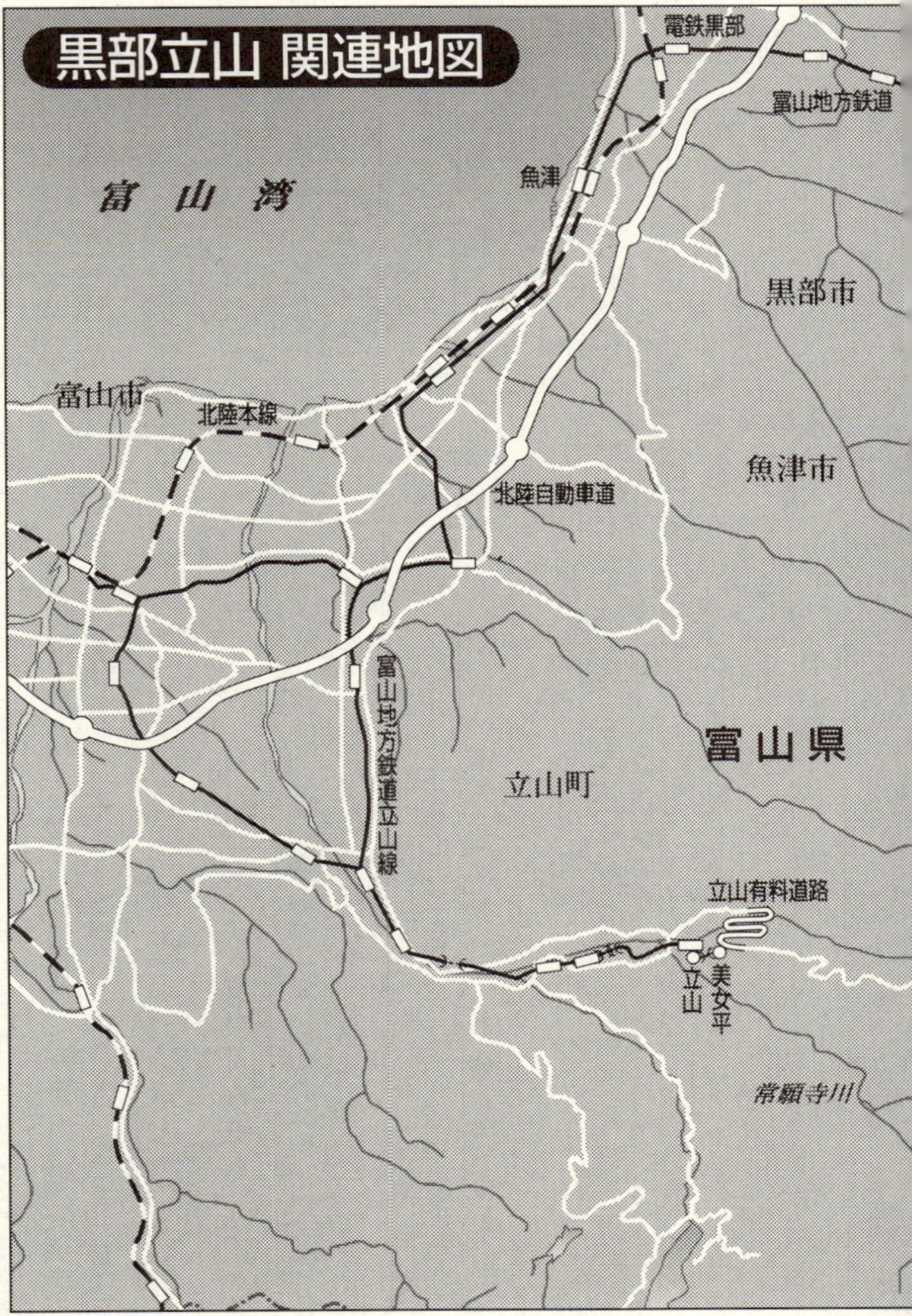
黒部立山 関連地図
電鉄黒部
富山地方鉄道
魚津
富山湾
黒部市
富山市
北陸本線
魚津市
北陸自動車道
富山地方鉄道立山線
富山県
立山町
立山有料道路
立山
美女平
常願寺川

プロローグ

初夏とはいえ、高く険しい連峰から吹きおろす風は凍《こお》るようだ。

その冷たい夜明けの空気を、車のエンジン音が切り裂いた。

急な斜面を薄茶色の4WDが強引に登ってきた。登山道が狭まった地点で4WDは動きを止め、中から男が一人、突き飛ばされるようによろめき出た。

男の両腕は、後ろ手に縛《しば》られている。山岳地帯のど真ん中にもかかわらず、都会でビジネスをしているようなスーツ姿が異様だ。

ダウンジャケット姿の男が二人、続いて降りた。スーツの男を追い立てるようにして、狭い登山道に入ってゆく。砕《くだ》けた岩石が続く道には、豪雪地のせいか低木の茂みがあるばかりだ。

運転席から、また一人、背の高い男が降り立った。初老のようだが、その精悍《せいかん》な顔つきと革のジャケットに包まれた筋肉質の肉体が、彼を年齢不詳に見せている。

手を縛られた男は普通の革靴、他の三人はアウトドア用のがっしりしたブーツを履《は》いている。

骨をぽきぽき折る音に似た砂利《じゃり》を踏みしめる音と、四人の息だけが聞こえる。

道もないような茂みの中をしばらく歩くと、開けた場所に出た。僅《わず》かな広さの平地で、上には尾根の稜線が間近に迫っている。朝靄《あさもや》を透《すか》して、向かい側の山の斜面が見えた。

何度も逃げようとしたスーツの男は、そのたびに両脇を取り押さえられた。

男は、銀色のダクトテープで猿轡《さるぐつわ》をされ、喉《のど》の奥から呻《うめ》き声をあげ続けている。

両脇の二人が無言のまま、男を跪《ひざまず》かせた。

男の顔から、たちまち恐怖と寒さで血の気が失《う》せていく。

後から来た長身の男が、周囲を見渡して黒い革の手袋をはめた。そしてジャケットの内ポケットから、大きな刃渡りのマウンテン・ナイフを取り出した。

男は目を剝《む》き、首をもげそうなほどに激しく振った。股間に黒い染《し》みが広がった。

ナイフを持った男は素早く生贄《いけにえ》の後ろに回り、喉元にナイフを突きつけた。

朝靄が晴れ、木々の合間から光が射してきた。向かい側の山の斜面も、はっきりと見える。

その向こうの山の斜面から、ぱん、という爆竹のような音がして、何かがぴかっと光った。

それを合図にするように、長身の男はナイフをすっと引いていた。

テープで口を塞《ふさ》がれた生贄の喉から、野獣の咆哮《ほうこう》のような音が響き渡った。

数羽の鳥が鋭い声を発し、逃げるように飛び去った。

男の喉からは大量の血がほとばしり、やがて、その体は前に崩れ落ちた。

返り血を浴びることもなく、長身の男がうなずいた。控えていた二人が血まみれの死体を稜線まで運び上げ、山の反対側の斜面に投げ落とした。

男の体は、裸の山肌に雑草のようなものの生える斜面をバウンドしながら転がり落ち、やがて見えなくなった。

「カット！」

監督の怒鳴り声が聞こえた。

山々を見渡す絶景をバックに、若い女が倒れていた。胸は赤く血に染まっている。そのかたわらに、顔面蒼白の男が猟銃を構えて立っていた。その銃口から煙りが一筋、上がっている。

「ＯＫっ！」

映画用の大型キャメラや照明器具などの機材が、周辺に配置されていた。大勢のスタッフも待機しており、監督の声がかかると、ざわざわと動きだした。雪の上に倒れていた女が、ゆっくりと起きあがって微笑《ほほえ》んだ。男も猟銃を降ろして、ホッとした表情だ。

「よし、次は、速水《はやみ》君のアップだ」

監督は、猟銃を持った男優の顔の前で指を四角に交差させてフレームを作った。

「こういうクロースアップ、な」

指示を受けた撮影監督が頷いて準備にかかった、その時。

「監督。ちょっと済みません。今のテイク、本番中にノイズが」

ヘッドフォンを耳に当て、小型録音機を抱いた録音技師が待ったをかけた。

「リテイクをお願いします」

「ああ……さっきの悲鳴みたいな音ね」

監督は谷の向こうを見やり、キャメラの傍《かたわら》の撮影監督と目を見交わしてから言った。

「いや。ここはアフレコでいい。芝居が最高だったんだ」

監督のその言葉に、撮影監督も頷いて言い添えた。

「悪いけど、朝の光線が欲しいんだ。あと三十分が勝負だから」

その言葉に録音技師も了解し、次のショットの準備が始まった。

「なあ、でも、山の向こうで、なんかぴかっと光らなかったか？」

セカンド助監督がカチンコを持ったサード助監督に囁《ささや》いた。

「ラッシュ見てNG、なんての、嫌だぞ」

「だって監督がOKなんですから。画にうるさいヒトだから、バックがまずけりゃNG出ますよ」

そう言うと、下働きのサードは次のアップを撮る俳優のほうにすっ飛《と》んで行った。

早朝特有の柔らかな光線は僅かな時間しか続かない。撮影クルーは、向かい側の山で何があったのか考える暇もなく、忙しく動き出していた……。

第1章　プリプロダクション――持ち込まれたフィルム

「ああっ……あ……そんな。そんなにされたら……」

シングルサイズのベッドのうえで、白い裸身がのたうった。

かなりのグラマーだ。細身が多い今どきの若い女にしてはボリュームがある。おれを跳《は》ねのけようとする力も強い。しっとりと汗に濡れた肌はすべらかで、押さえつけるとすり抜けていきそうだ。

頭に錐《きり》を打たれ全身を波打たせるウナギを、おれは何となく連想した。

だが、おれの打った錐は別のところで、しっかりと女の躰《からだ》を貫いている。

おれの相手は看護婦の真奈美《まなみ》だ。色白で巨乳。小柄だがバストが大きく、その割にはくびれたウェストが目を惹《ひ》いた。本郷《ほんごう》の大学病院の待合室で、患者の名前を呼んでいるのに目をつけて、その日のうちにコマしたのだ。

くっきりとした二重《ふたえ》の大きな瞳《ひとみ》がチャーミングな真奈美だが、鼻はつまんだように小さい。唇もふっくらとしているが小さい。童顔だ。

その愛らしい顔が眉根《まゆね》に皺《しわ》を寄せ、目をきつく閉じて、唇から激しい喘《あえ》ぎを洩《も》らしていた。おれの緩急自在の腰づかいとテクニックは、女からどんな声でも引き出せる。

時おり激しく突き上げてやると、真奈美は驚いたような悲鳴をあげた。

躰が熟《う》れているわりにはセックスを知らないな、とおれは思った。

「いや。いや、いや……もう、やめて。あたし……おかしくなっちゃう！」

未知の感覚に怯《おび》えたように顔を必死に左右に振っている。バネのある全身を波打たせ、真奈美はおれから逃れようとしていた。

ここは秋葉原《あきはばら》に近いオフィス街。おれの自宅ではない。雑居ビルにある知り合いのオフィスだから、女の絶叫を聞かれても構わないところがいい。

「ちょっと……抜いてよ。休ませて。止めてくれるだけでもいいから……」

「駄目だ。このままおかしくなっちまえ！」

真奈美は目を見開いて、おれを見上げた。『地《じ》』に戻ったおれの態度に驚いているのだ。

「なんだか……あなた、人が変わったみたい」

そう。おれは不器用で気弱な『母性本能をくすぐる男』を演じて、この女を落としたのだ。

おれは顔立ちは整っているし、表情によっては甘いマスクになる。鼻筋が通っているのがノーブルっぽいのだそうだ。目が鋭いといわれる事もあるが、笑えば柔和《にゅうわ》になるから女は油断する。背も平均よりは高いほうだ。粗食の上に日夜の活動のおかげで躰は引き締まっている。本来の『あぶない地』さえ出なければ、女には滅法ウケがいい。

おれは、目の下で波打つ真奈美の巨乳の先端にむしゃぶりついた。その見事なバストは仰向《あおむ》けにされても横に流れていない。こんもりと形良く盛り上がっている。その真っ白なドームの先端に、苺《いちご》のような乳首が、汗を浮かべて濡れ光っている。

おれがそこをかわるがわるに吸ってやると、真奈美はさらに悲鳴をあげて上体をひときわ激しくのたうたせた。

かなりいい反応だ。おれは、女がヨガり狂ってうろたえ、コントロールを失っていくのを見るのが好きだ。その点、この女はいい線をいっている。

縄をかけてみたい躰だな、とおれは思った。

柔らかいが弾力に富んだ、メリハリのあるプロポーション。それに真っ白な肌も理想的だ。この躰に縄を食い込ませれば、さぞかし見応《ごた》えがあるだろう。

真奈美の熱い痴肉から、おれは自分のものを引き抜いた。それは少しも萎《な》えず、鋼《はがね》のような硬度を保っている。角度も鋭いままだ。

「ひどい……死ぬかと思った……こんなの、初めて」

「お前、けっこうヨガってたぜ。おまんこもよく締まったし」

「やだ。下品ね。こんな人だなんて思わなかった」

言葉とは裏腹にまんざらでもなさそうだ。そのままぐったり横たわろうとする彼女を、おれは無理やり腕をとって引き起こし、ベッドの上でよつんばいにさせた。

「休ませて、って言ったのに」

そう抗議しながらも、真奈美は本気で抵抗しない。おれが今度はバックからやると思っていて、獣《けもの》のような姿勢で犯される自分の姿を想像しているのかもしれない。

だがおれは、今ここで彼女を縛《しば》るつもりだった。ロープはベッドの下に隠してある。

そのチャンスを狙《ねら》いつつ、性欲とは別におれは醒《さ》めていた。他の大抵のことと同様、おれは女にもすぐ飽きる。この真奈美だって明日には飽きる。その日その時、その瞬間でなければ味わえない快楽が、絶対にあるのだ。

そう思ったところで、おれはあの医者の言葉を思い出した。

『だからそういうのが人格障害だっていうの。まともな人間なら、刹那《せつな》的な快楽より、永続きする絆《きずな》とか信頼を育てようとするでしょう？　そういう、マグロの乱獲みたいなことばっかりやっててどうするのよ？　サイコパスよ、あなた』

医者のくせにズケズケと物を言いやがって……おれはムカついた。

いかん。悪いものを思い出してしまった。おれとしたことが。不起訴になるという条件さえなければ、誰が好きこのんであんな口の悪い医者にかかったりするもんか。

「どうしたの？　怒ってるの？　独《ひと》り言なんか言って」

真奈美がよつんばいの姿勢から振り向いておれを見あげた。どうやらおれはあの医者への怒りを、口に出して罵《ののし》っていたらしい。

「なんでもねえよ。ケツを高く上げな。頭を枕につけて」

「いやあね。品のない言葉づかい」

真奈美は文句を言ったが本当に嫌ではないらしく、従順におれが命じたとおりの姿勢をとった。セックスの時、奴隷か動物のように扱われると燃える女は結構多いのだ。

おれの目の前に、ふっくらとした二つの白いヒップとその間でぐっしょりと濡れた女陰が『ご開帳』された。厚みのある、よく発達した陰唇だ。左右とも赤黒く色づいて、ヒップの白さとのコントラストがいやらしい。そこに濡れたヘアが貼りついている。

お前のいやらしいここに相応《ふさわ》しいことを、これからしてやるんだよ。

おれはわくわくしながら、ベッドの下に手を伸ばしてロープを手に取った。

女は頭をクッションにつけ、両肘で上半身を支えている。その両腕を取って背中にねじ上げた。次の瞬間、女の両手首には縛り用の黒いロープが幾重にも巻き付いていた。

「いやっ。い……痛い……何をするの……」

悲鳴をあげた女は、咄嗟《とっさ》に何が起こったのかが飲み込めないでいる。

おれはそれに乗じて、両手首を縛った縄をきりきりと引きしぼり、女の上半身を引き起こした。

「う、腕が、痛い！　やめて」

しかしおれはやめる気なんかない。両手首を縛った縄尻を女の股間を通して前に回し、首に結びつけてしまった。

もちろん、命に危険があるほど締まらない細工はした。だが、初プレイの女にそこまでは判《わか》らない。恐怖のあまり、飛び出しそうなほどに目を見開いている。

「さっきビルの外で見たから判ってるだろう。灯《あか》りのついてる部屋がほかにあったか？　この辺にはこの時間、誰もいない。寂《さび》れたオフィス街だからな」

さらに大人しくさせるために、おれは少し脅《おど》かしておいた。

「暴れると、ぐっと首が締まるぜ。股縄も食い込むから、気持ちいいかもしれないけどな」

後ろで縛った両手首から女の股の間を通したロープの、丁度、へその上あたりを、おれは軽く引っ張ってやった。

SM用の柔らかいロープが、女の濡れた恥裂に食い込んだ。

それがすでに興奮しきっている女の陰核を刺激したのだろう。彼女はひくひくっと全身を引きつらせた。首のロープがさらに締まり、女の表情にさらなる恐怖が走ったが、それが逆に彼女の欲情を掻《か》きたてたようだ。

女はおれの目の下で怯《おび》えきっているくせに、縄を打たれた股間からは止めどなく液体を溢《あふ》れさせていた。ルビーのような乳首も、硬く尖《とが》りきっている。

おれがその乳首をつんつんと弾《はじ》いてやると、女は悶《もだ》えた。

「いいおっぱいだ。きれいに縄化粧して、写真に撮ってやるぜ」

そこからはおれの思うがままだった。

女のその見事なバストを絞り出すよう、亀甲《きっこう》縛りに縄をかける。両足首にもロープを結びつけ、自由自在に開脚させて固定する。

女は限界までの大股開きのポーズを取らされて、屈辱にすすり泣いた。

それだけでは済まない。股縄を少しずらせて、極太のバイブをその部分に咥《くわ》えさせた。女は激しい拒否反応を示したが、濡れそぼった淫唇は極太バイブをあっさりと呑み込んだ。

おれがスイッチを入れてやると、女の表情は痴情に呑みこまれバイブの振動に合わせて激しく腰をくねらせ始めた。

「あぁっ！　だめ……抜いて……おかしくなる……いやあっ」

しかしおれはにやにや笑いながら、ポラロイドのストロボを焚《た》きつづけた。もちろんその合間に、充血したクリトリスや乳首を手で刺激してやることも忘れない。

やがて女はポラロイドのシャッター音に追いあげられるように昇《のぼ》りつめ、一声するどい悲鳴を発したかと思うと、失神した。

女の縄をほどいてやり、元のようによつんばいにさせると、おれは怒張をゆっくりと、女のヒップの割れ目に近づけていった。

「……嫌。そこは……違うっ」

おれの先端が肛門を犯そうとしていることに女は気がついたが、もはや抵抗する気力は残っていなかった。

それから数時間、おれは女を前後かまわず好き放題に犯し、何度も射精した。もちろん、指で陰核を刺激してやって、女も何度もイカせた。

この女は多分、縛りもバイブもアナルセックスも初体験だろうし、男に挿入されながらイカされたのも、おそらく今夜が初めてだろう。

おれは満足だった。消えない刻印を残してやったと思うが、もうこの女に未練はない。

部屋のユニットバスを使い、小さな冷蔵庫からビールを出して一気に飲み干した。もう夏ではないが、ハードなセックスは喉が渇《かわ》く。もう一本飲みたいが、これが最後の一本だ。

床に脱ぎ捨てた古びたウインドブレーカーのポケットをさぐった。小銭しかない。ジーンズのポケットにも一銭もない。居酒屋でこの女を口説くのに、全部使ってしまったのだ。

おれは、側のパソコンデスクに置かれた女のショルダーバッグに手を伸ばした。その中に、古びた財布があった。これじゃ中身は期待出来ねえなと思ったら、やっぱり七千円ちょっとしか入っていない。

カネ目当てじゃないから仕方ないか、と内心舌打ちしつつおれは五千円札だけを抜き取った。全部抜くとあとが面倒だ。

もっとカネはないか、とおれはデスクの抽出《ひきだ》しを開けた。このオフィスの主《あるじ》がカネを置いてある場所は知っている。女の財布といい勝負のダサい財布に、三千円ちょっと。

予備のカネならもっと置いとけよ、と内心ヤツに毒づきながら、それも抜き取った。

さて、ヤサに帰るか。しばらく戻っていないし、色々連絡が入っているかもしれない。

伸びをし、床に落ちているビキニブリーフを拾い上げたところで、女が身じろぎをした。ちょうどいい。起こす手間が省けた。女もこのまま帰してしまおう。

「起きたか。もう朝だぜ。する事は済んだから、さっさと帰れ」

女は、平手打ちでも食らったような表情でおれを見た。

あられもない痴態を晒《さら》させた後にはよくあることだが、この女も、勝手におれに親密さを感じてしまっているらしい。何故《なぜ》こんな冷たい仕打ちを受けるのか判らない、という表情だ。

女の表情が呆然《ぼうぜん》としたショックから、やがて怒りへと変わった。

「ちょっと……そういう言い方、ないんじゃない？」

「一回寝たくらいでもう恋人気取りかよ。うだうだ言わずに、帰れ」

腹が減っている。血糖値が下がっている実感があって、おれのイライラは倍加した。

さっさとブリーフを穿《は》き、Tシャツを身につけた。床のウインドブレーカーではなく、革のブルゾンを取って、そのポケットにカネを入れた。デスクからこのオフィスのキーを取る。１ＤＫの玄関に脱ぎ捨ててある革のブーツも履《は》いた。

「なによ。あんた、最低ね！　どういうつもりよ？　あんたのしたこと強姦よ。あたしを縛ったじゃない、そして無理やり……」

おれは舌打ちした。面倒なことになりそうだった。そんな時、いつもすることをおれはした。逃げる。ただひたすら逃げるのだ。後のことなんか知ったことじゃない。

おれは、女が畳んでデスクの上に載せた薄手のコートやセーター、野暮ったいスカートやバッグやらを全部まとめて、ドアから外の廊下に放り出した。玄関にある中ヒールのパンプスもその後から投げてやった。

この女の白いパンツやブラジャーが、どこかにあったような気もするが探すのが面倒だ。

次におれは、喚きつづけている女の腕をつかむとベッドから引っ張り出し、そのままずるずると引きずって、全裸のままビルの廊下に突き出した。

「い、いやよ……判った。帰るから。服は中で着させて……お願い」

一転して哀願する女に構わず、おれも廊下に出てドアを閉め、がちゃりとロックしてしまった。

「早く着ろよ。そろそろ人の出入りが始まるぜ。ゴミ出しするのもいるし。朝っぱらから巨乳ストリップの無料サービスすることないだろ」

そう言い捨てるとおれは、後をも見ずに非常階段を一気に駆け降りた。モメるのは必至だが、二、三日ここに顔を出さなければ大丈夫だろう。ややこしいことは全部、ここの主であるあいつに引き受けさせるのだ。

それにしてもカネがない。

ヤバいな。カネになる仕事をもっとあいつにさせなきゃな、とおれは思いつつ、夜明けの街を早足で歩いた。まだ人気の無い裏通りに、おれのブーツの足音が響いていた。

＊

浅倉大介《あさくらだいすけ》がその夜、意識を取り戻したのはどこかの通りだった。視界がぼやけている。近眼の彼には手放せない眼鏡《めがね》を忘れてきたらしい。

せまい通りの両側にある建物の、ところどころから灯りが洩れて、ぼやけた視界に滲む。

全身に違和感があった。自分のものではない革ジャンを羽織り、硬い革のブーツが足全体を締めつけている。

服も靴も竜二《りゅうじ》のものではないか、と大介は気がついた。なぜ自分がこれを着ているのか判らない。反射的に浮かんだ感情は、竜二に見つかっては困る、という怯えだった。

人のものを勝手に着やがって、と怒鳴りあげる竜二の声が頭の中で聞こえたような気がして、大介は首をすくめた。青白くて華奢《きゃしゃ》な身体《からだ》の大介は、竜二には逆立ちしても勝てないからだ。

自室に閉じ籠って仕事をしている彼は、身なりもあまり気にしない。食べ物に興味も薄いからジャンクフードで生命を維持していると言ってもいい。それでも清潔感があって人に不快感を感じさせないのは、ひとえに几帳面《きちょうめん》な性格によるものだ。徹夜続きでもシャワーは浴びるしこまめに洗濯もする。痩《や》せた体格は己を律するストイシズムを感じさせ、眼鏡が似合う風貌にも、真面目さと誠実さが表われていた。

すぐに服を竜二に返さなくてはと思うのだが、大介は竜二の住んでいる場所を知らない。それ以前に今、自分自身がどこを歩いているのかも判らない。

突然足が痛み出し、大介は小さく呻《うめ》いた。履きなれないブーツのせいだろう。

この痛み具合では、かなりの距離を歩いてきたようだ。しかし、どこをどう歩いてきたものか、いや、そもそもどこから歩き始めたのか、その記憶が自分にはまったくないのだ。

ちょっと前には……自宅兼仕事場であるビルの一室で、自分はパソコンに向かっていたはずだった。徹夜を続けて納期ぎりぎりに仕事をあげ、仕上げたプログラムのファイルをインターネット経由で送信して……さて何か食べに行こうと立ち上がり、伸びをしたところで……記憶がぷつりと途切れている。

足が痛い。腹も減っている。眼鏡がないので、あたりの様子も判然としない。

何本か通りをへだてたその向こうに、広い道路のある気配がある。車の行き交う音がしているのだ。街の灯りの感じからすると、夜とはいえ、まだそんなに遅くはなっていない。

タクシーを拾おうとした。そんな贅沢が許される経済状態ではないのだが、もはや体力の限界だ。ここがどこなのか確かめる気力もない。住居表示を探すという、それだけのことが死ぬほど億劫《おっくう》だ。あの緑に白抜き数字の小さなプレートが、夜間、それも眼鏡なしで簡単に見つかるとは思えなかった。

思えばこんなことは今までにも何度かあった、と大介はぼんやり思った。

気がつくと、見知らぬ街角に立っているのだ。自分がなぜそこにいるのか、どうやってそこに来たのか、やはり判らない。そしていつも死ぬほど疲れ、空腹で……そして……。

大介は、はっとして革のブルゾンのポケットを探った。

ない。何もない。わずかばかり身につけていたはずの金が、まったくないのだ。

大介はパニックになった。

どうしよう……また、起こってしまった。

記憶と同じく、金もいつの間にか、自分のもとから消えているのだった。そんなことが、これまでにも数え切れないほどあった。

そして数時間、ひどいときには数日という時間が、その間の記憶とともに消え去っている。

物心ついて以来、大介はそういう生活を送ってきた。最近まで知らなかったのだが、世間のほかの人たちには、自分のように記憶や金や時間をいつの間にか失《な》くす、ということは起きていないらしい。

それが段々判ってきて以来、大介は自分のことを病気かもしれないと思うようになった。しかし、医者にかかるのが怖かったし、誰にも相談出来なかった。

記憶を失くすプログラマー……そんな評判が立てば仕事は来なくなり、ただでさえカツカツの生活が立ちゆかなくなってしまう。腕のいいコンピューター技術者なのに、大介がいつも貧しいのは、この奇妙な病気のせいなのだ。

気がつくと大介はふらふらと狭い裏通りを抜け、車の騒音とヘッドライトが交錯する表通りに向かっていた。

かなり広い通りに出た彼は、手をあげ、白いタクシーを停《と》めた。

この場所が自分の住むビルからそんなに遠いとは思えない。部屋には予備の金が数千円はあったはずだ。着いたら運転手には待ってもらって、部屋から金を取ってくればいい。あとのことは……昨日（だと思うが）仕事を一つあげたばかりだから、クライアントから前借りをすることにしよう。とにかく体が疲労の極致だ。今すぐにでも横になりたい。いや、せめて腰を降ろしたかった。

大介が停めたのは個人タクシーで、年配のほとんど老人といっていい運転手が乗っていた。座席には洗い立てのような白いカバーがかかっている。

車内の一輪挿しに花が揺れているのをぼんやりと眺めながら、大介は自分の住所を告げた。

「え？　岩本町《いわもとちょう》？　すぐそこだけどね……あ、気ぃ使わなくていいよ。文句言ってるわけじゃないから。ときにお兄さん、ずいぶん顔色悪いみたいだけど大丈夫？」

その初老の運転手は話好きな性分なのか、色々と親切に話し掛けてくる。

昭和五年二月十日、鈴木善次郎《すずきぜんじろう》……運転手の生年月日、名前、顔写真を表示したプレートを見ながら、大介は必死に眠気をこらえ、礼儀正しく受け答えをした。

鈴木善次郎・六十九歳は年齢に似合わぬ新し物好きらしく、タクシーに積んだカーナビやノートパソコンを自慢している。自分はすでに引退してもよい悠々自適の身の上なのだが、働くのも運転するのも好きなのでこの仕事を続けている、と問わず語りに話している。なぜか彼は大介に好感を持ったようだった。

「ここです。部屋からお金を取ってきますので、ちょっと待ってもらえますか。このビルの三階の二号室の浅倉です」

鈴木運転手には待ってもらい、痛む足を引きずりつつ三階にある自室の前に辿《たど》り着くと……。

『強姦野郎！』

いきなり毒々しい文字が目に飛び込んできた。

薄汚れたグレイのスチールのドアに、真紅《しんく》の口紅で書かれた文字が躍《おど》っている。よほどの怒りを込めたものか、口紅が途中で折れたらしい。途中から文字の線が太くなり、紅い油脂がなすりつけられたように盛り上がっている。

しかも殴り書きは『強姦野郎！』だけではない。『浅倉大介は女の敵！』『五千円返せ』『泥棒』『乗り逃げ野郎』『死ね』、などの怒りと悪意が剝《む》き出しの文字に、大介は呆然と立ちすくんでしまった。

誰かが自分に、すさまじい悪意を持っているらしい。しかし、彼自身には全く覚えがないのだ。元々気の弱いタチだけに、ここまで書かれると自分のせいではないのに、なんだか本当に自分が悪かったような気さえしてくる。

この落書きを誰かに見られなかっただろうか？　いや、もう見られてしまったに違いない。浅倉大介、と名刺を貼った表札の、すぐ横のドアに『女の敵！』と名指しで宣伝されてはたまらない。

とにかく早く消さなければ、と焦った彼が鍵を開けようとしたとき、非常階段のドアがばあんと開いた。見覚えのない女がつかつかと近づいてきた。

「帰ってきたのね。五千円、返しなさいよ。それにあたしを撮った写真も返して」

「あの……」

「なによ。しらばっくれる気？　このスケコマシのキンタマ野郎が」

大介はひたすら呆然としていた。女性の口からそんなひどい言葉の出たことが、とても信じられなかったのだ。そして彼女の言い分によれば、どうやらその極悪非道の最低最悪のスケコマシ野郎が自分らしいということも。

彼女の罵倒《ばとう》は延々と続いた。どうしていいか判らず大介が黙って聞いているのがまた、彼女の怒りに火を注《そそ》ぐらしい。

「どうしたのよ？　ええ？　何とか言ったらどうなのよ」

「あの……すいません」

「すいません？　すみませんで済んだら警察いらないんだよ！」

またしてもヤリチン野郎だのヒモだのレイプ野郎だのと、聞くに耐えない悪罵が再開した。

「ちょっと。おねえさん。もう、そのぐらいにしときなよ」

色々事情はあるんだろうけどさ、と割って入ったのは、やはりこれも階段から姿を現わしたさっきのタクシーの運転手・鈴木善次郎だった。

「若い男と女なら揉めることもあるだろう。だが、おねえさん、あんたも良くない。その物の言い方は、ないと思うよ」

善次郎は、いつまでたっても大介が降りてこないので、様子を見に上ってきたらしい。この修羅場《しゅらば》を恋人同士の痴話喧嘩だと誤解しているようだ。

女は、老運転手をきっと睨《にら》んだ。

「あんた、こいつの親かなんか？　なんで肩なんか持つのよ。こんな最低野郎の……」

「だからその野郎とかなんとか言うのは止めなさいって。いい若い女が」

「余計なお世話よ。サイテーな野郎に野郎って言って何が悪いの」

「あのね。この人はね、あたしは話せば人柄は大体判るんだが、あんたの言うような、そんな人じゃないと思うね」

「あたしもそう思ったのよ。ゆうべは。それがこいつの手なの。こういうね、いかにも大人しそうな、人畜無害な虫も殺さないようないい人そうに見せかけて、騙《だま》すのよ。ひどいことするのよ！」

結局、女の悪口雑言《あっこうぞうごん》ヒステリックな罵詈讒謗《ばりざんぼう》に一言も言い返せないでいる大介に義憤と同情のようなものを感じたのだろうか、女が大介に盗まれたと主張する五千円を、鈴木善次郎が立て替えて返すという話になっていた。

女は大介に開けさせた部屋に入り、床に散らばっていたポラロイド写真を拾い集め、憤然として出て行った。

すっかり面目《めんぼく》を失った大介は、立て替えてもらった金だけでも返そうと机の抽出しを開けた。

しかしそこには金はなかった。

打ち萎《しお》れてがっくりと床に膝を突いた大介に、善次郎は気の毒そうに言った。

「あんたもとんだ女に引っ掛かって大変だね。立て替えた金は振り込むか、うちに届けてくれればいいから。タクシーカードに住所が書いてあるよ。あんたが悪いことの出来る人じゃないってことは、判る。これでも色々と人を見てきているからね」

まさに仏のような善次郎も帰ったあとで、大介はのろのろと部屋を片付け始めた。

が、その過程で、色々と不審なものが見つかった。ベッドの下でとぐろを巻いている不吉な黒いロープに、どう見ても「大人のおもちゃ」としか思えないグロテスクな物体。

ベッドのシーツは乱され、そのバイブレーターにも明らかに「使用」された痕跡がある。

決定的だったのは、ベッドの脚の陰に一枚残っていたポラロイド写真だ。

それを見た大介は考え込んでしまった。そこに写っているのはまぎれもなく、大介には身に覚えのない悪態をついて帰っていった、さっきのあの女だったからだ。それも全裸で、縛られ、くだんのバイブを躰に突っ込まれた……。

ユニットバスには、これまた覚えの無い女性の下着が落ちていた。

自分の留守に、あの女がこの部屋に勝手に入り込んで何かがあったのは確かなのだが、その相手は誰なんだ？

混乱している大介の耳に、ドアの開く音が聞こえた。

「お取り込みは終わりましたかな」

狭い玄関に、白っぽいグレーのスーツを着た小太りの男が立っていた。手には明るい茶色の、派手な革のアタッシェケースを持っている。

一見して堅気ではないが、大介には見覚えのない顔だ。

「浅倉大介さんですね。緊急の仕事をお願いしようとやって来ましたが、出るに出られず……」

来客は苦笑するように、廊下を身振りで示した。

「ずっと階段の踊り場で待っておりましたよ」

とんだ修羅場を全部聞かれてしまった大介は、取り敢《あ》えず椅子《いす》を客にすすめた。取っ付きの台所兼仕事場にしている六畳の、パイプ椅子だ。

冷蔵庫のほかに大きな家具といえば、この二脚のパイプ椅子と、ダイニングテーブルだけだ。大きめのダイニングテーブルの上のスペースの半分近くは、仕事に使っているパソコンが占領している。残り半分のほとんども、パソコン関連の雑誌や書籍、プリントアウトなどに埋め尽くされていた。応接セットなどという洒落《しゃれ》たものはない。

この六畳のダイニングキッチンと、襖《ふすま》で仕切られた隣の四畳ほどの寝室が、大介の生活空間のすべてだ。

「……秘密を守っていただきたい仕事なのです」

来客は、古びたパイプ椅子がぐらつくのも意に介さず、大介に顔を寄せて言った。

「あなたはクライアントの詮索をしない方だと聞きましたから」

「余計な事を知りたくないだけです。僕は……仕事を請け負うだけですから」

ハードボイルドを気取るつもりはない。大介は、ただただ面倒が怖いだけなのだ。

そして、事情があって正規の仕事につけない彼に回ってくる仕事は、その『面倒』をもたらす可能性が充分にあるものばかりだ。

たとえば裏帳簿の経理操作を自在に出来る会計ソフトを注文された事があったし、携帯の電話番号から個人情報を割り出す検索ソフトの開発を請け負った事もあった。パチンコのいわゆる『裏ROM』関係もあったし、明らかにプリペイドカードの偽造がらみと思われる依頼も多い。

そういう依頼が持ち込まれる時、後ろめたさに耐えかねたのか、クライアントがなにやらクドクドと説明とも言い訳ともつかないことを喋り出すことがある。しかし大介は、そういう事はお聞きする必要はないでしょう、と相手を制するのが常だった。

イモヅルで捕まったりヤバい筋に締め上げられたくなければ、目も耳もふさぎ、口を噤《つぐ》め。それが大介のような仕事をしている者の掟《おきて》だった。

こんな不安定な暮らしよりは、平凡なサラリーマンとしてひっそりと生きていたかった。人間関係を極度なまでに少なくし、友人は顔も知らないネット仲間しかいないような現在の生活も、大介自身が望んだものではない。事実、数年前まで、彼は某一流企業の社員だったのだ。竜二のせいで退社に追い込まれるまでは。

「……よろしいですか？」

客の声に、大介は我に返った。客は話を進めている。

「私は……下島《しもじま》と言いますが、誰に貴方《あなた》のことを聞いたかとか、詳《くわ》しいことは申せません。ただし、ギャランティは前金でお払いします。額は」

相手は、大介を値踏みするように見た。

「あなたを信用して、言い値をお払いしましょう」

こいつなら吹っかけてこないと安く見られたな、と大介は内心苦笑した。華奢《きゃしゃ》で神経質そうな風貌は、こういう時損をする。

「判りました。で、どういうような……」

大介が言い終わらないうちに、客はアタッシェケースの蓋《ふた》を開けて、大きな金属の箱をうやうやしい手つきで取り出した。

「C《コンピューター・》G《グラフィック》です」

コンピューターの超大容量ハードディスクだった。

「この中にデータが入っています。このデータを加工していただきたい。具体的には、この中に、短い映像が入っているのです。それの修正です。派手な特撮とか3Dとか、流行のものじゃないけど、これもCGですよね」

この下島という男が要求しているのは、正確にはCGではなく画像処理だ。それなら機材が豊富な専門のスタジオはたくさんあるのに、と言おうとする大介を、下島は手を広げて制した。

「おっしゃりたい事は判っております。画像処理のデジタルスタジオはたくさんありますし、そこに行けば機材も専門家も揃《そろ》っています。ですが」

「秘密が保てない、そういうことですね」

そうです、と下島は大きくうなずいて続けた。

「私は素人なのでよく知りませんが……何でも、そういうスタジオではワンフロアに大勢のスタッフがひしめいて仕事してるそうですね。そんなところで、画面をひょいと覗《のぞ》かれたら秘密もなにも守れません。そこへ行くと、ここはあなた一人だし、失礼ながら仕事もお忙しくはなさそうだ。人の出入りがほとんどないことも確認済みです」

「で、具体的にはどのような作業を……」

すでに大介の手は本能的に動き始めていた。下島の持ち込んできたハードディスクのケーブルと、愛用のパワーマックのコネクタを確認するように探っている。

「作業は、画像の消去です。背景に必要のないものが映ってしまいました。それを取り除いていただきたいのです」

それならお安い御用です、と彼は軽く言いかけて思いとどまった。家庭用ビデオなら彼の持っている機材でなんとかなるが、もしも……。

大介の危惧《きぐ》を察したように下島は言った。

「映画です。映画館で上映する、正真正銘の、映画ですよ。三十五ミリ・ビスタサイズ」

それは無理だ、と大介は反射的に思った。

大スクリーンでの上映を前提とする映画のフィルムに含まれる情報量は、家庭用ビデオの比ではない。放送用ビデオすら遙かに凌駕《りょうが》する膨大なものだ。処理する情報量が桁《けた》違いに巨大である以上、手に負えない可能性だって大いにある。

「無理は承知だそうです。あなたの腕を見込んでお願いすると言ってました。それと、このショットだけ他と比べてトーンが違ったり解像度が甘くなっては困ると。何しろプロが見るんですから。一発でバレてしまいますからね」

下島は、誰かに依頼されたのだということを、わざと匂わせながら話を進めた。

「バレる？　プロというからには商業映画でしょうが、その修正をスタッフにも内緒に、ということなんですか？　監督は……？」

胡散《うさん》臭い話が、ますます胡散臭くなってきた。

「監督にも、です。これは極秘なんです。だから、わざわざ機材も充分ではないあなたのところに来たのです。そもそも監督に知られたらエライ事になる」

「オレの映画を勝手にいじるな！　と？」

「それも幾分かはありますが、あの大がかりだった立山《たてやま》ロケをまたやるとなると……予算がメチャクチャに」

なるほど。カネがらみか、と大介は納得した。

「監督は現場でOKを出してますが、このラッシュを見たら、リテイクを言いだすに違いありません。それは絶対に困るのです」

相手の男は、報酬は大介の言い値といいながら、百万の小切手を差し出した。それでも大介には大金だ。映画のロケにかかる費用を考えれば、実際微々たる金なのだろう。

今日会ったばかりの鈴木善次郎から借りてしまった金はなるべく早く返したい。それに現在無一文でもある。気がつくと、判りました引き受けますと言っている自分がいた。

「では期日は……急ですが、明日ということで。宇宙船や怪獣を合成しろというんじゃないんだから、出来るでしょう？　現像所でデジタル・データをフィルムに起こさなきゃならない必要上、明日がリミットなのだそうです」

客はそう言い残し、ハードディスクを預けると帰っていった。

さあ、どうしよう。引き受けたものの、ロクな機材のないこの状態でやれるものかどうか。

思案していても仕方がない。とにかく時間がない。

大介は受け取ったハードディスクをMａｃに繋《つな》げ、映像再生ソフトを起動して、問題の映像を見てみた。

四〇〇〇ピクセル超の超高解像度でデジタル・スキャンされた画面には、どこの景色なのか、きわめて急峻な、屏風《びょうぶ》のようにそそり立つ山並みが映し出された。灰色がかった褐色の斜面には、緑も生えず岩だらけの山肌がそのまま露出しているところも多い。露出した岩肌は筋のように、山頂から裾野に向けていくつも延びている。

その、雄大な山脈をバックに前景に映っているのは二人の男と一人の女だ。

真っ先に大介の目を惹《ひ》いたのは、その女の顔だった。コンピューター・ディスプレイの小さな画面にもかかわらず、おそろしいほどの美貌の持ち主であることが判る。

テレビを持たずスポーツ紙も読まない大介には判らないが、おそらく有名な女優なのだろう。

その若い女は、赤い着物の前を掻きあわせるようにして、地面に倒れていた。着物の下には何も着ていないのかもしれない。胸元からこぼれ出た肌の白さがまばゆかった。

その女をかばうように男が寄り添っている。そしてもう一人の若い男が、その男女を猟銃でしっかり狙っていた。目には狂気の光を宿して、まさに発砲しようとしている。

フレームの外から「256－13－1」と数字の書かれたカチンコが差し出され、拍子木《ステイック》が閉じられるとさっと引っ込んだ。

データには音が入っていないから、サイレント映画そのものだ。

突然女が身を起こし、傍にいる男を指さしつつ猟銃の男に向かって激しく何かを訴え始めた。

次いで男が引き金を引き、その反動でよろめくという演技をする。

その瞬間、背後の山肌で、ぴかりと光るものがあった。

これだ。

大介はそこでストップさせて画像全体をスキャンした。

小さなコンピューター・ディスプレイでは、それは岩肌に一瞬光る小さな点にしか見えないが、フィルムに映り込んでいる以上、大スクリーンでははっきりと見えるはずだ。

大介は、その部分の拡大率を上げていった。もともとが非常な高解像度で記録された画質だ。ディスプレイ上で拡大しても、それはぼやける事なく、どんどん大きく鮮明になっていった。

すると……最初はまったく見えなかったものが点になり、さらに画面が拡大されると点は人影で、それも四人いることが判った。この四人はいつから背景に映り込んでいたのか。

修正を開始する部分を確認するために、大介は画像をゆっくり戻した。

背景遠くの茂みを出たり入ったりしていた四人の男が、後ろ向きに歩き出し、登山道に戻った。

これで終わりだとありがたいが、と思いつつ、大介は念のため映像を頭まで巻き戻した。

寒冷地のロケという事で、モーターの回転数を安定させるためだろうか。キャメラは、かなり早くから回っていたらしい。

もう少しで始まりというところまで戻ったとき、画面の右下に動きがあった。

砂礫《されき》に覆《おお》われた山肌が次第に角度を増し天空に向かって伸び始める、その裾あたりで、一台の車が停止したのだ。岩肌に砂利の登山道がそこまで続いているのも見える。車の横腹には、建設会社のものらしい名前が書かれていた。

なるほど、これでは修正するしかあるまい、と大介は思った。

『シェーン』のあのラストシーンのバックに、遥か彼方を移動する車が映り込んでいるのは有名な話らしいが、この映画のこの場面では男女三人の情痴のもつれがクライマックスを迎えているらしい。その背景に無粋《ぶすい》な車や人影がチラチラ映っていては台無しだろう。

映像をさらに巻き戻してみる。車が逆走を開始し、右下からフレーム・アウトしたところで、大介は逆戻しを停め、今度は順転早送りで再生した。

車がフレーム・インし、山裾で停まり、ドアが開いて中から四人の男が降りた。不自然な足取りでよろめく男を、両脇から二人の男が支えるようにして歩かせている。もう一人、長身の男が、それに続いて岩だらけの登山道を登ってゆく。やがて四人は登山道を外れて茂みの中に入って行き見えなくなり……その直後にフレームの中にカチンコが入って来たのだ。

カチンコの拍子木《スティック》が合わさってフレームの外に消え、男優二人と女優の芝居が始まった。

その時、バックの山肌では、さっきより数段高い場所で、茂みから四人の男が再び姿を現わしていた。二人の男が、真ん中に挟んで歩かせてきた男の肩をつかみ、膝を突かせている。長身の男が何かを取り出した。

その時、前景では猟銃を構えた男優が女優を撃った。その演技と連動するかのように、遥か遠景の山肌でも男の手の先がぴかりと光り、膝を突かされていた男が前のめりに倒れた。

前景では男優が煙の出る銃口を下に向けたまま呆然と立ち尽くし、もう一人は血に染まって倒れた女優に駆け寄るという演技が続いているが、それと同時進行でバックの遠い山肌では、男二人が倒れた男の体を引きずっている。

男が、殺された？　この映像だけではっきりしないが、撃たれたか刃物で斬られたか。

さすがに大介も平静ではいられなくなった。しかし、深く考えてはいけないのだ、とすぐに思い直した。

秘密を守る約束をしたのだ。それに、こういう事は首を突っ込むとろくな事はない。

とにかく、機械的に処理しよう、と彼は決めた。

画像処理の専門スタジオなら、画面の一部を消し去って痕跡も残さないという作業は簡単に出来る。それ専用のソフトもあるし処理速度の速い高性能ワークステーションもある。しかし大介の部屋にあるのは、市販の汎用画像処理ソフトと三十万そこそこのＭａｃだけ……。

映画のフィルムは、一秒二十四コマの画面から成り立っている。そして、このショットは五分の長回しをしているから、約七千二百枚の写真があると考えていい。それに一枚一枚、処理をしていくしかない。処理自体は、消したいものの周囲にある画像……この場合は『岩』や『空』……をコピーして、消したいものの上に貼りつけてゆけばよい。そして、光線の具合や微妙な加減を調整して、不自然な感じにならないようにする。要はそれを七千二百回繰り返せばいい。マシンの性能の限界があるので処理に時間はかかるが、根気さえあれば出来る。修正する範囲も限定されているので、自動化されたプログラムを組んで時間を短縮することも出来るだろう。

とはいえ、この作業を二十四時間でやってしまうのはきつい。四〇〇〇ピクセルを超える超高解像度だけに、一枚を処理するのに五分はかかるだろう。

計算上、二十四時間で仕上げるためには二十五台のマシンが要る。大介の手持ちマシンは全部で五台。これでは到底おっつかないので、急遽《きゆうきよ》マシンをレンタルして増やし、全部に仕事を分散して間に合わせることにした。そういうシステムを組むのは、大介にとってはたやすい事だ。

オリジナル・データを直接いじるのは恐いので、超大容量のハードディスクをさらに二台用意し、オリジナル・ネガのバックアップを作成した。オリジナルはそのまま保存し、直接の作業には複製したネガを使う。そのデータをＭａｃに読みこみ処理しながら、処理済みのデータを新たなハードディスクに記録する。すべての作業が終了後、ミスがないかチェックしたのちに、下島の持参したハードディスクに上書きして渡す。手元にはオリジナル・データのコピーが残るが、これは万が一の事を考えての事だ。作業中にオリジナル・データがなにかの原因で壊れてしまったら元も子もないし、ＮＧが出たときに迅速にやり直しをするためでもある。

二十時間後。

画像処理は終わり、あとは最終チェックをしながら下島が持ってきたハードディスクに処理済みデータをコピーするだけになった。

神経を張り詰めていた大介は、猛烈な眠気に襲われて、椅子に座ったまま眠りに落ちてしまった……。

＊

椅子に座ったまま眠りこけているやつをおれは見た。仕事は一段落したらしい。床から冷蔵庫、流しの上にまで至る所にパソコンが置かれケーブルで繫《つな》がれて、足の踏み場もないとはこのことだ。

ダイニングテーブルの上にある、大介のコンピューター・ディスプレイには、やつが苦心して処理した画像が、動く映画として再生されていた。

確認のため、必要な箇所を大きく拡大して表示してある。どこをどう修正したのかまったく判らない。大介によれば、こんな修正は初歩の初歩らしいが、おれは素直に感心した。

「ふん。偉いもんだな」

どんなアホにも取り柄というものはある。

おれは稼動している別のディスプレイに目をやった。こちらには男が四人映っている。修正前の元の画像らしい。

画像を動かして最終チェックをするつもりだったのだろうが、肝心の大介は眠りこけている。

おれは見よう見真似でマウスを動かし、『スタート』とおぼしい右向き三角のアイコンを『クリック』してやった。

男たちが動き出し、ナイフらしい金属が太陽を反射してぎらりと光り……。

おれは修正前の画像に目が釘づけになってしまった。

＊

翌日。

大介は修正データを下島に手渡した。このデータは現像所でコダックのシネオンというシステムを使ってフィルムに焼き付け《トランスファー》され、ラッシュプリントに焼かれるのだ。

数時間後、下島からの電話で、大介は仕事がうまくいったことを知った。

「まったく見事な出来映え《できば》で……正直言って、時間どおりに上がるとは思っていなかったので、助かりましたよ。報酬を少し上乗せしましょうか？」

いや、それよりも、と大介は答えた。

「初めてやった仕事ですし、機材も時間も十分じゃなかったので……できれば、結果を自分の目で見たいのですが……」

「よろしいでしょう」

客は電話口で少し考えてから答えた。

「ラッシュ試写をお見せしますよ。これはスタッフしか見られないものなのですがね。だが、私はあの映画のプロデューサーです。あなたは関係者ということにしましょう」

相手は、今日の十八時に小田急《おだきゅう》線の成城《せいじょう》学園前駅前に来てくれ、と言って電話を切った。

東京郊外のその映画撮影所は、昔は畑の真ん中だったらしいが、今や周辺は高級住宅街に変貌している。真新しい建物に周囲を囲まれた中に、昭和初期に建てられたままの撮影所があった。

駅前で大介をピックアップしたのち、自ら車を運転して撮影所に着いた下島は、スタッフらしい何人もの人間から挨拶《あいさつ》されて得意そうだ。しかしその『スタッフ』が揃いも揃って、全員薄汚れた格好の人間ばかりなので、大介はちょっと驚いた。映画というからには、もっと華やかな世界を想像していたのだ。

そんな彼の気持ちを察したように下島が言った。

「映画はね、いわゆる3Kな職場です。しかし彼らは芸術家でもある。労働者の肉体に詩人の魂。それがないと映画は作れないんですよ」

誰かから聞かされた受け売りなのだろうが、どうやら初めてらしい映画の仕事に、下島が舞い上がっていることはよく判った。

大介はそういう事には興味はない。自分の仕事の結果を確認出来ればそれでいい。

徹夜の疲れもあって、自分と、まわりの世界との間に透明な膜が張ったような、彼にとっては馴染《なじ》み深い、いつもの感覚に大介は襲われ始めていた。

こういう感覚を精神医学では『離人感』と言うらしいけど……と大介は突然襲ってきた非現実感に呑み込まれそうになりながら、思っていた。

僕はやっぱり……病気なんだろうか……。

『それ』が、透明な膜を突き破って、大介の感覚を直撃したのは、その時だった。

人ごみの向こうに現われた、光り輝くもの。

それは、こちらに横顔を見せて微笑《ほほえ》む、若い女の姿をしていた。

薄汚れた撮影所の中で、そこだけが、十キロワットのライトで照らし出されているようだ。本当に、彼女のまわりだけが明るくなっているように見えた。後光が射す、というのはこういうことなのか。

その若い女の横顔に、彼はしばし目が釘づけになり……そして、ようやくその顔に見覚えがあることに気がついた。

彼女は、大介が処理をした画面に写っていた、あの女優だ。しかし今の彼女は文字通り、光り輝いている。コンピューターの小さなディスプレイでも、その美貌ははっきり判った。しかしその実物が放つ魅力はそんなものではなかった。

ただの美人、ではない。『彼女』にはどこか、見るものの胸をかきむしり、激しい感情を掻き立てずにはおかない何かがあったのだ。

大きく見ひらかれた潤《うる》んだ瞳、花びらのようにふっくらした小さな唇、繊細で完璧な造形の鼻。ほっそりした首筋。艶《つや》やかな黒髪に、白いうなじがきわだっている。

赤い光沢のあるノースリーブのドレスから伸びている二の腕も脚も、とても華奢《きゃしゃ》だ。一応は流行の服らしい。しかし、彼女が着ていると、そのスリップドレスにも、都会的とか洗練された、というものとは全然別のニュアンスが付け加わってしまう。

どこか南の貧しい国のスラムで、路上に裸足で立ち尽くしているおそろしいほどに可愛らしい幼い女の子……。

大介が連想したのもそんなイメージだった。

幼さと、死者をも甦《よみがえ》らせるほどの性的魅力。彼女にはその両方があった。

「どうです。いいでしょう、彼女？」

ぽかんと口を開け、彼女に見惚《みと》れている大介に、下島が話しかけた。

「女優はね、華がないとダメなんだ。男優もそうだけど、特にスターになる女優は、自ら光り輝いていないとね。昔からスターはみんな、本当に光っていた」

下島もまた、彼女の姿に目を吸い寄せられている。

「夏山零奈《なつやまれな》はスクリーンでも素晴らしいが、それ以上に実物が凄《すご》い。あれを見て夢中にならない男がいますかね。いたらお目にかかりたいぐらいのもんだ。あの胸……」

そこで大介も、彼女の薄いスリップドレスをこんもりと持ち上げている見事な乳房に気がついた。手足の細さや顔立ちの愛らしさを裏切るように、そこだけが強烈に成熟した『女』を主張している。

「私もプロデューサーなんだから、せめて彼女と食事ぐらいはしたいと思うんだけど、監督のガードが堅くてね……まあ鴫沢《しぎさわ》監督も、彼女のために永年連れ添った女房を捨てようってんだから……おっとこれはここでは禁句かな」

下島は禁句といいつつ、その話を続けたさそうに大介を見た。しかし彼が反応しないので、不審そうに付け加えた。

「知ってるだろう？　例のスキャンダル？　世界的巨匠を狂わせた魔性の女、ってあれ」

「いいえ。全然」

「あんた、本当に日本に住んでるの？　今、日本にいてこのスキャンダルを知らないの、モグリだよ。どのワイドショーも時間一杯がんがんやってるし、スポーツ新聞も女性週刊誌も……」

「すみません、本当に何も知らないんです……そういう事に疎《うと》くて」

下島は大介を、まるで宇宙人と話しているような目で見た。

「じゃあ……監督がどんなに偉い人かも？」

「全然」

スタッフと混じって試写室の外で立っている監督は、大介には初老のおじさんにしか見えない。

「夏山零奈が、『映画を地でいく魔性の女』と言われている事も？」

「まったく」

「この映画についての前評判もなにも？」

「はあ……」

余計な事は知るなと言っておきながら、下島は大介が全く何の興味も示さない事に、不満な様子を隠そうともしなかった。

「まあ、頼んだ仕事の性質上、余計な興味は持ってもらわないほうがいいんだろうが……しかし彼女、間違いなく、これからの日本映画界を背負って立つ、いや世界にも通用する女優になるよ。これがデビュー作だけどね。あのオーラはただ事じゃない」

そして、監督とのスキャンダルも映画の前宣伝などではない、正真正銘の本物なのだ、と下島は付け加えた。

その時、試写室に入っていた別の組が中から出てきて、こちらのクルーと交代になった。人ごみに流れが出来、夏山零奈がこちらを見た。ひたすら彼女に見惚れていた大介は、彼女とまともに目が合ってしまった。

零奈は、うっとりするような笑顔で微笑みかけてきた。それは、赤ん坊が親の視線に反応して笑うような、ほとんど本能的とも言えるほど自然な笑顔だ。

大介はどぎまぎしてしまって、慌《あわ》てて目をそらすのが精一杯だった。

女優さんなんだから、スタッフにもファンにも、誰にでもああいう笑顔は見せるんだ、となぜか自分に言い聞かせながら。

それもあって、大介は目立たないよう、隠れるようにして中に入った。

試写室の中は、小さな映画館と言ってもよかった。汚れてみすぼらしい外見だが、撮影されたフィルムをチェックするための場所だけに、中の設備は最新鋭らしい。

「今から見るのは、この前の立山ロケで、現像所の都合で上がりが遅れたロングショットと、セット初日分のラッシュです」

製作進行という感じの青年が説明して、場内が暗くなった。

黒リーダーのあと、スクリーンがぱっと明るくなった。無駄に回っていた頭の部分はカットされて、カチンコがさっと画面に入ってカチンと鳴らされた。

お音が付いている、と大介は思わず感動した。ずっとサイレントで作業していたので、音が聞こえるととても新鮮だ。

監督はじめスタッフや俳優は芝居に神経を集中させて見ているが、大介は、当然ながら自分が修正した背景の山肌に全神経を集中させた。

「画面全体の調子は、オリジナルのフィルムと遜色《そんしょく》ないね」

下島が大介に囁《ささや》いた。

「昔はビデオからフィルムに起こすと一目瞭然だったらしいが」

試写室のスクリーンはかなり大きい。そこに映し出されれば、少しの傷でもはっきり判るだろう。しかし大介が手を加えた山肌は、砂礫と植生が混ざりあったごく自然な感じで、いかなる点も人影も映っていない。

『殺して！　あたしをレイプしたこいつを殺して！』

スクリーンの中で地面に倒れた夏山零奈が叫んだ。はだけた赤い着物の前を押さえ、片手では傍《かたわ》らの男を指さし、猟銃を構えたもう一人の男に、必死に訴えている。

大きな画面で見る彼女はさらにその美貌が迫力を増して、さきほど目の当たりにした本人以上のインパクトがある。大介は思わず見惚れてしまった。

男が銃口を、もう一人の男に向けた。

『許してくれ、吾郎《ごろう》。俺はこいつなしでは生きられない。こいつに近づく男も許せない。お前は友達なのに……こんなことはしたくなかった』

『本望だよ。お前に殺されるなら』

銃を構える男の顔が苦悩に歪《ゆが》んでいるのに対し、これから殺される男の表情は、悟りきった、とも言えるほどにすがすがしい。

そんな彼をスクリーン上の夏山零奈は、勝ち誇った笑みを浮かべて罵《ののし》った。

『あんたバカね。あたしに勝てると思うなんて。あんたが目ざわりだった。卓巳《たくみ》が愛しているのはこれであたしだけよ。男なんてみんなおんなじよ。結局ヤリたいって気持ちに負けるのよ！』

ぱん、という軽い火薬の音がサウンドトラックに入り、構えた武器の先端に火花が光った。しかし、その音に合わせて倒れる演技をするのは男優ではなく、夏山零奈だ。

零奈の胸が弾《はじ》け、赤い血が噴出した。

この部分だ。

大介は引き込まれていた演技から視線を外し、背景の、問題の箇所に目を凝らした。

次の瞬間、マイクが、遠くから響く、獣の声のようなものを捉《とら》えた。その声は山肌で跳ね返り、幾重にも重なる残響となって、ううううう……と不気味に響き渡った。

こんな音が入っているとは知らない大介は驚いた。しかし、画面の中では、その音の前にも後ろにも、背景に余分なものはなにも映っていない。画像の修正は完璧だった。

撮影スタッフらしい数人がざわざわとしたが、それもすぐに収まった。

「凄《すご》いね。パーフェクトな修正だ。あんなセコイ機材でやれるかと思ったけど」

下島は囁き、アメリカのアクションスターのように、大介に向かって親指を立てて見せた。

カット！　という監督の声がかかって、そのショットは終わった。

場内がいったん明るくなった。下島は大介の隣から席を立ち、鳴沢監督そのほか数人の男たちと話し始めた。

「監督、問題ないですね。シャッターの関係なのか、私にはその光というのが見えなくて……気にはなってたんですが」

キャメラマンらしい男が監督に話し掛け、ついで下島に向かって言った。

「な？　いいだろ？　おれは現場で気にならなかったんだもの。これ、ＯＫだ」

「助かります。プロデューサーとしては実に有り難い。フィルムに映り込んでなくてホッとしましたよ」

「では、セット撮影分にいきます」

製作進行が声を掛けて、再び試写室は暗くなり、下島もまた大介の隣に戻ってきて座った。

「あの……僕、見てていいんでしょうか？」

大介が小声で聞いて腰を浮かしかけると、下島は、いいからいいからと意味深な笑みを浮かべ、彼の肩を押して座らせた。

スクリーンいっぱいのカチンコが消えると、大介の目に飛び込んできたものは、白い裸体だった。仰向けになった全裸の女を、真上から撮ったショットだ。

その真っ白な躰が零奈のものであることを知って、大介は衝撃を受けた。

零奈の乳房は見事なものだった。さっき本人を見たときも、細い躰に似合わない巨乳だとは思った。しかしこの、乳首までが剝き出しの、覆うもののない状態の迫力には、及びもつかない。しかも、仰向けになってもいっさい型崩れのしない、きれいなお椀型のバストなのだ。その素晴らしい双丘が、スリムな胴体に乗っている。

明るさを抑えたライトに照らし出された零奈の肌はきめ細かく、はじけるような弾力を感じさせた。

くびれたウェストから下はフレームで切られて映っていない。それを思わず残念だと感じてしまった自分が、大介は恥ずかしくなった。

このショットでの零奈は、ベッドの上で男に見つめられているという設定らしい。その男のいわゆる『主観ショット』だ。ラッシュだから編集されていなくて、コンテ順に繋がっているだけの映像だ。したがって零奈の裸体だけが、えんえんとスクリーンに映し出されている。大介は、零奈がまるでカメラに犯されているように感じてしまった。

そのカメラは手持ちらしく、微妙に左右に傾きながら揺れて、零奈の眩《まぶ》しい肢体をフレームに切り取っている。

「これはショットといって、編集の材料だからね。これを細かく刻んで繫げたものがカットになる。もちろんポルノ映画じゃないから、こんなにえんえんとは使わないよ」

下島が得意そうに大介に耳打ちした。

フレームの外で、監督のカット！　という声が聞こえて、次のショットになった。

二人の姿を横から撮ったショットだった。山小屋風のセットで、天井から吊るされたランタンだけが光源という設定のようだ。全裸の二人の輪郭がローキーの中に赤く浮き出て美しい。零奈も相手役の男優も全裸だ。男優の完全に勃起した陰茎が、一瞬だがはっきり見えた。

「見ろ。完全に勃《た》っちまってる。……まあ、零奈が相手じゃ無理もないが……」

そう言いつつ下島も呼吸が荒い。ラッシュを見て興奮しているようだ。大介も勃起してしまっているので、下島を軽蔑できない。

「見えるところは当然、使わない。ボカシはムードを壊すからな」

下島は自らの興奮を隠すように解説している。

スクリーンには、恰好だけの擬似性交場面が映し出されていた。その中で組み敷かれ、眉根を寄せて悶《もだ》えている零奈は、たとえようもなくなまめかしかった。男優の抽送に合わせて全身をくねらせる様は、さっき見た顔立ちの幼さが嘘のようだ。乳房のぷるぷると揺れる感じ、そして軟体動物のように柔らかく動く腰つきが、男の劣情をそそる。

その次は、男優の肩ごしに撮った零奈のアップだった。男と交わっている彼女の表情を追っている。男が腰を使う動きをするたびに彼女は顔を左右に振り、細い顎をのけぞらせて、昇りつめる感じを出している。が、その目は本気で潤み、瞳の奥には欲情が燃え上がっているようにも見えた。

そのショットが終わると、不意に試写室が明るくなった。

ぞろぞろと席を立って外に出るスタッフは、別に『劣情を刺激された』顔にはなっていない。

照明の繋がりとか美術のセッティングとか仕事の話だけをしている。

監督は横に座った記録係《スクリプター》に、全部ＯＫだがコンテを追加して逆ポジからもう二カットほしい
……などと話している。

ラッシュを見て思わず勃起してしまった大介は、それを恥じた。ここは仕事の場であって勃起などさせてはいけなかったのだと。

自分はここに居るべきではない、という感情が突然強く噴《ふ》き上がってきて、大介は下島への挨拶もそこそこに立ち去ろうとした。

ところが、「あの……」という声で彼は呼び止められた。

その声の主は、夏山零奈だった。たった今、その全裸を見てしまい、芝居とはいえアクメの表情まで見てしまったその本人が、大介の目の前に立っているのだ。

「は」

彼の声は裏返ってしまった。

「な、なんでしょう」

「スタッフの方ですか？　現場でお見かけしないなあと思って」

そう言ってにっこり笑う零奈には、はにかむような表情があった。それは、少女そのものの愛くるしさだ。その大きな瞳には磁力のようなものがあって、大介はたじたじとなった。

「どうぞよろしく」

彼女はにっこり笑って手を差し出した。

大介は反射的に握手をしてしまい、次の瞬間に、とんでもなく無作法な事をしてしまったのではないかと、頬が熱くなった。零奈の小さな手は信じられないほど柔らかく、すべすべとして、そして冷たかった。

大介は、日を浴びたバターのようにその場で溶けてしまうかと思うほど、彼女に骨抜きになってしまった。スクリーンではあれほどセクシーで、美と官能の女神としか見えない女性に、手を握ってもらえたのだから。

「じゃ、また」

紅《あか》いミニドレスの裾を翻《ひるがえ》して立ち去りかけた女神が、突然振り返った。

「どこに住んでるの？」

大介は意味が判らない。

「教えて、あなたの住所。それに最寄り駅も」

大介は反射的に、めったに人には教えない住所を口にしていた。

「岩本町……都営新宿線ね。じゃ」

女神は今度こそ本当に走り去った。

意味もわからぬまま、大介は呆然として、彼女の後ろ姿をずっと見送っていた。

第2章　クランク・イン——媚体の誘惑

その日の午後七時ちょっと前、おれは日本橋《にほんばし》のオフィス街にある、小さなビルの前に立っていた。入り口のエレベーター脇の入居者表示一覧には、小さな商事会社や税理士事務所なんかの名前にまざって、横長の白いプラスチックに『5F　一橋《ひとつばし》メンタル・ヘルス・クリニック』というプレートがある。ここに間違いはない。

医者との約束の時間など守ったことのないおれが、わざわざこうして時間前に来ているのには理由がある。このクリニックの主である一橋という女医が、すこぶるつきの美しい女だからだ。一昨日、警察から行くように言われた東大《とうだい》病院で初めて顔を見たとき、これは何かの間違いじゃないのか、と思った。

精神科の医者でしかも女。そのうえ警察に協力して犯罪者矯正《きょうせい》プログラムとかの治療をやってみようなんて奴は、どうせ市民運動家か良識派か、要するにお堅くて融通の利かない退屈な人間だろうとおれは思っていたのだ。

弁護人から週一回この矯正プログラムに通え、それが不起訴にする条件だ、と言われたとき、おれはうんざりした。不起訴はありがたいが、週一回とはいえ退屈な堅物ババアの前で心にもない相槌《あいづち》を打ったり、自分についても嘘八百を並べると思っただけで、心底疲れたのだ。

もちろん口から先に生まれたようなおれだ。世間知らずの医者ぐらい丸め込むのは訳はない。しかし面倒な事だと思いつつ、おととい東大病院の診察室でおれの前に座っていたのが、葉子《ようこ》だったのだ。

葉子はブスでもババアでもなかった。ついでに言えば退屈でもなかった。

彼女はすぐにおれに指示した。

『沢《さわ》竜二さんね。調書は読みました。こういう大きな病院で、いろいろ人の出入りもあるところでやる治療プログラムではないと思うの。私は研究のためにここに来てるだけですから。次回からは、私のクリニックに来てください。時間は……あさっての午後七時ではご都合いかが？』

というわけで、おれはここにいる。

おれは、彼女から渡された名刺を見た。

象牙《ぞうげ》色の上質な紙に、シンプルだがセンスのいい字体で、『精神科医・臨床心理士　一橋葉子』の文字が、このクリニックの住所とともに記されている。

エレベーターで五階に上がった。

扉が開くと、スーツを着て眼鏡をかけたサラリーマン風の若い男と入れ違いになった。

この時間、この階で灯《あか》りがついているのは葉子のクリニックだけだ、ということは、青白い顔のこいつも患者なのだろう。エリートサラリーマン風だが一見して「打たれ弱い」タイプだ。人間関係そのほかのストレスに悩んで、ここに来てるってわけか。どうにもならないことをうじうじ悩んで、考え込んで……あの大介の同類だ。

悪いな。世の中、お前や大介みたいなやつは、おれのような者のカモになる運命だ。

所詮お前らは負け犬だと叫んでやりたいのを堪《こら》えて、おれはクリニックのドアを開けた。

「……この治療プログラムはね、ある基金によって費用をまかなわれているの。誰もが受けられるわけではないのよ」

診察室で、葉子は警察で取られたおれの調書のコピーらしいものに目を通しながら話した。

おれは、そんなことは右の耳から左の耳に素通りするままにさせて、ただひたすら葉子の見事な脚と、タイトなスカートに包まれたはち切れそうな太腿《ふともも》、白衣をこんもりと押し上げるバスト、そして知性美にあふれる白い顔を視姦することにのみ集中していた。

まったく、ふるいつきたいほどいい女だ。AVやポルノ映画に出てくるセクシーな女医さんそのまんま……いや、さすがに本物だけあって、AV女優よりはずっと知的な感じがする。だが、そこがまたいいのだ。

整った美人だったり知的な女だったりすると余計に、思いっきり抱いて乱れさせたくなる。これは男なら誰しも思うことだろう。こんな美人で澄ましてる女医さんでも、休みの日には彼氏にフェラチオしてやったりアレを飲んだり、突っ込まれてアヘアヘ言ったりしてるんだろうな、など不埒《ふらち》なことを考えていると、突然叱責の言葉が飛んで、おれはびくっとした。

「ちょっと。真面目《まじめ》に聞いているの？　私の報告次第では、不起訴が取り消しになるかもよ」

おれは内心のヨコシマな妄想を隠す気もなく、思いっきり大胆に、ぶしつけに、葉子の目を見つめてにやりと笑ってやった。こうしてやれば、大抵の女はどぎまぎして目をそらすのだ。

ところが……葉子は一枚上手だった。

おれの視線をまっすぐ正面から受け止めて、そして、おもむろに唇の両端を徐々に吊り上げて……なんと、せせら笑ったのだ。

そんな視線ぐらい慣れているのよあたしは。その微笑は、明らかにそう言っていた。

バツが悪くなって先に目をそらしたのは、おれのほうだった。

「あなたはIQも高いし、前科は多いけれど粗暴犯ばかりというわけじゃない、今、適切な支援をすれば充分に社会復帰ができるという判断があったの。それに、これが重要なんだけれど、あなたの被害者から、ぜひにという希望もあったし……」

「おれの被害者って、和代《かずよ》のことですか？」

「そう。松川《まつかわ》和代さん。あなたが強姦した、その彼女よ」

「ちょっと待ってくださいよ。おれは和代をレイプしたわけじゃない。そうじゃなくて、あいつがおれに勝手に夢中になって、亭主も何もかも捨てて家を出るっていうから」

「……何を言うんだお前とは遊びだナニ勘違いしてるんだバカ、って酷《ひど》いことを言ったのよね、彼女に」

聞く耳持たぬという態度で、葉子は続けた。

「で、なぜかあなたは捨てるつもりだった彼女をレイプし、おまけに縛って写真を撮り、しかもその写真をネタに彼女から金品を脅し取ろうとした……」

「ちょっとちょっと先生、それじゃあサツの言い分を鵜呑《うの》みじゃないですか。なんか……がっかりだなあ。犯罪者の人権とか権利ってもんはないんですか？」

「しゃれた言葉を知ってるのね。教えてあげる。その、まさに犯罪者であるところのあなたのね、権利だか人権だかを何よりも尊重してですね、このプログラムの適用を条件に不起訴って事態を望んだのは、ほかならぬ松川和代さんなのよ」

「へっ⁉　あの女が？」

おれは驚いた。あんたは人間じゃない鬼だ悪魔だと絶叫した、あの和代がねえ……。いったい、どういう風の吹き回しなんだ、これは？

「和代さんによれば、あなたは本当はいい人だ、目を見れば判る、あなたには昔とても不幸なことがあってあんなひどいことを言ったりしたりするだけなのだと思う、あなたは本当は可哀相な人だ、だから治せるものならこの矯正プログラムで治してほしい、真人間《まにんげん》に戻ってほしい、そしてもう一度人の心を取り戻してほしい、とのことなのよ」

おれは気分が悪くなった。

真人間だぁ？　人の心を取り戻す、だと？　いまどきそんなアナクロなセリフを聞かされるとも思わなかったが、何よりも、それがいかにもあの女の言いそうなことだったからだ。

もちろん、おれは和代を口説くときには、『いいやつ』のフリもした。女の躰が手にはいって、むこうが夢中になってくるとすぐ飽きたのも、いつものことだ。しかし和代はほかの女とは違って、中々諦《あきら》めてくれなかった。どうせ人妻だから、とタカを括《くく》ったおれの目算は外れたのだ。

面倒になったおれは、いらいらして非常手段に訴えた。必死にすがる和代を縛って写真に撮り、カネを出せ、出さなければこの写真を近所じゅうにバラ撒《ま》いてやる、と脅したのだ。

ところが和代はそれで逆に家を出てしまった。あなたのためならソープにでも行くと言って押し掛けて来られたおれは、心底イヤになり、そのままバックレた。

すると彼女はくだんの写真を持って警察に被害届を出し、たちまちおれは強姦・強制猥褻《わいせつ》、並びに恐喝《きょうかつ》の罪状でお縄になったというわけだった。

「……だから、被害者は、どっちかっつーと、おれのほうなんすよ」

とおれは切々と女医さんに訴えた。

「さあね。私は判事じゃないから。それにあなた、口が巧《うま》そうだしね」

葉子は相変わらずクールだ。

「とにかく、これに懲《こ》りて真人間になりなさいよね。和代さんのせっかくの好意を無にしないように」

そういう口元は意地悪そうに微笑んでいる。

この女医さんは、本物の医者なのか……なんか、不謹慎ではないのか？

不謹慎では人後に落ちないおれでさえそう思ってしまったほど、その微笑みは楽しそうだった。

「おれ、帰ります」

なぜかカッとなったおれは、反射的に椅子から立ち上がっていた。

「あら、どうして？」

「だって……そうじゃないですか。この治療プログラムって早い話が『イヤガラセ』みたいなもんじゃないですか？　あの女は……和代は、おれが『真人間』になって牙《きば》を抜かれたら、これ幸いとヨリを戻すつもりなんだ」

頭に来るままに喋っているうちに、だんだんそうに違いない、と思えてきた。

本気で怒っていたおれは、いつもとは逆の事態になっていることにも気がつかなかった。女が相手の場合、いつもなら刺激したり挑発して相手を動揺させ、自分のペースに持ち込むのはおれのはずだった。

「まあ、そんなにカッカするものじゃないわよ」

余裕たっぷりの彼女の声に、ようやくおれは我に返った。この女医さんがなかなか侮《あなど》れない相手であることに気づいたのも、その時だった。

「真人間、って言葉に、なぜそんなに反応するのかしら、あなたは」

それは……とおれは言いかけて言葉を呑んだ。

そういう人間から真っ先に連想されるのが大介のようなやつで、そしておれはやつが大嫌いだからだ、とこの女医さんに言ってみても始まらない。やつとの繋がりは秘密にしておきたいからだ。

大介とは古い付き合いだが、その存在はサツには知られていない。イザというときに逃げ込む先があるのは重要なことだ。今までにも大介の仕事場兼住所に身を隠して難を逃れたことが何回かあるし、やつの保険証でサラ金から金を借りたことも数知れない。

しかし、それほどまでに便利な存在でありながらおれはやつが嫌いだし、利用しまくってもいっこうに悪いとか済まないという気持ちにはなれない。

なぜなんだろうか、とおれは初めて不思議に思った。

「それは……そういう人間ってのは、結局、食い物にされるだけの存在じゃないですか。そういうヤツが嫌なんだろうな……きっと」

おれは言葉を選びながら、葉子の質問に答えた。

そうか。おれが大介のことを嫌いで虐《いじ》めたくなるのは、まさにそういう、やつの不甲斐《ふがい》なさが原因なんだな、と判った気がした。

「ふうん。つまり自分は食い物にする側に回りたい、と、そういうこと？」

葉子に聞かれておれはぎくり、とした。

「……いや、そんなことないっすよ、別に」

それは図星だったのだが、この女医さんも一応サツの側である以上、認めるのはまずい。

葉子はおれに関するものらしい書類を見ながら、質問を続けた。

「あなたの、この生年月日……昭和四十四年六月二日って、間違いないのかしら。ちょうど三十歳ってことになるけど、それよりもずいぶん若く見えるわね」

それはそうだろう。おれの戸籍は買ったものだからだ。ガキの頃、上野《うえの》の盛り場でイキがっていたおれに目をつけたある組の組長が用意してくれたのだ。身寄りも前科もない、新しい身元さえあれば、おれがその組長のために役に立つことはたくさんあった。

おれが今使ってるこの名前の主は、生きてればおれより七つ年上の三十歳になるはずだ。しかしそいつのおやじもおふくろもギャンブルにハマり、親戚からもさんざん借金をして見放され、あげくの果てに失踪した。残された一人息子は高校を中退して配管工をしていたらしいが、ふっと仕事をやめ、上野に流れてきてホームレスになり、カネに困ってヤクザに戸籍を売り……その後のことは知らない。

「で、現在、あなたは上野にある消費者金融『エルム・クレジット』の社員をやってるのね」

おれはうなずいた。

現在のおれの仕事内容……貸し金の取り立てが主なものだが……など、さらにいくつかの質問を葉子はし、おれも適当に答えて、その日の『治療』は終わった。

こんなこと、まったく意味があるとは思えなかったが、葉子が魅力的なので時間のムダも鬱陶しさも帳消しだ。

「じゃあ、今日はこんなところで。来週のこの曜日の、同じ時間にね」

葉子があっさりとファイルを閉じ、そう言ったときは残念なくらいだった。

まあ……今日はおれも腹を立てたりして格好悪いところを見せてしまったが、来週からはこの女医さんを口説いて絶対モノにしてやる、と誓った。

＊

「う？」

気がつくと、大介は自宅兼仕事場の机に座っていた。

時計を見ると、もう深夜だ。いつものように、意識を喪《うしな》っていたらしい。

朝、下島からＯＫの電話を貰い、その後、撮影所での試写に出向いて主演女優の零奈の美しさに見惚れ、その後ろ姿を見送ったところまでは覚えている。しかし、そこから先が……憶い出せない。バッサリと断ち切られたように、欠落している。

どのようにしてか、撮影所のある小田急の沿線から、ここまで戻ってきたことは確かなのだろうが……。

あの事が、また起きたのだ。

彼の記憶にあるかぎり、人生というものは、不可解で謎に満ちた、しかも苦痛な出来事の連続だった。そうではない人生があるのだ、ということすら考える気力のないことも多い。

もちろん、人に良く思われなかったり誤解されたりすることなど日常茶飯事だ。

たまたま親しくなった相手がいても、気がついたら疎遠になっていた、という形で必ず去っていく。もしくは、「お前がそんな奴だとは思わなかった」という決まり文句を吐かれて。

だから大介は恋人はもとより、友人さえ作らないことにしている。失って孤独になった時の辛《つら》さが身に沁《し》みるからだ。それに自分が、必ず迷惑をかけてしまう存在らしい、ということも判っていた。

しかし、家族も交流のある親戚もなく天涯孤独と言っていい大介にも、たった一人だけ付き合いのある男がいた。

その男からの連絡メモが、ダイニング・テーブルの上に載っている。

『お前が修正したフィルムのコピーが必要だ。男がナイフを使うところと、あと車が写ってる部分。そこだけでいい。そこを誰が見てもわかるよう、紙に印刷しておれに寄越せ。言っとくが映画絡みじゃない。おれがちょっと知ってる筋からの話で、お前の依頼人の耳に入ることはない。お前に迷惑はかけないから心配するな。言うことを聞かなければ、お前の債権がヤクザに回るぞ。生命保険、限度までかけてマグロ漁船に乗るか？　それとも腎臓一個売るか？　おれにはもう止められない。ってことでよろしく。――竜二』

汚い文字が殴り書きのように紙の上で踊っていた。

それを見た大介の口の中に、苦いものが広がった。

この竜二との付き合いは、長い。大介にとっては腐れ縁のようなものだ。持ちつ持たれつ、といえば、竜二に甘過ぎるだろう。大介にしてみれば、一方的に迷惑をかけられているという思いが強い。金の事だけでもずいぶん厄介《やっかい》な目にあった。が、あの男は、万事休す、という時には意外に頼りになって、大介のために動いてくれるのだ。

大介には身に覚えのない組関係の複数のマチ金からの借金がある。それはいつもの事だし、書類が整っている以上はどうにもならない。諦めが早い、と他人には思われるだろうが、金に限らず、人生そんなもんだ、と大介は諦めてしまっている。

が、仕事道具のパソコンを差し押さえられ大介自身もマグロの遠洋漁船に乗せられかけた絶体絶命の時、竜二が目も覚めるような活躍をして助けてくれたのだ。

大介とマチ金会社多数との間に立って返済を猶予《ゆうよ》してもらえるよう仲介し、金利まで値切り、幾つかの借金をチャラにしてくれたのが、他でもないこの竜二だった。

とはいえ、大介は竜二のことが好きなわけでは全然ない。苦手というか、むしろ恐怖に近い感情を抱いている。ダメ人間と内心バカにされていることもはっきり判る。

なのに、彼は、竜二に対してだけは、どういうわけか隠し事ができない。女性関係（というほどのものはないけれど）にしても、僅かばかりの収入に関しても、とにかくすべて把握されてしまっているのだ。

今回のこの仕事も、極秘で請け負って秘密を漏らしてはいけないと、充分に判っていたはずだ。それがなぜ、いとも簡単に竜二にバレているのだろうか。大介は恐怖さえ覚えてしまう。

たぶん……考えたくないことだが、竜二に酒を飲まされたか何かで、今度のこともうまく聞き出されてしまったのだろう。きっとそうだ。

つまるところは、自分が悪いのだ。いつものように……。

とにかく何に使うのかは判らないが、迷惑はかけないというのなら、それを信じるしかない。竜二の言うことには逆らえないのだ。

大介が映像のバックアップデータから、いちばん判りやすいフレームを選んでプリントアウトしようとしていたその時……控え目な音でドアがノックされた。

こんな夜中に来る奴は、借金の取り立て以外に考えられない。

大介は身構えてドアを開けた。

ビルの廊下の暗い蛍光灯に、ほっそりしたシルエットが浮かび上がっていた。

その人影が前に出て、その顔が照らし出されたとき、あまりのことに大介は、ぽかんと口を開けてしまった。

その顔が、試写会で会って心にしっかり焼きついてしまった、あの夏山零奈、その人のものだったからだ。

淡いピンクのノースリーブでハイネックのシャツに、真っ白なミニスカート、同じく真っ白なロングブーツといういでたちが、彼女の愛らしさをいっそう引き立てている。

大介は一瞬わけが判らずに呆然となった。

だいたい、超美人スターである彼女が何故《なぜ》僕に会いに来るのだ？　無名の一般人のこの僕に。

竜二なら自分に都合よく「おれに惚れたからさ」などと言うのだろうが、自分にまるで自信のない大介は、そんな事は一ミクロンも思わない。

「おやすみでした？　こんな時間に突然来て、ご迷惑ですよね？」

零奈は小首をかしげて大介を正面からじっと見た。

「あ、いえいえ。ぼっとしてただけですから。あの、こんな所で立ち話もなんですから」

レンタルした二十台のパソコンをまだ返していない部屋の中は、足の踏み場もない。おまけに寝ている間に竜二が来て、冷蔵庫の中のものを勝手に食い散らかしている。流し台もテーブルも汚れた皿やラーメンのカップ、吸い殻が山になった灰皿で、乱雑きわまりない。

大介は、やむなく床に置いたパソコンを片寄せ、散乱したゴミや積み上げた書類を振り落とし蹴っ飛ばしては空間を作り、彼女を部屋の中に招き入れた。

「本来は僕、きれい好きなんですけど……」

大介はまるで説得力のない言い訳をした。

嘘ではない。彼は整理整頓が好きだ。しかし流しもテーブルの上も床も、すべてきれいに片付けた途端に、いつも竜二がやって来て、散らかすだけ散らかしていくのだ。この部屋は極端に片付いているか、極端に乱雑かの、常に二つの状態を行き来している。

ダイニングセットの二つしかない椅子の片方から、大介は積み上げられたマニュアルをどかし、零奈のために場所を作った。勧められるまま椅子に座った零奈は、しかしそのまま視線を落としてしまい、言葉を発しない。

間が持たない大介は、冷蔵庫を開けた。

作り置きの水出し麦茶すらない。全部竜二に飲まれている。

せめて冷たい水でも、と製氷皿を見たが、それも空だ。あいつはなぜ、使ったら水を入れておくぐらいの事もしないのだ、と大介は竜二を呪った。

零奈は黙ったままだ。仕方なく腰をおろした大介も、テーブルを挟んで黙っているしかない。

突如、零奈が顔を上げた。

「元のネガを、見せてください」

自害しようとする武家娘のような、激しい決意を秘めた視線だ。

「修正する前の、オリジナル・ネガを見たいんです」

彼女の顔は蒼《あお》ざめている。よほど思い詰めているらしい。

その切羽詰まった表情は、彼女が初めて見せるものだ。スクリーンの中であれほど官能的だった零奈とも、そのあと素顔で見た可憐《かれん》な少女のような雰囲気とも、まったく違っていた。

「それは……」

大介は迷った。彼女のためなら何でもしてあげたい。このネガは、竜二だってもう見ているのだ。しかし……なぜ？　主演女優なら、監督なりプロデューサーに頼めば、簡単なことではないだろうか。

理由を聞こうとした大介の前で、零奈はふらふらと立ち上がった。

そして突然、座ったままの彼に全身を投げかけてきたのだ。

その勢いに押された彼は、椅子ごとひっくり返りそうになった。

「ね、お願い！」

彼女の瞳には、真剣さという以上の、切迫した気合のようなものがあった。

「見せて。どうしても、見せてほしいの」

「いや、それは……出来ないんです」

「あなたが約束を守る真面目な人なのは判る。だけど……どうしても、見せてほしいの。いえ、見なくちゃならないの」

零奈は、その少女っぽい外見とは裏腹な、形のよい大きな胸をぐいぐいと押し付けてきた。コロンの控え目な香りが大介の鼻をくすぐった。むにょむにょと伝わってくる胸の弾力が、何とも言えない。彼女はそのまま大介の膝の上に乗って、彼の首に両腕を回してしまった。ミニの裾から大きくはみ出た白い腿が大介の目に飛び込んできて、消えない残像を作る。

大介は、零奈の躰の感触に頭が真っ白になってしまった。

それを見て取った零奈は、その肉弾攻撃をより強化した。

「ねえお願い見せて見せて見せて」

彼女は大介の首筋に齧《かじ》りついてキスしながら、唇を彼の顔のほうに移動させていった。ヒップと太腿が、大介の股間にちょうど当たる位置にきて、堪え難い刺激を伝えている。

「どうして……オリジナル・ネガなんか見たいんですか……」

「見たいから見たいの。ねえ」

『カラダを張って誘惑する悪女』の役を彼女は演じていた。

上目づかいに躰を擦《す》りつけ、バストとヒップを大きく振り、キスマークを首筋から頬にかけて盛大にスタンプしていく様は、カリカチュアのようなオーバーアクトだ。

「これでもダメ？　これでも？」

そう言いながらキスを浴びせてくる零奈に、しかし大介はひたすら躰を堅くするばかりだ。女性とじゃれ合うという経験が皆無に等しいこともある。

「私がこんなにお願いしてるのに？」

古風なヴァンプにコケットな味を混ぜた零奈は、その勢いのまま、大介の唇を奪った。

「う」

正面からキスされた彼は、全身に電気が走ったように硬直した。

ここが攻めどころと思ったのか、零奈はすかさず舌を挿し入れてきた。

大介の顔が強《こわ》ばった。

その緊張をほぐそうとするかのように零奈が、彼の頭をしっかり両手でホールドしようとした、その時。

大介は思わず彼女を突き飛ばしていた。

意外な力で突き飛ばされた零奈は、彼の膝から床に転げ落ちた。

「あっ……大丈夫ですか！」

悲鳴をあげて立ち上がったのは、しかし大介のほうだった。零奈への、怒りとも侮辱されたともつかない感情は消えていた。自分のした事にショックを受けた大介は、慌てて零奈を助け起こそうとした。

「真面目……なんですね……」

「ごめん……つい力が入ってしまって」

君はこんなことをする人間じゃないのに、と本当は叫びたかった。そして、こんな見え透いた手管が通用する人間だと、彼女に思われた事もショックだった。

これに乗ったら、僕は何かと引き換えに彼女の躰を要求するヒヒ爺《じじ》と同じじゃないか……いや、彼女の周りにはそういう男しかいないのか？　そして零奈は、必要なものをいつもこうして手に入れてきたのか？

床から立ち上がった彼女の顔からは、しかし誇張された官能的な表情は消えていた。

「……ごめんなさい。すごくヘンな真似《まね》をしてしまって」

さきほどの妖艶《ようえん》さは跡形も無く、零奈はまるで途方にくれた子供のように見えた。

「こういうのって難しい」

「……やっぱり、お芝居だったんだね」

大介の言葉に、零奈は顔を赤らめて頷いた。

「キャメラの前だったら簡単なの。相手も嘘の世界の人ならば……でも、あなた相手じゃ無理だったみたい……」

零奈は独り言のように呟《つぶや》き、そして大介に向き直ると頭を下げた。

「浅倉さんには、大変失礼な事をしてしまいました……本当に、ごめんなさい」

そう言った零奈は、決心がついたようだった。

「あなたには、正直にお話ししようと思います。実は……」

「あの、ちょっと……」

これは言っておかなければならない。大介は彼女をさえぎった。

「伺《うかが》っても、ネガを見せる約束は、出来ませんよ」

「いいんです。なぜ私が馬鹿な事をしたのかをお話しするんですから」

椅子に座り直した零奈は、自分に言い聞かせるようにして、話し始めた。

「あの場面のロケは、富山《とやま》県の立山《たてやま》町で撮りました。室堂《むろどう》というところです」

そういわれても、地理に疎《うと》い大介には判らない。零奈は、テーブルの上にあったメモの裏にペンで地図を書き始めた。

「長野《ながの》県の信濃大町《しなのおおまち》から富山に抜けるコースを、立山黒部《くろべ》アルペンルートというのですが……黒《くろ》四《よん》ダムはご存知ですか」

「ええと……申し訳ない。僕は観光にはあまり興味がなくて……」

コンピューター・オタクを自認する彼は、その方面の知識では他人には負けない自信があるが、それ以外の分野は苦手だ。そもそもグルメとか旅行とか、大抵の人間が好きそうなことに関心がないのだ。

「ごめんなさい。興味のないことを説明して……でも、我慢してもう少し聞いてね。……その、立山のあたりは日本でも一番山が険《けわ》しくて、道もない、凄いところなんです。その代わり、水が豊富で川の流れが急だからダムが出来て……道も出来て、やっと普通の人も行けるようになったんですが……。その室堂というところは、観光とかいろんな意味での基地のような場所なんです。そして……私たちにとって、とても大切な場所……」

「私たち？」

大介が思わず聞き返した。

「はい……。私と、私にとってとても大切なある人との」

そう言うと、彼女は唇を嚙みしめた。何かを耐えるような表情になったかと思うと、その美しい瞳から、大粒の涙がぽろりと零《こぼ》れた。

「その人は、私を置いてどこかに行ってしまいました。私を棄てるはずがないのに……。彼に何かが起こったのかもしれない。そしてその場所は室堂なのかもしれない。そう思うだけで居ても立ってもいられなくて……。ロケに出発する前に、場所が室堂だと知って、そのときから何かが起こりそうな予感があって」

彼女の言うことは断片的すぎて、意味がよく取れない。

「大切な場所、というのは、どういう意味で大切なんですか？」

そう聞かれて、零奈は目を上げて大介を見た。じっと見つめるその目には、言おうか言うまいか揺れる気持ちが浮かんでいた。

「……言えません。ごめんなさい。私には、とても大切な人で、大切な場所だとしか」

そう言うと、感情を抑えられなくなったのか、堰《せき》を切ったように涙を溢れさせた。しくしくではなく、ほとんど号泣するように泣く女の子を目の前にして、大介は途方にくれた。どうしていいのか判らない。

大介はおそるおそる近寄って、そっと彼女の細い肩に手を置いた。頼むからそんな声で泣かないでくれ、という気持ちだったのだが、彼女は大介にすがりついてきた。

零奈の体温や躰の震えが伝わってくる。

彼も思わず、両手で零奈をしっかりと抱きしめていた。

彼女の心は他の男にある。たぶん凄く深い繋がりで、芸能人の浮わついたスキャンダルとは別の次元のものだろう。ショービジネスの世界に偏見がないとは言えない大介だが、今の零奈の姿を見る限り、彼女の感情は真実のものだと確信できた。

相手が誰で、どのような絆《きずな》かは判らない。きっとそれはとても深くて、おそらくはどろどろとしたものだ。自分には測り知れない、入り込むすべもない世界なのだろう。それでも、泣きながら震えている彼女が堪《たま》らなく可哀相だった。

大介は彼女の頰につたう涙を思わず指で拭《ぬぐ》った。

唇を重ねてきたのは彼女のほうからだった。腕を回してきて、力を込めた。

それは、不自然なさっきの抱擁とは全然違っていた。大介も、今度は拒否できない。

もちろん、愛情からではないだろう。恐怖か悲しみか淋しさか、あるいはその全部かもしれないが、零奈は抱きしめてくれる腕、すがりつく肩を必要としているのだ。

襖《ふすま》の向こうには和室がある。ベッドを置いて寝室に使っているのだ。襖は半分開いていて、ベッドも少し見えている。

零奈は瞳の片隅でそれを捉え、彼を訴えるような目で見た。そして、あくまで大介の主観だが、その顎《あご》が、かすかにうなずいたように思われた。

夢にも思わなかった事が、現実になっていた。たしかに今日の昼間、試写の時に見た零奈は女神のように美しく、一目で好きになってしまった。しかし、新人女優に恋をするほど身の程知らずな大介ではない。しょせん別の世界の人だ、と思っていたのに……。

そんな零奈が、今、自分の腕の中にいるのだ。大介の頭は、スパークした。

気がつくと、二人はベッドの上にいた。彼の手が零奈のノースリーブを脱がそうとしていた。下にはベージュのブラ一つ。そのブラも薄いタイプで乳首が透けて見えた。裾の乱れたミニからは、太腿が大きく延びていた。股間にはブラとセットのショーツが見えた。

スカートからショーツが覗くという、それだけの光景なのに、どうしてこんなに胸が苦しくなるのだろう。彼女のブラウスを首までたくしあげたまま、彼の手はスカートの下に潜《もぐ》り込んで、彼女の下着に手を掛けていた。

思わず零奈の顔を見たが、彼に躰をあずけたまま、ずっと目を閉じている。

それでもかすかに腰を浮かせるような彼女の仕草に勇気を得て、彼は思いきってゴムに指をかけ、引き降ろした。

膝あたりまで脱がせて、指を再び股間に戻すと、そこにさわっと柔らかな秘毛を感じた。瞬間、彼の背筋に電気が走った。

大介は全身の血液が沸騰してくるのを感じながら、おそるおそるブラも外した。縛《いまし》めを解かれて、あふれるように乳房が零れ出た。仰向けになっても型崩れしない、きれいなラインを保ったままの、素晴らしい美乳だ。

あからさまに大きくはない。だが、ぐっと盛り上がっているその見事さは、昼間スクリーンで見たそのまま、いやそれ以上だった。

もう完全に思考力が麻痺《まひ》してしまった彼は、以後、どうやってスカートを脱がせたのかも覚えていない。とにかく、我に返った彼の目の前には、ほとんど全裸の零奈が横たわっていた。

もちろん、彼の男性は痛いほどに硬くなっていた。

自分も手早く、ほとんど服を引きむしるように脱いだ大介は、おそるおそる彼女に体を重ねた。

しかし体は重ねたものの、大介はそれ以上の行為に踏み切れないまま、両手をついて体重を支えていた。彼女の裸体はあまりにも美しく、あまりにも繊細で、自分のようなものが手を触れていいのだろうかとさえ思ってしまう。

そんな彼に焦《じ》れたように手を伸ばしてきたのは零奈だった。両手で彼の頭をはさみ、ぐっと引き寄せる。唇を強く吸われた大介が思わず口を開くと、そこから柔らかい、生き物のような舌がするりと忍び込んできた。

同じディープ・キスでも、さきほどの攻撃的でわざとらしいキスとは、まるで違っていた。どこかひたむきなものが感じられて、大介も最初は遠慮がちに、そして次第に激しく、零奈のキスに応《こた》えていた。

大介の胸の下にある彼女の乳首が、しゅん、と硬くなった。軟式のテニスボールのように弾力のある乳房が、揺れた。

あそこが痛いほど充血して勃起している。これほど近々と女体に接した記憶がない、要するにはっきり言って『童貞』である彼には、この後の一歩を踏み出すことが恐怖だった。

一刻も早く、彼女と一緒になりたい、彼女の中に入りたい。それは本能だ。

怒張したペニスに手を添えて、大介は必死に零奈の秘腔を探り当てようとした。しかし初めての哀しさ……焦るばかりで、場所が判らないのだ。

冷や汗が出て来そうになった時、行き場を失った彼のものを、そっと握る指の感触があった。

零奈が、優しく彼のものをガイドしてくれているのだ。

同時に彼女が脚をさらに開き、腰を浮かせる気配があった。

敏感な男の先端が、熱くて柔らかな部分に触れた。

あとは、本能だった。

するりと潜り込んだその場所の、その温かさ、伝わってくる感触……。

『至福』という言葉が、一瞬、大介の頭を駆け巡った。

温かな肉が、彼のものを包みこんでいる。

そこは火傷をするほどに熱く、そして洪水のように濡れていた。彼の分身が前進すればするほど、彼女の媚肉は優しく包み込み、きゅっと締めつけてきた。

「ああ……」

その感触は、彼にとって空前のものだった。まさしく、天にも昇る感じだ。そして、自分の躰の下には、素晴らしいプロポーションの零奈の肉体がある。昼間、スクリーンに大きく映し出されたあの魅惑的な肢体そのものが、あるのだ。

大介は感極まって、彼女の首筋にキスをした。その息が、零奈の形のいい耳に吹きかかったらしい。

「あ、ん……」

そこが性感帯なのか、彼女は身をよじらせて、花芯もさらにきゅん、と締まった。

「あっ、ダメだよ……」

大介は、あっけなく果ててしまった。

「ごめん……きちんと出来なくて」

しかし零奈は首を横に振った。無言のまま彼の顔を引き寄せて熱いキスを浴びせてきた。同時に大介は、自分の胸に妖《あや》しい、なんとも言えない感触を覚えた。

零奈が、その細い指先で、彼の米粒ほどの乳首を弄《いじ》っているのだ。

「あ……止めてよそこは……くすぐったい……」

しかし零奈は、彼に巧《たく》みな愛撫を続けた。射精してしまった大介だが、挿入したまま萎《な》える事はなく、再び活力がみなぎってきた。

「……もう一回、いい？」

零奈はこくりと頷いた。

硬度がすっかり戻った彼は、そっと腰を動かしてみた。彼女の果肉がぴったりとペニスに寄り添う感じだ。吸いつくように締まってくる。腰を前後にピストンさせてみると、限界まで貼りついていた秘肉がとろりと離れて、きゅうと収縮する。その都度、零奈は小さく可愛い声をあげた。それはまるで天使の歌声のように、大介には聞こえた。

再び肉茎を沈めていった。

「うううん……ああ」

女芯に飲み込まれていくのに合わせて、大介自身の声も洩れてしまう。繋がっている部分からつたわる快感に誘われるように、彼の腰の動きもだんだんとピッチを上げて早くなっていく。零奈の肌も熱を帯び、汗がにじんできた。もともと滑らかな零奈の肌は、汗で湿るとさらに吸いつくような感触がある。

「ああ、ああ、ああ」

彼のピストンに合わせて、まぎれもない歓喜の声が、零奈の愛らしい唇から洩れた。

彼女にこんな声をあげさせているのは……彼女をこんなに気持ちよくさせているのは、本当に自分なのだろうか？

大介は感激と同時に自信のようなものも感じながら、ゆっくりと自分自身も快感に押し上げられていった。二度めのそれは、例えようもなく深く、長いものだった……。

障子のかわりに吊ってあるブラインドから、朝日がこぼれた。

目を覚ました大介は昨夜の事を思いだし、夢だったのか、とふっと微笑み……そして、横に寝ている裸の零奈に気がついた。

夢ではなかった。今でも信じられない。しかし現に、自分の横にはゆうべ、いや今朝の明け方、激しく、三度も続けて愛しあった零奈が、そのままの姿で寝ているのだ。

その寝顔は、可憐だった。無垢《むく》な少女がそのまま大きくなったような感じだ。

彼がじっと見つめていると、その視線を感じたのか、零奈も目を開けた。

「おはよう」

彼が声をかけると、世にも幸せそうな表情を浮かべて、「おはよう」と言葉を返してきた。飼い主の横で安心しきっている小動物のようだ。

「マスコミってのは、信用出来ないんだね」

大介がそういうと、零奈は、え？という顔になった。

「だって……君のことを『魔性の女』とかなんとか。全然違うのに」

零奈はきゅっと唇を吊り上げるような微笑みを浮かべると、大介に腕を回してきた。

「そういうことを言ってくれるのは、あなただけよ」

眠気の残った舌っ足らずな口調は、少女そのものだ。なのに、彼女の裸の躰から溢れてくる色香は、成熟しきった女のものなのだ。

「あの……」

大介は次の言葉を言おうとすると急にぎこちなくなった。

「君が、好きだ」

「……私も」

そういう彼女の表情は、無垢な子供のようだ。『魔性の女』なんてイメージは、どこで誰が作り上げたのか。

「私も好きよ……大介さんの事」

大介の顔に何かが浮かんだのか、零奈は慌てて付け加えた。

「昨日私が無理を言ったことは、忘れて。それとはまったく関係なくて、あなたが、好き」

彼女はそういうと、唇を求めてきた。貪《むさぼ》るように、舌を絡めた。そして、手は、彼のペニスを優しく包みこんで、微かにしごき始めた。

「あなたは……あなただけは、私に嘘をつかない人だと思うから……」

その言葉を聞いた大介は、瞬間、堪らなくなった。彼女の切なさのようなものが、ほとんど直観のように理解できたからだ。

大介は、黙って彼女を抱きしめて体を重ね、再び花びらに分け入った。

第3章　プロット（陰謀）――フィルムが仕組んだ罠《わな》

深夜。おれは大介の部屋のキッチンにいた。やつがおれの言いつけ通りに画像を出力したことは判っている。隣りの和室からは、深く熟睡した規則正しい寝息が聞こえているが、おれは別に気にしなかった。窃盗《せっとう》や押し込みはお手の物だ。絶対に物音を立てない自信がある。

やつのベッドには女が寝ている。やつの居ないときに始終ラブホテルがわりに使わせてもらっているこの部屋だが、おれの女ではなく大介の女が寝ているという事態は画期的だ。

それもやつには勿体《もったい》ないほどのいい女だが、今ちょっかいを出そうとは思わなかった。やつのものはおれのものだ。この女も、抱こうと思えばいつでも抱けるだろう。

それより、例のプリントアウトを手に入れるのが先決だ。明日になってやつの気が変わり、あだこうだとゴネられては面倒だ。

画像のプリントアウトはキッチンの、シンクの上に取り付けられた戸棚に投げ込んであった。やつの考えそうなことは、おれには大体手に取るように判るのだ。

おれはその紙を広げ、その画像を眺めた。かなり拡大してあるが、四人の男たちの顔までは判らない。残念だ。殺人であることは間違いないが、加害者も被害者も不明では、誰を脅すことも出来ないじゃないか。

と、おれは画面の右下に小さく写っている物体に目を止めた。薄茶の4WDらしい車だ。もちろんナンバーなんて読めない。車自体もありふれたものだが、ボディの横腹に何やら文字が見える。会社名が読めるかと目をこらしたが、拡大もこれが限界なのか、やはり読めない。ぼやけて滲んだ、モザイクのかかったような状態にしか見えない。おれは落胆した。

が、しかし。

おそらくは(株)何とか建設、と書いてあるようないくつかの文字から少し離れて、やや大きなロゴマークのようなものが見える。

それは横に長い菱形をしていた。いや正確には菱形に、四つの切れ込みがはいった花菱とかいうやつだ。

このロゴには見覚えがある。澤田《さわだ》組だ。澤田組の代紋に似ているのだ。

澤田組といえば、おれが世話になってる金融会社を通じて繋《つな》がりがないわけでもない。組事務所もここから近い。

澤田組がどこかの企業と繋がりがあったかどうか……おれは記憶をめぐらせて事実関係を思い出そうとした。

暴対法が施行された時、澤田組は組織の一部を株式会社の形にし、若頭《わかがしら》だった垂水《たるみ》という男を役員として入れた。垂水建設資材という会社だ。

垂水はこの会社が出来たとき杯を返し、表向き澤田組とは一切無関係という体裁《ていさい》にしたはずだ。

なぜおれがそれを知っているかというと、数年前、おれが社員として籍を置いているマチ金に、垂水建設資材から融資の申し込みがあったからだ。

あの頃、垂水の会社というか澤田組は、北陸のほうの観光開発にからむ会社の乗っ取りを企《たくら》んでおり、資金を必要としていたのだ。

あの話はどうなったんだっけな……と、おれは記憶をたどるうちに大変なことを思い出した。

澤田組の先代組長は射殺されている。

誰がやったのか、また何のためにやったのかは二年近く経った今でさえ諸説紛々だ。おれのような裏の世界の住人にさえ不可解な事件なのだ。

しかし一説によれば澤田組はかなりの額にのぼる手形詐欺《さぎ》に引っ掛かり、怒り狂った組長が草の根をわけても報復をと命じたその直後、相手方の先制攻撃を受けてあっけなく殺されてしまったとのことだ。澤田組にしてみれば不名誉きわまりない噂《うわさ》だ。

おれにしてもこんな無茶苦茶な話は信じられない。もしも本当ならカネは取られるわ、組長は殺されるわで澤田組はまさに踏んだり蹴ったりだ。下手に抗争を起こせば警察が速攻で組織ごと潰《つぶ》しにかかる今の世の中で、ここまで乱暴な事をするやつは、まずいない。

少なくとも日本のヤクザには。

おれが籍を置いてるマチ金が垂水の会社に融資したカネは結局焦《こ》げついた。この不景気に数百万という金額は小さなものではなかったが、組長を殺された垂水が逆上してしまい、とても集金しに行ける状況ではなくなったのだ。

待てよ。垂水はあの時、組長の仇《かたき》はきっと討ってやると喚《わめ》いていたのではなかったか。

殺人現場の近くに映っていた垂水建設資材の車、そこから降りたガタイのいい男……そういえば、顔は判らないが、あの体つきは垂水治郎《じろう》のものに良く似ている。

善は急げだ。おれは今晩中に、澤田組、いや垂水建設資材に当たりをつけてみることにした。

そのビルは真新しいが、空室が目立っていた。入居しているのは澤田組とその息のかかった、いわゆる「フロント企業」数社のみ。その中の一社、城東《じょうとう》土地建物がこのビルを持っているのだが、バブルの煽《あお》りで膨大な借金をかかえ、実質は倒産状態だ。

もちろんこのビルもとうの昔に銀行の担保に取られている。だが、城東土地建物には負債を返す意志がない。モロに暴力団絡みなので銀行も手を出せない。おかげで澤田組も垂水建設資材も、家賃すら払う事なく、のうのうと事務所を構えていられるのだ。

いずれは真面目にあくせく働いているやつらの税金がヤクザの借金の穴埋めに使われることになるんだろうが、おれとしては税金なんか払っちゃいないので、痛くもかゆくもない。

オートロックのビルの入り口は暗い。公共料金を払いたくないので節約しているのか。しかしビルの上階の窓には深夜、いや未明といっていい時刻にもかかわらず、電気が点《つ》いている。

おれはエントランスに入って、入居しているオフィスのネームプレートの脇にあるインターフォンのボタンを押した。

「垂水建設資材」

野太い男の声がぶっきらぼうに応答した。こんな時間に何をしているのか。

「若頭……いや専務の垂水治郎さんに、大事な話があるんですが。エルム・クレジットの沢ってもんです。例の、北陸のほうの件で、ちょっと……」

返事はなかったが、ビルの玄関のオートロックが、かちり、と外れる音がした。

垂水治郎は筋肉質の、ガタイのいい男だ。澤田組きっての武闘派という看板がそのまま実体化したようなやつだ。岩を彫り刻んだような顔立ちから、冷徹な視線がこちらを睨《にら》みつけている。

そのスティーブン・セガール顔で、垂水は言った。

「何だおめえ。何を知っている？」

ドスが利《き》いたというのもはばかられるような、地の底から湧いてくるような声だ。大抵の人間ならこれだけで怯《おび》えあがり、失禁しそうになる。しかしおれは平気だった。物心ついて以来、怖かったとか、恐ろしいという感情を持ったことがないのだ。

おれは革のブルゾンのポケットから、折り畳んだプリントアウトを取り出して垂水に渡した。

全部が親指なんじゃないかと思うほど太い指ばかりの手でそれを広げた垂水が、顔を上げた。

わけがわからん、という表情が浮かんでいる。

「貴様、いったい何が言いてえんだ？」

どうやら完全に場違いのようだった。この事務所の雰囲気から、明らかにおれは浮きまくっていたが気にせず続けた。

「この景色に見覚えがありませんかね。北陸の、立山ってとこですよ。おたくの会社はこの夏、たしかあっちで仕事をしたはずだ。それと右下に写ってる車、これもおたくの会社のものだよね」

「だから何が言いてえんだ？　シンプルに話せ」

「単刀直入に話してますよ。垂水さん、あんたには殺しても飽き足りない人間がいる。そして、この画像。小さいからイマイチ判りにくいが、これはあんたで、この車もこの会社のもの、そして写っているのは、かなりヤバ目の瞬間……とくれば」

殺しても飽き足りない人間がいるだろう、というのはブラフだ。だが、おれも手ぶらで帰るつもりはない。もしこの殺しに垂水が絡んでいるのなら、百万や二百万のカネにはなるはずだった。

「誤解しないで欲しいんですが、おれはサツに駆け込もうってわけじゃない。ただ、おれならこの写真の原版を持ってる奴と話をつけられる、間に入りますよ、と、それを言いたいだけなんすよ。誰にだって殺《や》っちまいたい奴はいるもんですからね」

垂水治郎が、それまで机の上に投げ出していた足をいきなり蹴った。反動で後退した回転椅子から弾かれるように立ち上がって、やつはそのままこちらに突進してきた。

気がつくとおれは垂水に胸倉をつかまれていた。踵《かかと》が五センチくらい床から浮き上がっている。

「てめえ！　おれが高齋《こうざい》の野郎を殺っちまいたいってことを、何故知っている？」

おれと垂水の顔は五センチと離れていない。その至近距離から垂水は目を剝き、取って食わんばかりに、かみつくような勢いでおれを怒鳴りあげていた。

垂水が全身から放っている磁場のような暴力のオーラも、その突き通すような目つきも普通の人間ならそれだけで失神してしまうほどのものだ。しかしおれは、近々と迫ったその岩のような顔も、どこか他人事《ひとごと》のような冷静さで見ることが出来た。

これだけ怒るってことは、何かあるな、やっぱり……。

腕の一本や二本、折られることは別に怖くない。

繰り返すが、おれには『痛み』という感覚が判らない。医者によれば無痛症とかいう特異体質らしい。怪我《けが》ならいずれ治る。命まで取られるのは困るが、垂水が何も調べずにいきなり最終手段に訴えるとは思えない。この画像の出所をまず探ろうとするだろう。交渉の余地はある。

「何とか言いやがれ！　おい」

いきなり膝蹴りが腹に来た。痛くはないが息が詰まる。苦《にが》い液体が喉にせりあがってくる。それでも平然としているおれを見て、垂水はさらに逆上した。

おれの喉輪をつかんで叩きつけるように壁に押しつけ、堅く握った拳《こぶし》を、垂水は思いっきり引いた。顔を殴《なぐ》るつもりだ。しかし電光石火のその動きも、音のないスローモーションのようにしか見えない。

鼻をやられたらしばらく女とは縁がなくなるかもな、とおれが葉子先生のことを思い出し、ちょっと残念な気分になったそのとき。

「専務、マズいっすよ。この沢ってやつは、橘風会《きっぷう》の親父さんにどういう訳だかえらく可愛がられてるんす。今あそことは事を構えないほうが」

見ると垂水の背後に三人ほどの手下が貼りついて、振り上げた拳を押さえていた。事務所に居合わせた全員が、垂水の常軌を逸《いっ》した逆上ぶりに慌てているようだ。

引き離されたおれに、年配のヤクザ《やま》が近づいてきて小声で言った。

「兄さん。見てのとおり、専務に疚しいところはないよ。兄さんにも言いたいことはあるんだろうが、今晩はこれで引き取っちゃくれまいか。こっちもちょっと取り込み中でね。おれたちだって、いつでもこんな時間まで事務所に詰めてるわけじゃないんだよ」

その時、電話の呼び出し音が鳴った。

「放せ！　締め上げて高齋の野郎の居所を吐かせるんだ！　こいつは絶対に何か知っている！」

と喚く垂水を何人かの組員、いや社員たちが必死になだめる傍らで、電話を受けている人間の口調からは緊迫感が伝わってきた。

「はい。四人、入れ替わって乗船ね。明日の昼ごろ魚津《うおづ》に上陸と……了解。例の場所まで連れてきて貰えれば車で拾います」

こんな真夜中に事務所を開けていたのは、どうやら密入国の連絡待ちだったらしい。

おれは地名に聞き耳を立てた。魚津なら富山県だ。

おおかた蛇頭《スネークヘッド》とでも組んでいるんだろうが、密入国させた外国人はそのまま北陸のほうの建設現場で働かせるのかもな、とおれは思った。垂水建設資材および澤田組は、どういうツテか北陸方面にコネクションを持っている。例の、観光開発会社乗っ取りを画策して以来のことだ。

待て。その観光開発会社の重要な資産だったホテルは、たしか立山にあるのではなかったか？　そして、ほかならぬ殺人らしき瞬間が偶然フィルムに収められた現場も、立山だ。これはやはり何かある。

おれは手応えを感じた。垂水が口にした『高齋』という名前も心に止めた。

相変わらず喚いている垂水に、手下たちはなぜか怯えさえ感じられる口調で、専務その名前は出さないほうが、などと言っている。

おれは胸倉をつかまれて伸びたシャツの襟元を直し、一礼した。

「お忙しいところお邪魔さまでした。じゃ、この件についてはまた改めてってことで……」

「待ちゃあがれ！　吐け、やつの居所を吐かせるんだ！　高齋の野郎、草の根を分けても仕留めずには置かねえ！」

と喚く垂水の怒号を背に、おれは事務所を後にした。高齋という男と垂水治郎、澤田組、そして立山のリゾートホテルの関係を調べてみようと思いながら。

＊

「何だこれは？　どういうことなんだ⁉」

コンビニで弁当と一緒に買って来た夕刊紙を開いた大介は、芸能欄を見て仰天《ぎょうてん》した。

零奈と朝まで何度も、繰り返し愛し合ったその日、大介は慣れないことをした疲れで、夕方まで寝てしまったのだ。

『撮影の打ち合わせがあるので帰ります。あなたが好き』

零奈はメモを残して去り、目が醒《さ》めた時、大介はなぜかみぞおちが痛かった。恋の病が胃に来たのだろうかと思いながらコンビニに行き、零奈を恋しく思うままに『鳴沢監督』の文字が躍るスポーツ新聞も買ってしまった。だが。

『鳴沢監督、新作映画無断修正に激怒！』

特大太ゴシックの見出しがページに躍り、文字通り激怒した初老の男の写真が、大きく掲載されている。この顔は、撮影所での試写の時に見た、監督本人のものだ。

そして、『映画の一場面』というキャプションがついた写真には、零奈が写っている。

これは、彼が画面修正を担当したあの映画に違いない。しかし、『無断修正』とはどういうことだろう。

彼は、弁当そっちのけで食い入るように記事を読んだ。

この鳴沢監督という人は、なるほど下島の言うとおり、日本を代表する世界的な巨匠らしい。

記事は次のようなものだった。

『鳴沢享《とおる》監督の十年ぶりの新作のネガを何者かが無断で修正した事が判り、同監督は「渾身の作品に傷がついた」と激怒している。問題のネガは、中部山岳国立公園内で特別の許可を得て撮影された場面の一部。そのフィルムが現像所のネガ編集室内で保管中に、なにものかの手によって盗み出され加工されて差し替えられていた、というもの。

「あの部分のロケには大変な労力を要した、この作品の中でも大変重要なキーになる部分。私の監督生命がかかっていると言っても過言ではない」と鳴沢監督は息巻いている。しかし当紙の取材に対して関係者は一様に口を閉ざし、警察も正式な告発がない以上は動けないとしており、業界関係者の一部では、鳴沢監督一流の、宣伝を意識したお騒がせパフォーマンスではないかと囁かれている模様』

この記事を読むだけでは、意図の不明な問題人物による騒ぎ、としか思えない。しかしあの修正は、監督にも撮影監督にも見破られない仕上がりになっていたはずだ。

もちろんネガそのものを調べれば、オリジナル・ネガと修正済み差し替えネガでは、使うフィルムの種類そのものが違うので、フィルムを見るだけですぐに判ってしまう。監督はなにか不審な噂を聞きつけてネガを調べたのだろうか？　記事によれば、鳴沢監督は映画の技術面すべてに精通した完璧主義者だそうだから、やりかねないかもしれない。

しかし、その記事の横に、いくぶん軽く扱われた記事のほうが、大介の注意を引いた。

『修正ネガに殺人の瞬間？　ロケバス運転手は見た！』

という見出しの記事だ。

『不当に修正されたと鳴沢監督が主張するシーンが撮影された立山ロケだが、ロケ中に不審な断末魔のような声が聞こえ、背後の山中に金属が反射するような光が目撃されたという情報が、複数の関係者の口から明らかになっている。特に撮影当日、早朝からロケバスを運転していた地元の建設作業員Aさん（四六）は次のように語っている。

「主演の速水亮《はやみりよう》が猟銃を撃つ芝居をして、夏山零奈が倒れたちょうどそのすぐ後に、ぐえぇっ、という音がした。自分は作業でよく山に入るが、あんな動物の声は聞いたことがない。そういえば、背景になる遠くの山裾に不審な車も停まっていた。キャメラに映り込んだりはしないのかと心配だったが、誰も何も言わず撮影はそのまま続いた」

しかしロケ場所を管轄する富山県警によると、ロケ期間中、該当地域では事件性のある出来事も、それに関する目撃情報も一切何もないとのこと。またスタッフが見たラッシュ試写にも背景に不審なものは何も映っておらず、運転手の勘違いである可能性が大きい』

と、この記事は、冷淡ともいえる調子で、この証言を軽く扱っている。

さらにその横には、匿名《とくめい》扱いでタレント出身の世界的映画監督のコメントも寄せられていた。

『オレのフィルムに手を入れるな？　そりゃいかにも鳴沢サンのいいそうな事だって。背景に殺人の可能性って、あのジジイ、宣伝になるんだったらUFOが映ってました火星人のセックスも撮りました、ぐらいのコトは言いかねないよ。巨匠だからいいけど、オイラがそんな事言おうもんなら翌朝、スポーツ新聞で袋叩きだっての』

この匿名コメントを寄せた監督は鳴沢とは仲が悪いことで有名らしい。外国で賞を取った作品を鳴沢監督がけちょんけちょんに貶《けな》して以来のことだというが、とにかくこのコメントが決定的で、どうやらこれは完全に鳴沢の売名行為と看做《みな》されているらしかった。

しかし大介にしてみればそうはいかない。

自分が修正したフィルムに映っていたものが、本当に殺人の瞬間だったかもしれない。その現実が、にわかに大変な重みでのしかかってきた。

なにしろ鴫沢の怒りがヤラセではなく本物であることを知っている、数少ない人間の一人が自分なのだ。まず襲ってきたのは、「面倒な事になった」という本能的な恐怖だった。その次に考えたことは、「今度も竜二のせいだ」という確信と後悔だ。

そもそも、ああいう危険な匂いのするフィルムを、竜二のような人間には絶対見せてはいけなかったのだ。竜二にフィルムのプリントアウトを渡したのは、僅か昨夜のことだ。それなのに二十四時間も経たないうちに、もうこれだ。

竜二という人間が自分に災厄《さいやく》を運んでくるために存在しているような気がして、大介は恐怖に襲われていた。

そもそも修正の仕事を持ってきたあの下島の印象が良くない。そして、そんな男の依頼でフィルムの上から消したのは、まさに男が殺《け》される光景らしきものだったではないか。

その箇所が単に映画にとって邪魔で、リテイクされる経費のことを思って、内々に監督に秘密の修正がなされたのだ、とはもはや大介には思えなくなっていた。

いつもそうだった。竜二がらみのことで自分はこれまで何度も面倒に巻き込まれてきたし、たぶんこれからも巻き込まれるだろう。どうしてこれ以上、わざわざ新しい面倒な事に首を突っ込まなければならないのだ？　もう御免だ。オリジナルのデータ・ファイルは消し去り、このことの一切を無かったことにするのだ。

大介はオリジナル・ネガのデータが記録されているハードディスクをＭａｃに接続し、『デリート』のキーを押そうとした。このネガは竜二の言いなりに今まで保存しておいたものだ。しかし、この儲け口については諦めてくれと竜二には言うしかないだろう。

だが、そこでオリジナル・ネガのデータを消去しようとした大介の手が止まった。

零奈だ。零奈のことはどうする？

『どうしてもオリジナルのネガを見なければならないんです』と必死の面持ちで哀願し、涙を流した昨夜の彼女を思いだし、大介は胸が苦しくなった。

同時に、昨夜抱いた躰の柔らかさ、肌のすべらかさ、何ともいえない愛らしさまでがどっと甦ってきて、股間に烈しい疼きも覚えてしまった。

駄目だ。零奈に嘘はつけない。

彼女を本当に好きになってしまった自分は、このオリジナル・ネガを、きっと見せてしまうだろう。しかし……それさえも罠《わな》だとしたら？

昨夜のことは零奈にとって愛情でも何でもなく、オリジナル・ネガを見るための「色仕掛け」に過ぎないのだとしたら？　そして零奈の背後にいるのが……鳴沢監督だとしたら？

こんなことまで考えてしまう自分が大介は嫌だった。しかしこれまでの人生に、何度となく謂《いわ》れのないトラブルに巻き込まれてきた大介は、ともすれば自分に起こる事や出会う人間のすべてが自分を陥れようとしているのではないか、という不安を抑えられないのだ。

そうだよな。あんな美人で、しかも前途洋々の新人女優である彼女が、僕なんかを本気で好きになるわけないじゃないか……。

哀しみと怒りが衝《つ》き上げてきた。やはり自分は舐《な》められていたのだ、と思った。

竜二だけではなく、零奈にまで。

今度彼女に逢ったら、思いっきり冷たく突き放してやろう。ネガなんかは持っていない、それが目当てで僕と寝たのならお門違いだよ、まあ、こっちも君の躰を思いがけず堪能させてもらったけどね、と言い放ってクールに背を向けられたらどんなにいいだろう。

けれども、自分にそんなことが出来ないことも、大介はよく判っていた。

騙《だま》されている、陥れられようとしている、それを知っていても、自分はやはりそういう羽目になってしまうのだろう。いつも竜二にやられているように。

何も、誰も、信じられない。とんでもないトラブルに自分は巻き込まれようとしているのかもしれないのに、本当のことを教えてくれそうな人は誰もいない……。

大介はひしひしと迫りくる孤独と恐怖を感じた。

無力感に苛《さいな》まれるまま、しかしその手はブラウザを起動し、インターネットに繋いでいた。

自分が身を守る手段はこれだけだ。頼りになる家族も友人も、信頼できる友人さえいない自分には……。救いを求めて、そして不安を鎮《しず》めるために、大介はインターネットに繋がったパソコンの前に座り、キーボードを叩いていた。

今の世の中、インターネットを使ってＷｅｂ《ウェブ》の情報を手繰《たぐ》るだけで、かなりの事が判る。公開情報を丹念に精査していけばそこにはお宝が待っている、とある高名な評論家が言ったが、それは本当だ。

ここから先は、ハッキングは最後の手段で充分なのだ。

大介のホームグラウンドだ。女や金といった現実の社会には弱いけれど、サイバーな世界なら水を得た魚、というものだ。

まず検索専用エンジンで『夏山零奈』を調べてみる。

かなりの件数が表示されたが、そのほとんどはファンが作ったホームページと、スキャンダルがらみの芸能記事情報だ。肝心の、大介が知りたいと思っている彼女の経歴に関する情報はほとんど何も出てこない。

一九八〇年新潟《にいがた》県生、富山県内のある高校を卒業後、地元の観光ホテルの喫茶室でウェイトレスとして働いているところをロケハンに来た鴨沢監督に見いだされデビュー、という以外の情報は入手することは出来なかった。

つまり、オリジナル・ネガに映っていた、零奈がその生死を知りたいと心から願っている『ある人物』についての手がかりはまるでないということだ。

次に、『鴨沢享』のキーワードで検索してみる。名前だけのキーワードには同姓同名の情報も混じるが、そういうゴミも含めて、丹念にヒットしたホームページを見ていくのだ。件数は零奈のものとは比べ物にならないほど多かったが、三十分ほどでチェックし終えた。

その結果、鴨沢の出身校、映画界入りした経緯、デビュー作、映画作家として世界的に認められていった軌跡までは大体つかめたが、名前からの検索ではそれが限度だ。

次いで大介は、鴨沢の高校までをも含む出身校、製作・配給にかかわった映画会社、出資したスポンサーなどの情報を検索して人脈を辿っていった。

世界的な大監督だけに交友範囲は広く、人間関係も行きつけの居酒屋のオヤジから政治家まで多岐に亙《わた》っている。大介は、リストをプリントアウトして、いかがわしい度合の強い人物を残していった。政治家や財界人は残る対象だ。

その中で、何か匂う人物の経歴を調べた。

リストの中で目を引いたのが、『K』というイニシャルだった。

『K』の名前は、『鴨沢亨』関連で検索した雑誌記事情報の中に、一件だけ登場する。

その記事が掲載された雑誌『週刊激ウラスキャンダル』は、索引を見るかぎりでは、風俗やギャンブル、暴力団関係の記事をメインに扱っている雑誌のようだ。信憑性《しんぴょうせい》は大して問題にされず、いかに煽情的に読者の興味を惹《ひ》くかが編集方針なのだろう。

しかし大介は、いつか竜二が言っていたことを思い出した。

『この手の雑誌に、たまーに政財界のウラ情報みたいのが載ってるよな。そういうのは案外本当のことなんだぜ。新聞や一流雑誌の記者じゃ書けないヤバい事でも、こういう雑誌はぽろっと載せることがある。たとえば「激撮!! 不倫人妻・袋とじヌード」「なんとか組、次期組長を狙う若頭と組長代行、血の報復人事」みたいな記事やグラビアの間に「与党幹事長と関西地上げの帝王を結ぶ黒い資金の流れ」という記事があっても、まず国会で取り上げたりはされないもんな』

『週刊激ウラスキャンダル』の問題の記事は、「カンヌを制覇！　世界の鴨沢周辺で囁かれる

『イヤな噂』」というものだった。

日本映画界から干され鳴かず飛ばずだった鳴沢監督が久々にメガホンを取り、結果的にカンヌ映画祭のグランプリを獲得し、まさに起死回生となった作品の、製作費の出所をめぐる記事だ。『週刊激ウラスキャンダル』はその金主として裏経済界の大物『K』の存在をほのめかしている。

大介は、この『K』という人物に興味を持った。

いわゆる裏世界の超大物である彼は、あまりに大物過ぎて、実名すら表に出てこない。父親は日本人ではない。戦前に強制連行されてきた外国人らしい。『K』自身、闇資金などの面で朝鮮半島と繋がりがあるとも言われている。雑誌記事情報を検索してみると、『週刊激ウラスキャンダル』や類似の実話雑誌にはそのイニシャルは実に頻繁に登場する。いわゆる噂系、アンダーグラウンド系のホームページにも関連情報は多かった。

あちこちにイニシャルが出るわりには、今ひとつ実体が摑《つか》みにくい『K』だが、経歴に関する情報を総合すると、大体次のようであるらしい。

北陸出身の『K』は、思春期以降を関西で育ち、ある事件を起こして大学を中退してから裏社会に入った。その間数年にわたり経歴が不明な時期があるが、父親の故国で軍隊に入っていたとも言われる。その後、頭が切れ経済法律関係の知識も豊富な彼は、某広域暴力団の組長に可愛がられ、その資金力をバックに仕手戦に参入し成功する。

巨額の利益を得た彼は、さらにそれを元手に政財界に接近、以後、裏社会と表の政財界を結ぶキーパースンの一人となった。

　そして驚くべきことに、いわゆる『バブル』の発端から崩壊まで、つまり一九八〇年代末から九〇年代初期にかけての、ほとんどすべての経済事件・金融不祥事の裏には、つねに『K』の存在が見え隠れしていると言ってよいのだ。

　経済記事情報を辿ってゆくうちにそのことに気づいた大介は、ちょっと興奮してしまった。

　そして何よりも決定的に怪しいと思われるのは、この『K』という人物が、現在、失踪中だということだ。一時は裏経済界で並ぶ者のない勢いだった彼だが、さすがにバブル崩壊以降は資金繰りに窮《きゅう》したのか巨額の負債を抱えるようになった。高額の手形詐欺や業務上横領などの事件に関与した結果、『K』の所有する企業は、いくつもの訴訟を起こされている。そのあげく、数百億とも言われる負債をすべて「踏み倒した」形で、『K』はこの春ごろから行方不明になっているのだった。

　顔も身元もすっかり変えて外国でのうのうと暮らしている、いや朝鮮半島方面に潜伏している、いやいや「見せしめ」として債権者に殺されてしまったのだ、など『K』の行方に関しては諸説紛々だ。

　大口の債権者や、手形詐欺に引っ掛かった被害者には、いわゆる組関係者まで居たとの噂がある以上、「殺された」との説も嘘だとばかりは言い切れない。

　鳴沢監督のフィルムに映っていた人物、バックで刺殺されていたように見えた被害者は、この『K』なのではないのか？　大介はそんな気がして、なんとも言えない胸騒ぎを覚えた。そして零奈のいう「とても大切な、ある人物」も実は……。

『その人は、私を置いてどこかに行ってしまいました……』という零奈の声を思い出し、大介は居ても立ってもいられない気持ちになった。

零奈が？　あんなに清らかで愛らしい彼女が、こんな人物と？

まさか。

しかし、そこでWeb上の手がかりは途絶えた。『K』という人物の行方はもとより、その正体も、また零奈はおろか、鴨沢との繋がりを証明するものさえ、決定的な事は何も出てこない。

これ以上は、表の情報を探っても無駄だ。そう思った大介はハッキングに切り替えた。

まず手始めに、日本有数の企業信用調査機関である、極東《きよくとう》データバンクのコンピューターに侵入して、データベースを盗み読んだ。大介は高校生の頃からハッキングをやっている。その世界で少しは名を知られた存在だから、国内の研究所や銀行レベルの侵入なら、お手の物だ。

このデータベースによると、『K』はどうやら『高齋孝信《こうざいたかのぶ》』という名前を用いているらしい。

この名前は、幾つかの大手企業、それも銀行や証券会社の、個人としては上位の大株主として登場してくるし、企業の提携とか不良債権処理といった局面でも登場する。

そして、鴨沢享が監督した映画については、映画とは表面上無関係な企業からの「投資」という形で製作費が集められている事も判った。

映画会社が自前の資金で映画を作るのは既に過去の事だ。今はあちこちからかき集めた資本でまず『＊＊製作委員会』を設置し、そこが実動部隊の製作会社に資金を降ろすのが普通らしい。

それ自体は異常なことではないが、しかし、大介の目を惹いたのは、鳴沢の映画に出資している企業名の一覧だった。

『高齋』が株主だったり非常勤の役員だったりする会社がずらりと並び、その中には、高齋自身が社長を務める『青海《おうみ》エンタープライズ』という会社までもが含まれている。

「決まりだな……」

大介は呟《つぶや》いた。

改めて、高齋孝信という名前で人名データベースを検索すると、鳴沢享とは、大阪の同じ高校の先輩後輩、という繋がりが現われてきた。さらに、高齋が実質上のオーナーである企業の一つが、ある映画会社の出入り業者であることも判った。しかもその映画会社は、鳴沢が助監督として十年間在籍したところだ。

大介は、高齋や彼の会社と鳴沢監督の製作会社との間の金の流れを調べるために、今度は別のデータベースに侵入した。多くの銀行が共同で使用している、個人の信用情報が蓄積されたデータベースだ。これも普通の方法では見ることが出来ない。

判りやすいことに、関係者全員が同じ銀行をメインバンクにしていた。大手都市銀行の中でも不良債権の処理が最も遅れている、住浦《すみうら》銀行だ。

金の動きとしては、数多くの出資企業がバラバラに鳴沢の製作会社『鳴沢プロダクション』に送金している形を取っているが、さらに奇妙な事に、その製作費の一部が『青海エンタープライズ』に逆流してもいる。

その他にも、いろいろ複雑な金の動きがある。が、これを精査するには経理の知識が必要だろう。大介はブラウザを終了し、インターネットとの接続を切った。

全身が硬直し、冷えきっている。夕飯さえ食べないままに、時刻はすでに九時近くなっている。時間の経つのも忘れて情報の海を漂った、その虚しさが今夜は一段と身に染みた。

普通の人には読めないものを読み、隠された情報も入手した。しかしパソコンの電源を切れば大介は神でも何でもない。大都会の裏通りにある狭いビルの一室で、空腹と初秋の肌寒さに震え、蛍光灯の光に照らされているだけの、取るに足りない存在なのだ。

結局、一番知りたいこと、知らなければならない事は何も判ってはいない。

それを知るためには、面と向かって問い質《ただ》さなければならない。零奈その人に。

『君のいう「大切な人」とは高齋孝信だろう？』

『君がネガを見たいというのは、監督の差し金じゃないのか？』

『君は僕を利用しているんだね？』

そして自分にはその勇気がない。それが判っているからこそ、こうして機械を相手に情報を探りまわるしかないのだ。

機械は嘘をつかないからな……と大介は苦い思いを噛みしめた。コンピューターなら、大介が社会的に取るに足りない存在であっても、誤魔化したり、利用しようとしたり、見え透いた嘘をついて、舐《な》めた態度を取ることはないのだ。

見え透いた嘘……。

『あなたが好き』という零奈の声を耳元で聞いたように思って大介は、胸が引き絞られるような痛みを覚えた。

なぜ、一瞬でもそんなことを信じたんだ。彼女は鳴沢監督の愛人で、そうなる前は、高齋孝信のような男の情婦だった女だ。無邪気なように見えても、海千山千のしたたかな女に決まってるじゃないか。

そう思った時、「お仕事は済んだの？」という声がした。

驚いて振り向くと、玄関ドアが開いていて、零奈その人が立っていた。

「鍵がかかってなかったから……」

サングラスを外してはにかむ彼女は、ツバの広い帽子と黒の丈《たけ》の長いコートを身にまとっていた。

「変な格好？　なるべく目立たないようにって思ったんだけど……」

しかし、なりは妖しい女風でも中身は昨夜と変わらぬ零奈だ。初々しい表情も、思わず抱きしめたくなるような愛らしさも、スキャンダルの渦中にある新人女優のものとは、とても思えない。

零奈は駅前のたい焼き屋の看板商品を袋から出した。

「これ……美味《おい》しそうだから買って来たんだけど……」

大介は、思わずなごんでしまいそうになる自分の心を必死に引き締めた。

「いらない」

口から出た声は、大介自身もびっくりするほど冷たいものだった。

「君が考えていること、当ててみようか？　機械しか相手にしてないパソコンおたくなんて、一回寝てやればちょろいもんだ、ちょっと優しい言葉をかけてやるだけで、何でもぺらぺら喋るだろう、ネガだってほいほいと見せるだろう……違うかい？」

ひどい事を言っている、とても大切なものを自分は壊してしまおうとしている……心の奥でそう叫ぶ小さな声を聞いたような気がしたが、止まらなかった。

「君は夕刊紙のあの記事を見て、また来たんだろう？　いや、そうじゃないな。君は監督に指図されてここに来たんだ。ゆうべ僕と寝たことも、あの記事のリークも、全部監督のシナリオどおりか。役が欲しければ監督と寝る、情報が欲しければ、ダサいパソコンおたくとでもセックスしてやる……とっても判りやすい生き方だよね」

零奈はたい焼きの袋を抱えたまま、玄関に呆然と立ちすくんだ。

好きな人に逢えて心からうれしいという最初の表情が、雷に打たれたように凍《こお》りつき、愛らしく整った顔立ちがみるみる歪んだ。

「どうして……そんなことを言うの？　私のことを好きだって言ってくれたのは……嘘だったの……」

ただでさえ大きい瞳がさらに、目一杯見開かれ、そこに涙が盛り上がってきた。唇が、華奢な両肩とシンクロしてぶるぶると震え始めた。

「……誰も、私に本当のことを言ってくれない。愛しているって言っても、次の日にはもう

「……」

そのまま力が抜けたようにくたくたと玄関にしゃがみ込み、文字どおり、身も世もなく泣き始めた零奈に、今度は大介が動転してしまった。彼が頭の中で作り上げていたイメージによれば、悪女であるはずの零奈は途端にものすごい目つきになり、『そう。バレているなら仕方ないわね。でも誰が相手かを考えたほうがいいわ。ネガを見せるのよ』と居直るはずだった。あるいは『バカなこと言ってるんじゃないの、坊や。そんなコトは忘れて、また二人で楽しいことしましょう』と丸め込みにかかるか……。

「ごめん。言い過ぎた。本気じゃなかったんだ。悪かった。泣かないで」

必死に謝る大介に、玄関にしゃがみこんでしまった零奈は、まだ泣きじゃくりながら、途切れとぎれに話した。

「あなたが……そう思うのも無理ないと思う。私はたしかに監督と寝ているし……その前だって『愛人』と言われる身分でしかなかった。でも誰のことも憎んでいないのに、あなたのことだって本当に好きなのに……返ってくるのは憎しみばかり……」

心底情けなさそうに話す彼女に、気の弱い大介は、まさに慚愧《ざんき》の念に耐えないという思いで、その場から消えてしまいたくなった。

「……夕刊紙の記事は見ました。ワイドショーの取材だって一杯来ている。撮影スタッフも、立山でおかしなことがあったことは、みんな知ってるのに。でも、誰も本当のことを話してくれない。みんな口をつぐんで……絶対に何かを隠している」

零奈は涙に濡れ、眼も真っ赤になった顔をきっとあげて大介を正面から見つめた。

「あなた……あなただけが頼りなの。お願い。私に本当のことを教えて！」

大介は腹を括《くく》った。零奈のここまでの取り乱しようは演技とは思えない。こちらも率直に事情を話すしかないだろう。

「僕に判ることなら何でも教えてあげたい。けど、誰も信じられないのは僕も同じなんだ」

大介は慎重に言葉を選んだ。

「いろいろ考え合わせると、これって凄く面倒な事になってるんじゃないかと思うんだ。僕に依頼してきた人物の言うことも信じられないし、あの監督だって……」

彼は、零奈にネガを見る事を諦めさせようとして、複雑な事情の一端を話そうとしたのだが、零奈は意外な反応を示した。

「私も、監督を疑ってるんです。言うことがおかしいんです」

零奈は指で涙を拭い、大介を見つめて話し始めた。

「スポーツ新聞、読みました。午後のワイドショーも各チャンネル一通り見てきました。その上での話なんですが、監督は、言ってる事が違うんです。……あの、これじゃ判りませんよね……順番にお話しします」

零奈が言うには、問題のショットの撮影中に撮影助手たちがあの光をしっかり目撃していて、監督のＯＫが出たあとも、撮影監督に大丈夫かどうか確認している。映画のキャメラは一眼レフなので、光を百％フィルムに露光させるために、シャッターが降りている時はファインダーの中が見え、シャッターが開いている時はフィルム露光中だからファインダーは見えない。だからキャメラマンはファインダーを通すと、大雑把《おおざっぱ》に言って一秒の半分は見えていないのだ。だから、NGを心配する撮影スタッフと、光など見えなかったと主張するキャメラマン、同様に見えなかったと言う監督とがその場で少し揉めた。だが、撮影助手は立場が弱いし、スケジュールが押していたので、とにかくOKにして先に進んだ、と。

しかしその夜、零奈は監督に呼ばれて、あのショットは再撮影《リテイク》する事にした、スケジュールは改めて組む、と告げられた。ところが一夜明けると、以後、監督はリテイクのリの字も口にしなくなった。零奈がリテイクの事を確認すると「リテイクなんかしない。そんな事言わなかった」と前言を翻《ひるがえ》されて、一貫しない監督の態度に不安を覚えていた、と。

「私がこだわる理由は、問題のロケ現場と、背景に映っていたかもしれない人、私にとってはとても大切なある人との関係を知っているのが、監督だけだからなんです」

彼女の顔は紅潮していた。

「私は監督を尊敬しているし、女優デビューのチャンスを与えてくれた人だと思って、感謝もしています。そして……スキャンダルみたいに言われているけれど、私生活で男と女の関係なのも事実です」

大介は、女というものは外見じゃまったく判らないものだ、と改めて思った。セックスなんか知りませんと顔を赤らめるようなタイプに見える零奈なのに、あの監督と愛人関係にあり、その上で、大介とも寝たのだ。

しかし、まっすぐな瞳で大介を見つめる零奈はとても傷つきやすく、脆《もろ》そうに見えた。

「ごめんなさい。こういうこと、ゆうべあなたとああなる前に言うべきだった」

「いや……いいんだ。率直に話してくれて、嬉しいよ」

「ほんとうに？」

「もちろん」

嘘だった。本心では、零奈が監督との関係を否定して、スキャンダルも事実無根だ、あなたにだけは信じてほしい、と言ってくれれば、と願っていたのだ。

しかし大介がそう言ったので、硬い表情だった零奈の気持ちもほぐれてきたようだ。

「あの……映画の撮影も、恋愛も、相手を信じなければ出来ないことだと思うんです。心を開かないと本当の演技は出来ないし……私が不器用なのかもしれないけど、『この人が好き！』っていうお芝居をする時、相手役の人のことが嫌いだったら、絶対、顔に出ると思う。映画って凄いアップを撮ったりするから余計に」

大介は零奈の言葉に、身を灼《や》かれるような嫉妬《しっと》というものを、生まれて初めて味わっていた。演技論に託してはいるけれど、結局、彼女は監督を愛していると、そう言いたいのだろうか？しかし零奈は大介の苦しみに気づくゆとりもなく、ひたすら自分の心の中だけを見つめるようにして話し続けた。

「だけど……監督は、とても大事なことを隠している。嘘をついているのが許せなくて……信頼出来ない相手とこれ以上お仕事はできないし、愛しあうことだって……」

苦しみぬいた、という口調だった。零奈が幾夜も幾夜もその事を考えて、誰にも相談できず悩んできたことが、大介には判った。

大介は、突然衝き上げてきた怒りに拳《こぶし》を握り締めた。

それは鳴沢監督に対する怒りだった。その怒りにはどうしようもない嫉妬も混じっている。それは一度感じると一気に燃え広がるタイプの嫉妬だった。

零奈の気持ちをいいように利用している初老の男。彼女の一本気さを弄《もてあそ》んでいる色悪。真面目で純情な少女の、心も躰も支配してしゃぶり尽くすゲス男。

こんな一途な彼女を、監督は意図的に騙して利用しているのだ。人を使うという事はそういう事なのかもしれないが、あの監督の場合は、ただの女優と監督という関係ではないではないか。

握り締めた拳が、ぶるぶると震えた。こんなに激しい怒りを感じたことはない。

大介は怒りのあまり立ち上がっていた。

「ど、どうしたんですか……」

大介の怒りの形相に、零奈も慌てた。

「いや……すみません。ちょっと感情が乱れてしまって」

怒りを無理やり抑えこんだら、今度は汗が噴き出してきた。脂汗《あぶらあせ》が全身から流れた。

「監督は……きみに嘘をついてる」

怒りを抑えても、勝手に口が動いていた。

「知っているんですね？　やっぱり……教えてください！　お願いです」

零奈も立ち上がり、すかさず切り込んできた。

大介は後悔したが、口から一度出てしまったものは仕方がない。

「……修正の噂は、本当です」

それを聞いた零奈の顔が、さっと蒼ざめた。

「と、言うと……」

「あなたも疑っていたように、たしかに、オリジナル・ネガには、殺人の瞬間かもしれないものが映っていました」

ああ、と彼女はその場に崩れおちそうになった。人が現実にここまでショックを受ける姿を見るのは大介も初めてだ。

「それを見せてください。どうしても見たいんです！」

彼女はつかみ掛からんばかりに大介に迫った。昨夜のように色仕掛けをする余裕さえない取り乱しようが、彼女の必死さをはっきりと表わしている。オリジナル・ネガをどうしても見なければ、という強烈な気持ちが大介にも痛いほどに伝わってくる。

「ネガは……ネガはどこにあるんですか！　あなたが修正したのなら、ネガを持っているはず……持ってるんでしょう？」

零奈の目の色が変わり、きれいな瞳から、ぽろぽろと涙がこぼれ落ちた。彼女はその涙を拭おうともせずに、大介をぐっと睨みつけたままだ。

「見せて。見せてください。どうしても見たいんです。見なければならないの！」

男は女の涙には弱いというが、とてもそんなものではない。零奈の気迫に彼は負けた。

「今、見せるから……」

大介は、パソコン上でビデオ編集出来るソフトを起動して、バックアップしておいた問題のデータを再生してみせた。

「こんな小さな画面じゃ、後ろの背景の中でぴかっと光った事しか判らない……」

零奈は大介を睨み続けていた。

「でも、もっと大きくできるんでしょう?」

零奈の彼をジッと見据える目には、本能的に嘘を見抜き、ごまかしを察知する鋭い光が宿っていた。

僕のマシンじゃ限界があるんだよ、と言いながら、大介は目いっぱい拡大した画像を表示させ、動かして見せた。CPUに負荷がかかって、現われた画像は結果的に物凄いスローモーションのコマ伸ばしになってしまった。

しかし、それでもかろうじて、『四人の男の歩く姿』と、『男が跪《ひざまず》かされ』て、『長身の男が手にしたものが太陽の光を反射』し、『跪いた男が倒れ』た、という一連の動きは判った。

「もっと大きくならないの? これじゃ人間だというのは判るけど、顔がよく見えない」

たしかに、顔はぼやけているし、着ているものも色の区別がつく程度だ。

「これ以上は、無理なんだ」

「コンピューターで見てるから? オリジナル・ネガなら、もっと大きく見る事が出来るんでしょう?」

なおも食い下がる彼女に、大介は、指先で三センチくらいの幅を示した。

「フィルムのコマなんてこんな大きさしかないんだ」

彼は手近な紙に、映画館のスクリーンと映写機の絵を描いた。

「今の状態は、元のフィルムに写っていた画像を二千倍に拡大してるんだけど、これはたぶん、世界で一番大きな映画館で上映するのと同じ比率だと思う。それも、バックに写っている豆粒のような映像だ。……CGは万能じゃないんだよ。解像度の限界というものがある。フィルムに写ってる以上のモノは見えないんだ。電子的に補正を加えたとしても、限度がある」

零奈は、極限まで拡大された画像を食い入るように見つめた。その顔は恐怖と不安に蒼ざめている。特に、殺されたとしか思えない男の姿を、脳裏に焼き付けるようにしばらく凝視していた。

「どうして……判らないんだろう……あの人かもしれないのに。私になら判るはずなのに」

その唇から、かすかなつぶやきとも、呻《うめ》きとも思える言葉が洩《も》れた。

零奈のその声は、苦痛に満ちていた。

「……駄目。見なければよかった……」

やがて零奈はそう言って画面から目を離した。

「無理を言って、ごめんなさい……」

彼女は俯《うつむ》くと、ふたたび声もなく泣き始めた。

その姿には、慰めさえ拒絶するような、そんな切なさが感じられた。

大介には、どうすることも出来ない。

「済まない。力になれなくて……」

零奈は、のろのろと顔を上げ、大介を見た。

「いいえ……あなたが謝ることはないと思う。きちんと……事情をお話ししないと、いけませんよね」

昨日も言いましたけど、と零奈はやるせなさそうに言った。

「これには、私にとっていちばん大切なあるひとの、生き死にがかかっているんです」

零奈は途方に暮れたような表情を見せていた。そのまなざしは、どこか遠くの、雲の彼方を見つめるように、あてどもなく宙をさまよっている。

「そしてこのネガに写っている所も……そのひととの忘れられない思い出の場所で……」

彼女は唇を震わせながら、とぎれとぎれに語り始めた。

「六年前、家を出て色々……人には言えないようなことばかりしていた私を、彼はこの立山の、豪華なリゾートホテルに連れてきてくれました。……夢かと思った。支配人が挨拶にきて、一番豪華な部屋に泊まって、テーブルにはメッセージフルーツが山盛りで……」

零奈の瞳にまた涙があふれた。

「それまでの私は、男の人を相手に色々恥ずかしいことをさせられたりして……逃げたら酷《ひど》い目に遭わせるとヤクザに脅かされて……一生、こうして生きていくんだなあと」

大介に取ってはショックな告白だ。信じられない、という思いと同時に、そういうことをさせられている零奈の姿を、どうしても想像してしまう。

たまらない怒りと嫉妬と、そして最悪なことにはどす黒い欲情までが衝《つ》き上げてきて、勃起さえしかけている自分が、ものすごく汚《けが》らわしく感じられた。

見ず知らずの男たちをひたすら射精させるだけの生活……それでも生まれ育った家で暮らし続けるよりはマシだったのだ、と零奈は言った。

「情けない話なんですけど実の父が……私の布団にはいってくるようになって……中学を卒業する前に、家を出ちゃったんです。犯されるだけなら我慢したかもしれないけれど……」

いやだいやだと思いながら、しかしある日、零奈はその指によって快感に追い上げられてしまったのだった。

「ダメだと思いました。もう家に居られないって。だけど、まだ十六にもなっていないし義務教育も終えてないコドモなんか、まともな仕事に就ける訳もなくて、事務所が宣伝用に作った経歴には絶対書けない事だけど……とても口に出来ないような事もして」

十五くらいの女の子が自力で稼げるといえば、躰を使うしかないではないか。彼女は美形だから、それ相当の決意をすれば、それなりの収入にはなったろう。援助交際でブランド物を買い漁る女子中学生だっているんだし。

が、零奈はそういう享楽的生活はしていなかったらしい。

「ちゃんと帰れる家があって守ってくれる親がいれば、無茶も出来るだろうし、素人《しろうと》だからってあの筋も大目に見るんでしょうけど……」

彼女は、あの筋、というときに、すっと頬に人差し指で線を入れた。

「あなただって仕事する時には業界のルールっていうのがあるでしょう？ それを破った私に、あの人たちは容赦がありませんでした。拉致《らち》されて、ひどい事をされるようになって……そこに手を差し伸べてくれたのが、彼だったんです」

「監督？」

「いいえ。あの……名前は言えませんが、ある人です。彼とは……かなり年は離れていたのだけど、その時以来の関係です」

その『ある人』というのは『K』こと高齋孝信だね、とは大介は口に出来なかった。その裏の世界の大物の、零奈が愛人だったと、はっきり知らされる事が怖かった。

出会いは、その男が政府高官を接待するのに使う秘密クラブだったのだという。政策の中枢を握るその若手エリートたちは、筋金入りのロリコン・マニアだった。その彼らにあてがわれた飛び切りの美少女が零奈だったのだ。

「私はその夜、彼が連れてきたその三人のお客を相手にすることになっていました。でも私を一目見た彼が、ほかの女の子に変えろと言って……彼はそのまま私を立山の、室堂にある豪華なホテルに連れてきてくれて、私をまるでお姫様のように扱ってくれた」

お礼に、と零奈はバスルームに入ってゆき、彼に自《みずか》ら進んでフェラチオをしようとした。彼女は感謝をあらわす方法をそれ以外に知らなかった。しかし彼はそんな零奈を笑って制し、女にも金にも自分は不自由していない、そんなことはしなくていいのだ、ゆっくり休んで美味《おい》しいものを食べて心から寛《くつろ》ぐ君を見たいと言った。

「その晩、私は家を出てから、いえ物心ついてから初めてと言っていいくらい、ぐっすり眠りました。ええ。その夜はセックスはなかったんです。そして夜が明けて……眩しくて目を開けると、窓のところに彼が立っていて」

振り向いた彼は零奈を手招きして、御覧、と窓外の景色を見せた。

「素晴らしかった。息を呑みました。信じられないくらいに切り立った、高い山の峰が朝日に輝いていて、その山裾からなだらかに緑の高原が広がっていて……その果てには一面に白い、雲海が続いているんです」

彼は、ここは日本で一番高いところにあるホテルなのだ、といい、天国はこの地上にあるものだと思わないか、と零奈に聞いた。零奈は夢中で頷いていた。

「おれはいつかこのホテルを自分のものにする。そして、零奈、お前をこの天国にふさわしい素晴らしい女にしてやろう……彼はそう言いました。その時、あたしは窓の外に鳥の巣があることに気がついて」

その時ホテルの窓外には、巣のすぐ傍《そば》に立つ二人を警戒してつがいの小さな鳥が雛《ひな》のところに戻ることもならず、鋭く鳴き交わしながら窓外をしきりに飛び回っていた。

「イワツバメだよ、と彼は教えてくれて、私の手を取って、泥と枯れ草で出来た、その巣の中に導いてくれました。巣の中は信じられないくらい温かかった……むくむくと何羽かの雛が躰を寄せあっていて……そうしたら親鳥たちの声が悲鳴に近いくらい大きくなって……雛を気遣っていたんですね。その時、私はなぜか泣き出してしまったんです」

　こんな小さな鳥にも温かい巣があって、気遣ってくれる親がいるのに、私にはなぜ……男の胸の中で泣きじゃくる零奈に彼は言った。これからはおれがお前を守ってやろう、そしていつか、必ず飛べるようにしてやる、この雛たちのように……。

「うれしかった。憶い出してみると……あたし、家出してから、いえ、生まれてから、あんなに泣いたことなんてなかった。なぜなんだろう」

　零奈はしゃくりあげながら喋っているが、哀しみに満ちたその表情の中に、しかし何ともいえない懐かしさと、恍惚《こうこつ》のようなものさえ漂っているのを見て、大介は胸を抉《えぐ》られるほどの嫉妬を覚えた。

「それからの彼は何も知らない私に、いろいろ教えてくれて。あの……妙な勘違いされては困るのですが、躰のことだけじゃないんです」

　咄嗟《とっさ》にきわどい想像をしてしまった大介は、慌ててその空想を頭から追い出した。

「私は育ちが育ちだから……海の側の貧しい村で、父親もそんな人間だったから、社会的常識というかルールというか、そういうことが、まるで判っていなかったんです。……あの人は、私をレディにしてくれました」

「いい人だったんだ……」

「というより、私と彼とのあいだには、なんというか……物凄く深い結びつきがあるんです。すべて判りあえました。あの人と私とは……同じところから出てきた人間だと思うから」

「じゃあ、監督とは……」

「監督の事は尊敬してるし男女の仲にもなりましたけど、あの人とは……比べものになりません。判ってもらえないだろうと思うんですけど……私は、あの人のためなら、命を投げ出せます。彼も、私のためなら同じことをしてくれるはずです」

零奈はそう言うと、泣き腫《は》らした瞳から一筋の涙を流した。

「だから、私に何も言わずに消えてしまったことが信じられなくて」

「あの……その彼って、どういう人で、何をしていたんですか？」

それは足長おじさんのような人なのか、侠気溢れる人物なのか、光源氏のような男なのか。彼女にそこまで思わせてしまったその男に、大介は激しい嫉妬を感じていた。そんな素晴らしい人物が、あの『高齋孝信』だということがあり得るのか？

「いろんな手段でお金を儲けた人です。でも、そのお金でぜいたくをしようとかお金儲けが趣味だとか、そういうんじゃないのです。きれいに儲けても汚く儲けても金はカネだ、それをどう使うかが問題だ、と言ってました。けれど、彼がそのお金を何に使っていたのかまでは知りません。きっと、とても危ない事だったと思う……だって、ヤクザから身を隠さなければならなくったんですから」

やっぱり……。大介は確信せざるを得なかった。表社会で無難に暮らしていたら、そんなに金は儲からない。『K』、つまり高齋……は、零奈と同じ種類の、ゼロから這いあがってきた人物なのだろうから、それなりにリスキーな人生を送ってきたはずだ。ヤクザ絡みならなおさらだ。

「彼はあまり自分のことは話しませんでした。生い立ちのことも、仕事のことも。でも……ひとつ、強く印象に残っていることがあって」

零奈と彼が最後に逢ったのも、やはり二人が初めて結ばれた、室堂の豪華なリゾートホテルだったという。

「彼はそのときはもう、そのホテルを買収して自分のものにしていました。そして翌朝、やっぱり外を見ながら、今度は『立山の地獄』の話をしてくれたんです」

立山は、あたかも天上の光景のように美しい山岳と、高原に彩《いろど》られた土地だ。しかし同時にその苛酷な自然から、多くの哀しい伝説を生んだ場所でもあるという。

「ひとり山にはいった尼僧が神の怒りに触れて身動きできなくなってしまったとか、成仏できない死者が空腹のあまり湿原の池で田植えをしたけれど、秋の実りを穫ることは出来なかったとか……そんな、悲しい話です。そして、この美しい高い山の地底には、焦熱の地獄が広がっているんだ、とも彼は言いました。その時は、どういう意味か判らなかったけれど……」

彼は零奈に、お前は絶対に地獄には堕《お》ちるな、おれの手から離れて空高く飛んでいけ、表の、陽の当たる場所を堂々と歩いていけ、と言ったのだという。

「それを聞いたとき私は悲しくて悲しくて……絶対にいやだ、あなたと別れたら私も生きてはいけない、って泣いたんです。その何ヵ月か前から、彼の仕事がまずいことになっているのは、私にも判っていました。ヤクザみたいな人たちが、周りに姿を現わすようにもなっていて」

「そして君は、そのホテルのコーヒーショップで働き始めた。違うかい?」

大介は、零奈が鴨沢監督に見出され、シンデレラ・ガールとして主演女優の座を射止めるに至ったという、公式のエピソードを思い出して言った。

「そうです。彼に言われたんです。お金のことや、ヤクザとの絡みで追い詰められた彼は、私を逃がそうとしたんです。まったく新しい経歴を作って、親友である鴨沢監督に私を預けて……。日本一の女優になれ、お前ならなれるって。私は……私は、彼と一緒に逃げたかったのに」

零奈はふたたび肩をふるわせ、しゃくりあげた。

「あの人は身を隠しているので、どこにいるのか判りません。それでも、最初の頃は電話はくれてたんです。短い会話だったけれど、声の調子で元気かどうかは判ります。それが、この三ヵ月、電話がまったくかからなくなってしまって……。今まで音信不通になっても、一週間くらいで連絡はあったのに……」

零奈は、立山の山並みが映っているパソコンのモニターを呆然と見やった。

「だから、殺されてしまった、と？」

「そうは思いたくない。絶対に信じたくないけれど……私も彼も、今お話ししたように立山の室堂には、因縁《いんねん》というか思い出が深いんです。だから、噂を聞いた時……」

「偶然映った殺人シーンが、その彼が殺される瞬間だったのではないか、と思ったわけですね？」

零奈はこくりと頷いた。言葉にして確認するのは辛《つら》すぎるのだろう。

「親以上に大切に思っている人のことです。せめて、生死くらいは知りたいじゃないですか。別に……おかしなことではないでしょう？」

手に握り締めたハンカチがブルブルと震えている。

「私、彼が言うから女優になったんです。彼が生きていて、どこかで私のことを見ていてくれるなら……それさえ判っていれば、どんな努力だってする。世界一にだってなれる気がする。でも、もし、彼が死んでしまったのなら」

零奈はふたたび泣き出し、やがて顔を上げて言った。

「もしも彼が死んでいたら……この映画を最後に、女優は辞めようと思っています」

「え？　これがデビュー作なのに？」

はい、と彼女は大介をまっすぐ見つめて答えた。

「だから、この映像を、もっとはっきりと見たいんです」

「でも……そんなに大切な人が失踪したのなら、警察に届けたほうがいいのでは」

「そんなこと、出来るわけがない！　やくざに追われてるって事は、警察だって……」

零奈は言いかけてやめた。

「とにかく……表沙汰には出来なくて……だから、こうやってあなたに、迷惑をかけてしまっているのに……」

これ以上どうすればいいのか判らない、という表情でぽつんと椅子に座っている零奈は、とてもか弱げに見えた。撮影所で自信に溢れた彼女の、女優としての姿からは、まったく別人のように思える。

「監督も信じられないし……どうすればいいのか……」

彼女は両手を顔に当ててふたたび嗚咽《おえつ》し始めた。

大介は、胸が締めつけられるほど零奈が愛《いと》しいと感じた。今、彼女を守ってやれるのはこの僕しかいないのだ、とも強く思った。

大介は思わず彼女の肩に手を掛けていた。

「なにか、僕に出来る事があれば」

零奈がしがみついてきた。その唇が、貪るように彼の唇を求め、吸った。

「私を……騙さないで」

唇を離した零奈は、切れ切れにそう言った。

「私を、裏切らないで」

「もちろんだよ。僕は君の味方だ」

大介がそう言うと、彼女の大きな瞳からは、熱い涙が零れた。

「ずっとそばにいて……私が、女優を辞めても」

美少女の面影を残す彼女にそう言われて、頭がスパークしない男がいるだろうか。

大介は、頭の中が真っ白になった。この女のためなら、ヤクザの弾避けにもなる。代わりに腹で包丁を受けてやる、とまで瞬時に思い詰めた。

が。大介は、ふと虚しくなった。

それは、自分は代用品にすぎないじゃないか、という思いだった。

「ずっとそばにいる。力にもなるけど……好きでもない相手と、セックスすることはないんだ。お礼のつもりなら……やめてくれ」

気がつくと、そんなことを、掠《かす》れた声で口に出している自分がいた。

心にもないことを。やせ我慢も大概にしろ、と勃起しきった下半身が悲鳴をあげているのに。

そう思いながらしかし大介は、彼女から体を離し、立ち上がっていた。

零奈がはっとしたように彼を見た。

「どうして？　また、あなたに悪いことをした？」

「いや。僕の心の中だけの問題だ」

「……そう。ごめんなさい」

零奈は涙を拭って立ち上がり、玄関ドアのノブに手をかけた。

「いろんな男の人に抱かれて、節操がないと思われても仕方ないけど……だけど私は、あなたが好きだから」

振り返った。

「それに今、信用出来るのは、あなただけだから」

零奈が、大介を見た。嘘を言わない、まっすぐな目だった。

大介のやせ我慢もそこまでだった。気がつくと彼は零奈を夢中で抱きしめ、唇を重ねていた。

零奈も彼にすがりつき、二人はどちらともなく、またベッドのある部屋へと向かっていた。

「僕は……君の力になるよ……頼ってもらえて、物凄く嬉しいんだ」

彼女の躰を抱きしめた大介が腰を使うたびに、零奈は肩を揺らせた。

大介の手が彼女の太腿を撫で上げ、脇腹をゆっくりと愛撫しただけで、零奈は背中をきゅんと弓なりに反らした。そして、そのままあっけなく達してしまった。

零奈の、息を荒くしている様子がとても愛しかった。

「……あのね。もうずっと、セット撮影なの。地方ロケはないの」

零奈は、大介にそっと囁いた。

「だから、夜は時間が取れる。それに……撮影が終わってしまえば」

彼女は大介の頭に両腕を回し、顔中にキスを浴びせた。その仕種は、白人の愛くるしい子供のような感じだ。

「ずっと一緒にいられる。普通の人になって生きていけそうな気がするの。あなたがいれば」

零奈の穏やかで安らぎに満ちた顔を見て大介は、彼女のために出来ることは何でもしよう、と決意していた。

第4章　ヒロイン——女優、若い女、そして初老の男

白手袋をはめた手が、鮮やかな赤の革のバッグを大理石のカウンターに置いた。

「ではお客さま、大変お待たせして申し訳ございませんでした。バーキンの40、お色は赤でよろしゅうございますね」

「そう。おいくらなの」

その時、黒い革の手袋が横から伸びてきて、白手袋の店員の手から紅《あか》いバッグを、ぐいと奪い取った。

「なにすんのよっ！」

その瞬間、客の女が叫んだ。彼女は凄まじい執着を見せてバッグを取り返そうとした。

「それ、アタシが買おうとしたのよっ！」

「うるせえ」

細身で全身を黒革のライダースーツに包みサングラスまでした若い男は、女を突き飛ばした。

しかし女は怯《ひる》まない。

「だめぇ！　このバーキンはあたしが取り寄せて、二年も待ったんだからっ」

男はその女の両肩をどんと突き飛ばした。

「二年待とうが十年待とうが関係ねえ。いいか。このバッグはお前みたいなブスよりも、もっと相応《ふさわ》しい持ち主んとこに行こうとしてんだよ」

男が顎《あご》をしゃくった先には、もう一人若い女が立ちすくんでいた。ノースリーブの紅いミニドレスを着て髪の長い華奢《きゃしゃ》な躰つきの女だ。

「麻耶《まや》。こっちに来い」

男が片手に持った紅いバッグを振った。もう片方の手には拳銃を構えている。

ふらふらと傍に寄ってきた麻耶の手に、男は黒いビニールの大きなゴミ袋を押し付けた。

「さあ好きなだけ取れ。欲しいものをこの中に入れな。お前の好きなヴィトンもエルメスもプラダも取り放題だ」

男は女の細い背に手をかけて、カウンターの背後の陳列棚に押しやった。

紅いバッグを取り出したばかりのガラスケースは鍵が開いていた。中には輝く革、パステルカラーのエナメルと、素材も形もさまざまなバッグが溢れるように並んでいる。つけられたタグには幾つものゼロが並んでいる。

それを見た彼女の眼の色が変わった。小さいが獰猛《どうもう》な、飢えた肉食獣のような目つきになった麻耶は棚のバッグを憑《つ》かれたように次々とゴミ袋に放り込み始めた。

「これでいいな？　これでもう、たかがバッグのために、オヤジと寝たりはしないよな？」

その時、店の奥から売り場主任が姿を現わした。

「何をしているんだ！　君たちは」

売り場主任は、若い女から高価なバッグが一杯詰まった袋を取り返そうとしたが、片手に拳銃を構えた男が長い足を高く上げて、主任の胸を思いきり蹴り飛ばした。彼はショーケースにふっ飛び、頭からガラスに突っ込んだ。

「来るな！　寄るな！」

「……はいカット！」

鴫沢監督がカメラの向こうでイライラと首を振った。

「間がなってない！　スカスカだ。ここはリズミカルにトントントンといかないと。売り場主任を蹴り飛ばして、間髪入れずにその客の女もどーんと蹴っ飛ばせ。客の女はそのまま頭からだーっと陳列棚に飛び込むんだ」

ロケ現場は、鳴り物入りで新宿に開店したばかりの高級ブランド専門店だ。新宿通りに面した一等地で店内は決して狭くはないが、大きな映画撮影キャメラにライト、長いブームに取り付けられたマイク、そして監督をはじめとするスタッフに出演者たちがぎっしり詰め込まれている。ウィンドウ越しに新宿通りの三越《みつこし》や丸井《まるい》が見え、ロープを張られた鋪道には撮影風景を見ようというギャラリーがいっぱい詰め掛けていた。

監督はテキパキとキャメラポジションを決め、役者を立たせて芝居をつけはじめた。

監督の動きはエネルギッシュで一時《いっとき》も休んではいない。他のスタッフもそれについていこうと、汗をかきかきキャメラを移動させライトを調整し、ロケセットを整えている。

現場を見学している大介は、その雰囲気に飲まれて立ち竦《すく》むばかりだ。

「どうだ。現場は凄いだろう。監督は、粘る時には粘るけど、粘る意味がない時はテレビの監督よりずっと早いんだ」

いつの間にか大介の側に寄ってきた、自称プロデューサーの下島が言った。

大介の素人目にも、鴨沢監督の仕事は早かった。引き画《ロングショット》を最初に撮っておき、あとは顔のアップや手足のアップなどをどんどん拾っていく。アップだから準備は簡単で、芝居の段取りさえ出来れば即本番で、イッパツOKのてきぱきした仕事ぶりだ。

大介がロケ現場に来ているのは、零奈とのことについて鴨沢亨監督と話をしたいからだ。大介は撮影現場の見学という口実を見つけて、自分に画像修正を依頼してきた下島に頼み込んだのだ。

「このシーン、カットが多いから普通はセットだな。店だって借りられるもんじゃない」

普通は不可能なロケ交渉を俺が成功させたと自慢する下島が、得意そうに言った。

大介はこのブランドショップ『シャングリラ』の実質上のオーナーが高齋孝信である事を、既に調べて知っていた。さらにこの店の前身であるディスカウントショップが、イタリアで作らせたブランドバッグの精巧な偽物を、原価の数十倍の値段で売り捌《さば》いていた事も。

大介は、零奈の仕事場に勝手に来て彼女の仕事ぶりを無断で見物していることが、まるで恋人気取りかストーカーのように思われそうで気が引けた。

レンズが向きライトが当たると、『麻耶』を演じる零奈の表情は千変万化する。ひたすら愛らしくあどけない子供のようにも見えた表情は消えうせて、監督の注文に応じて妖艶な流し目をして見せるし、獰猛《どうもう》な野獣のような目になったりもする。一つの身体の中に何人もの人間がいるのを見るようで、これが女優というものかと大介は素直に感心した。

しかし同時に不安も覚えた。自分と愛を交わした時の寄る辺ない子供のようだった彼女が、「本当の」零奈だという保証はないのだ。もしもあれも演技だったと言うなら、これから大介が鳴沢監督に会って話そうとしていることも、とんだ茶番になってしまう。

零奈が女優としてのキャリアより、女として普通の幸せを望んでいるというのは本当なのか。あの人の死がはっきりすれば自分も女優はやめる、あなただけがずっと側にいてくれれば……と言った、昨夜のあの言葉は……。

今、文字どおりライトを浴びている零奈には、華がある。スターとしての輝きというものがある。これはもう天性のものであって、大介のような地味な人間が努力して身につけられるものではない。そんな零奈を見ていると、愛しあった後あれほど真実に思えた彼女の言葉も、信じる気持ちが揺らいできてしまうのだ。

やがて店内を撮り上げた撮影隊は店の外に出た。ガードマンに行く手をはばまれた強盗カップルが、ショーウィンドウを突き破って外の通りに飛び出してくる、という派手なシーンの撮影だ。平日とはいえ午後一時ともなるとさすがに新宿で、人通りは激しい。その大通りを一時遮断しての大がかりな撮影だ。

「はい。じゃあリハ行くよ!」

チーフ助監督がトランシーバーに向かって人止め指令を発すると、鋪道の通行と通りの車の流れがピタリと止まった。

「ヨーイ、スタート!」

監督がメガホンで怒鳴った。

ガラスが取り外されたショーウィンドウから、零奈と速水亮が鋪道に飛び出した。彼らはエキストラが扮する通行人を押しのけ突き飛ばしながら、全速力で走っている。

キャメラの載ったクレーンが二人の動きを追う。巨大クレーンは、店から大通りにぐるんと右に旋回し、一気にビル五階分ほど持ち上がった。

スタッフの流れるような見事な連携プレイと、怪獣のようなクレーンが舞うように動くハリウッド式大ロケーション撮影に、大介は思わず見入っていた。

店から鋪道に走り出て来た二人は、通りをそのまま伊勢丹《いせたん》方向に走り去る。キャメラも二十メートルほどクレーンアップして俯瞰《ふかん》で追う。そのために、新宿通りの左側の鋪道は新宿二丁目の交差点まで断続的に通行止めになるし、それと交差する明治《めいじ》通りの鋪道も、キャメラが回るたびに通行止めになる。すべての路地にトランシーバーを持ったスタッフが配置されて人止めをするのだ。

「はい、カット!」

特殊効果の係がショーウィンドウに撮影用の大きなガラスを入れ、四隅に何かを仕掛けた。

「本番いこう。ガラス交換するの大変だからね、イッパツOKでいこうじゃないの」

露出計を持った撮影助手が、役者と同じコースを走って絞りのチェックをした。

大型クレーンや立ち並ぶライトなどの関係で新宿通りの片側車線は塞《ふさ》がれて警官が車の誘導をしている。鋪道には通行人役のエキストラが待機していて、無線の合図で歩く。そして、多少日が翳《かげ》っても画面の調子が繋がるように、林立する巨大なライトがいくつも点灯しているし、その近くにはバス大の電源車が発電機を回している。

「こんなすげえ撮影、初めてだぜ。新宿を封鎖してるんだぞ」

大介の近くにいた録音助手が言った。

「これ、いくら顔が利《き》くったって、尋常じゃないよ。大物政治家とか大物ヤクザに話を通したんじゃないの」

ヘッドフォンをしてマイクを持った助手は真顔だった。

そうかもしれない。たとえば今ここに戦車が現われて伊勢丹に砲撃を開始しても、今なら驚かない。そんな感じになっているのだから。

「本番！　ヨーイ」

鳴沢の張り詰めた声が響いた。スタッフに足留めを食っている一般人の表情にまで、にわかに緊張が走るのが面白い。

「スタートッ！」

ショーウィンドウの向こうの店内から、零奈と共演男優の速水亮が走ってくる。

キャメラの脇にいた係がリモコンのスイッチを入れた。

どんぴしゃりのタイミングで爆発音が起こり、ショーウィンドウのガラスが木《こ》っ端《ぱ》微塵《みじん》に砕け散った。雨あられと降ってくるガラスの破片の中を零奈と速水亮は突破して、鋪道に跳び出した。クレーンがぐーっと上がり、全速力で走る二人を追った。

「カーット！」

「こっちはOK」

撮影監督がOKを出した。

「よーし、OK！」

監督の声に、期せずして現場に拍手が湧いた。撮影されたエキストラも、足留めをくっていたギャラリーもみんな拍手した。期待以上のスペクタクルを堪能したのだろう。

定時より遅れて昼食になった。零奈と共演の速水亮、そして他の出演者は近くのホテルに用意された控え室に移動した。一般スタッフはロケバスの中で弁当を食べ始めたが、監督だけは近くのレストランの個室に入った、と下島が大介に告げた。

鴫沢は、カツサンドにコーヒーという軽食を取りながら台本のチェックに勤《いそ》しんでいた。助監督らしい人物に指示を出している。

「次のシーン、零奈にこのセリフを追加だ。彼女に渡してくれ」

「はい。麻耶、卓巳に向かって、『欲しいのはバッグじゃなかった。あたしのために男が何十万も使う……それがうれしかったんだよね。でも、あんたがくれたのは、お金以上のものよ』……

ここですね。判りました」

助監督は立ち去り、下島が監督に挨拶《あいさつ》した。

「監督、撮影が無事に進んでよござんした」

下島は独特な口調で上体をまっすぐに折る軍人のようなポーズで敬礼した。

「こちら、ラボ関係の浅倉君ですが」

「ああ、鴫沢です。よろしく」

監督は腰を浮かせて丁寧に頭を下げた。大介は、零奈に聞いていた鴫沢の印象と実物がかなり違うので面食らった。

実のところ、大介は鴫沢に会って、はっきりと零奈と別れてくれと頼むつもりだった。相手がみるからにいい加減な人物なら言い易かっただろう。しかし実物はまったく違う。世界的巨匠と言われるだけあって、仕事が出来てカリスマ性があり熱心な勉強家で、なにより映画を愛しているのがはっきりと判る。その上、横柄でも威張《いば》っているわけでもない。

大介は焦《あせ》った。

この場で言うことを言っておかなければ、もうチャンスはないかもしれない。

鴫沢は大介の顔を見て、「何か言いたいの？」という表情を見せた。

「あの……ちょっとプライベートな事なんですが」

「ボクに？」

はいと頷《うなず》いた大介を見た鴫沢は、食事に同席しようとメニューを眺めている下島に、手払いのジェスチャーをした。

何でオレが、という顔になった下島は、大介を睨《にら》みつけると個室から出て行った。

「……とても言いにくい事なのですが……僕は、零奈さんを愛しています。彼女のためなら、何でも出来る気がします」

「おいおい。君はプロだろ？　素人《しろうと》みたいなことを言うんじゃないよ。素人ならファン心理が昂じて、とんでもない勘違いをして、その……正常な判断を失ってということも……」

鳴沢は慎重に言葉を選んだ。まるで妄想に取り憑《つ》かれた異常者を見るような目だ。しかし、そう思われても仕方のない大介の外見ではある。

彼は貧相で貧乏臭いオーラを発散しているし、顔は青白いし胃が悪そうな痩せ型で、髪は伸ばしっぱなし。典型的パソコンおたく以外の何物でもない外見だ。部屋の中に閉じ籠《こも》って零奈の映像ばかりを貪り見て、誇大妄想を抱いていると思われても仕方がないだろう。

「違います。思い込みじゃありません。零奈さん本人に確かめてもらえば判る事です。これは……言うべき事ではないかもしれませんが、彼女とはもう何度か寝てまして」

「ほう」

鳴沢の表情が微妙に変化した。異常者と対面している気味悪さより、自分の女を寝取られた悔《くや》しさのほうが前に出てきたのだ。

「どうして君が彼女と知り合えるんだ？　助監督なら判らんこともないが……いや、やつらにそんな暇《ひま》はないし、ボクの女を取ろうなどという根性もない。ひょっとして……昔の知り合いか？

あの子もいろいろあるからね」

大介は、まともに取り合ってもらえない苛立《いらだ》ちを感じた。

「こんな事は言いたくないけれど、彼女は尽くすタイプですね。そして、年齢の離れた男と付き合ったのも、あなたが初めてじゃない。言ってる意味は判るでしょうが」

この一言で、鳴沢の顔色が変わった。零奈と肉体関係がある、という大介の言葉が本当だと判ったのだ。零奈の、若さに似合わぬあのテクニックは、やはり鳴沢か、それとも高齋に教え込まれたものなのか。

大介は痛みにも似た嫉妬を感じながら続けた。

「……彼女と別れてください。彼女を、自由にしてあげてください」

「若いから無理もないが」

鳴沢は鼻で笑うような露骨な真似《まね》はすまいと自制しているが、どうしても大介を見下す気持ちが態度に出てしまう。

「一度や二度寝たからって、野心に燃える新人女優を自分のものにしたなんて思いなさんな。いいか。あの子とボクはいわば運命共同体だ。この映画が成功すればあの子も一気に名実ともにスターの仲間入りが出来るし、ボクもキャリアが取り戻せて次回作のハナシも来る。躰の相性がいいだけの相手と一生を送れるような女じゃないんだよ、あの子は」

そうかもしれない。大介の脳裏には、零奈が生涯愛するだろう宿命の男の事がよぎった。

「でも監督。あなただって自分で判っているように、彼女のステップの一つでしかないんだ」

「君はそのステップにすらなれないだろ」

鴨沢の言う通りだ。彼女は、あの男にしか魂を捧げないのだろう。

しかし今、その男がおそらくは死んでしまっただろう現在、欲得ずくではなく純粋に彼女の事を思っているのは、この自分だけではないか。彼女が信じ、頼ってくれているのも自分だけだという自負が、彼にはあった。

「ならどうして監督はネガ修正の件で彼女に嘘をついたりごまかしたりするんです？　フィルムに偶然写ったのが、彼女のいちばん大切な男が殺される瞬間なら、なおさら彼女には本当の事を」

大介は最後まで喋《しゃべ》れなかった。それまで皮肉混じりではあっても穏やかに話していた鴨沢が突然、野獣のような唸《うな》り声を発して激怒し始めたからだ。

「そうか！　お前なんだな！　俺のシャシンを勝手にいじったのは、お前なんだな！　誰の差し金だ？　あの下島か！　それとも電報堂《でんぽうどう》の永井《ながい》か！」

鴨沢は大介の知らない名前をさらに数人出した。映画の出資者なのだろうか。

「言え！　誰の差し金だ」

鴨沢は大介の胸倉を摑んで激しく揺さぶった。初老の男とは思えない強い力だ。

「俺は、心血注いだ俺のシャシンを、他人が勝手に触るのは絶対に許せないんだ！」

すり替えだ、と大介は思った。論理のすり替えだ。ならばどうして立山の現場で零奈に撮り直しすると言っておきながら前言を翻《ひるがえ》したのだ？　天才の気紛れ？　それとも……。

先ほどの撮影で、俳優のちょっとしたタイミングの悪さも見逃さなかった鴨沢だ。彼の鋭敏な目が、背景から放たれた光を見落とすはずがないではないか。

「俺のシャシンにキズをつけた野郎が、俺の女を寝盗っただと？　こんな人をバカにした話はない！　出てけ！　さもないとパイでも灰皿でも槍でも投げてやるぞ」

鴨沢は、零奈への執着を露《あらわ》にした怒りの目をして、吠えた。

下島に、ナニを喋ったんだナニをしでかしたんだナニを余計な事をしてくれたんだ、とぎゃあぎゃあ喚《わめ》かれながら、大介は現場を後にした。

どうにも腑《ふ》に落ちない。鴨沢の反応は、まさに女を寝盗られた初老の男の悪あがきそのものだったが、例の『ネガ修正』については本当のことを言っているようには思えない。激怒してみせたのも、フリだけではないのか。

そう思うと、零奈との事もすべて嘘を喋っているのではないかという疑念が湧いてくる。

と、同時に、鴨沢という男の人間性も判らなくなってきた。有能なカリスマ監督である事は判ったが、才能と人格はまったく別物だ。ヒューマンな名作を書いた文豪が実は近親相姦すら犯した色狂いだったり、妻を平気で殴る暴力夫だったという例もある。鴨沢だって、その素顔はとんでもない男なのかもしれないじゃないか。

本当の鴨沢享を知るのは、別居中の彼の妻でベテラン女優・三ツ《みつ》矢薫《やかおる》しかいないのではないか。薫は、彼が監督になる以前から彼を支え、芸能界有数のオシドリ夫婦と言われていたが、零奈とのスキャンダルが明るみに出て離婚必至と言われている。

大介はもちろん薫と面識もなにもない。しかし彼女は今日はオフのはずだ。女優・三ツ矢薫は、鳴沢のこの映画にも準主役として出演しているのだ。掛け持ちをしない主義だという薫は、今はこの仕事だけに集中しているのに違いない。

薫は、夫が出て行った成城の『豪邸』に住んでいるはずだ。

もう夜になっていたが、大介は成城に向かった。

小田急線の成城学園前駅付近には、いかにも富豪の豪邸というべき凄い門構えのお屋敷が建ち並んでいる。しかし鳴沢の屋敷のあるあたりは、土地が安かった昔に住みついた古株の映画人が多い。東宝《とうほう》の系列の会社に潜り込んでキャリアをスタートさせた鳴沢も同じなのだろう。

世界的巨匠の屋敷、にしては小ぶりで質素な家だった。芝を張った猫の額ほどの狭い庭に、山小屋風の木造二階建てだ。表札に漢字とローマ字表記が並んでいるのがかろうじて鳴沢監督のモダンな作風を連想させ、『世界的』な感じを唯一出している。

門扉のチャイムを押すと、かなり間を置いて物憂《ものう》げな女性の声が応答した。

「浅倉といいます。監督の映画のスタッフです」

微妙な嘘をついた。

「どういうこと?」

意外そうな声が返って来た。鳴沢の自宅にスタッフが来る事はないのか。

「あの、お渡ししたいものが」

「ああ、それならポストに入れておいて頂戴《ちょうだい》」

どうやらこの声は、薫本人のようだ。スキャンダルの時、ワイドショーの連中がうるさかったろうに。使用人は置いていないのか？　いや、この家の様子では、置く余裕がないのか。

「僕は、マスコミじゃないです。ちょっとお話が……」

「私、カントク本人じゃないから、私とお話ししても意味ないでしょう？　だいたい、私の顔に泥を塗ったあの男の用事をどうしてこの私が言い付からなきゃいけないわけ？」

インターフォン越しに、大女優・薫は怒りをぶちまけはじめた。独り居に鬱々《うつうつ》としていたのかもしれない。大介の隣にワイドショーのレポーターがいれば狂喜乱舞しそうだ。

「あんな小娘に血道を上げちゃってさ。ロクに勃《た》ちもしないジイサンが。あの女だって、若いだけでちょろっと才能があるかないかのアバズレじゃない。しかもあの胡散《うさん》臭い男のお下がりじゃないのさ。そんないわく付きのキズモノ女とこの私を、天秤《てんびん》にかけてどうのなんて、お話になりませんん。ちゃーんちゃらおかしいわっ！」

がちゃっ！　とインターフォンが叩き切られる音がした。喋っているうちに、薫は自分の言葉に怒りを増幅させたようだ。

失敗か……。大介はなす術もなく門扉の前に立ち尽くしていた。

呆然と立ち竦《すく》む大介を、おれは見ていた。

＊

おれも、今では鳴沢監督のバックグラウンドに興味を持っている。『K』こと高齋孝信との繫がりが判明したからにはなおさらだ。

大介はインターフォンのボタンをもう一度押す気力もないらしい。そんな大介を見ていると、その根性の無さに腹が立ってくる。

聞き込みならもっと搦《から》め手から攻めるなり、もしくは材料は何でもいい、いきなりブチかまして脅《おど》しあげるなり幾らでも方法はあるだろうに。お行儀よく正面からお邪魔して呆気なく門前払いかよ。まったく使えない奴だぜ、この男は。

そもそも相手が話したくないことを聞き出そうというのだ。例の、インテリが作ってヤクザが売ってる新聞の勧誘ぐらいには、ここは強引に行かなきゃな。

おれはぐいと進み出て、格子状の門扉についている閂《かんぬき》に手をかけた。

おい、何をするつもりだ、とそこでようやくおれの存在に気がついた大介が、うろたえたように反応した。

「おれに任せな。カネだろうが情報だろうがスケから引き出すなんざチョロいんだ。その手本を見せてやるぜ」

鴨沢の女房に当たってみるというのはいい考えだ。ここで引き下がることはない。

「だいたいお前には探偵の真似事なんて無理なんだよ。それとな、ネガの謎なら、お前の追っている線はとんだ見当ちがいだぜ」

待て、見当違いだと思うなら調べなくてもいいんだ、と大介はなおもうだうだ言っている。

「うるさい。おれの勝手だ。それにあの女優、年増だけどいい女だしな」

おれは無茶をするな早まるなと止める大介を無視し、その存在を完全に意識から消し去ると、どんどん屋敷の中に入っていった。

鉄の格子状の門扉についている門を勝手に開けて、鴨沢邸の敷地内に侵入する。

そのまま大股で歩を進めたが、玄関のドアはさすがにロックされていた。

こっそりと庭に回ってみると、水たまりのような池に面して窓の大きなリビングルームがあり、そこのソファにほっそりした人影が座っているのが見えた。

部屋は暗く、テレビの画面が揺れる光を放っていた。その女性が見入っている画面はモノクロームだ。ビデオデッキに赤いランプが点灯しているのも見える。

その女性の横顔、やや反りぎみの、愛らしいカーブを描く鼻梁《びりょう》の線に見覚えがある。

間違いない。三ツ矢薫本人だ。

薫は湯上がりらしく、白いバスローブを身に纏《まと》っていた。髪にも揃いの白いバスタオルを、まるでターバンのように巻いている。重たげな頭部を支える、長くて華奢な頸《くび》のラインが、たとえようもなく優雅だ。

あのバスローブの下には、もしかして何も着ていないのかもしれないな。

そう思った瞬間、おれはベランダに踏み込んで、リビングの大きなガラス戸を引き開けていた。

古い映画を見ていたらしい彼女は、突然の侵入者を見て反射的に立ち上がった。

「なんですか、あなたは！」

凛《りん》としたいい声だった。間違いない。三ツ矢薫本人だ。

おれは、大映《だいえい》の時代劇で武家の奥方に扮《ふん》していた彼女を思い出した。

「三ツ矢薫さん。呑気にお暮らしのようですね」

「だから、なんなの、あなたっ！」

得意な役柄の勝ち気な性格そのままに、薫は怯《おび》える事なく立ち向かってきた。

アクション映画ならショットガンを構え、極道の女なら呑んでいたドスでも抜きそうな迫力だ。『熟女』を卒業した、という年齢にはまったく見えない若々しさが、その生気に満ちた表情に溢れていた。

デビュー当時の薫は、まだ珍しかった小悪魔的な魅力に日本人離れした肢体に、まるでフランス女優のような洗練された雰囲気で一気にスターダムに駆け昇ったのだが、その面影は三十年近く経った今も消えてはいない。

突っ張ってはいるが脆《もろ》い少女のような雰囲気と、今なお弾けるような生命力を宿した顔や仕草が、成熟したエレガンスと不思議な同居をしている。若い頃の牝鹿《めじか》のような小悪魔っぽい色香がそのままなのは、エステやフィットネスといった努力の賜《たまもの》なのだろう。白いバスローブ姿の薫をセクシーに感じてしまうのは、華奢な肢体のわりには豊満な胸のせいだ。十代のころから変わらない、ベストなプロポーションを維持していることもはっきり判る。

おれは思わず生唾を呑み込んだ。

相手がヤクザ者だろうがどんな美女だろうが尻込みするおれではないが、今、目の前に立っているのは、六〇年代後半からずっとトップ女優であり続けている大女優、三ッ矢薫その人だ。

彼女の強烈なオーラに、おれは体の奥にさらなる疼《うず》きを感じた。

「若く見えるのは撮り方がうまいからだと思ってたけど、そうじゃないんだな」

「つまらないお世辞を言うために来たわけ？　最近イカレたファンが多いから、あなたもそうじゃないっていう証拠がないわね」

「マネージャーを通してアポを取れってか？　有名人の奥さんに話を聞くのって、そんなに御大層なものなのか」

「有名人の奥さん？　私が有名人なのよ」

薫は『サンセット大通り』のグロリア・スワンソンのように目を剝《む》いた。

「私は、三ッ矢薫よ。ナントカいう張り子の虎みたいな男の女房じゃないのよ」

薄ら笑いが浮かんだのは、本当に怒った証拠だろう。それもそうだ。ぺーぺーの助監督・鴨沢と人気絶頂の若くて美人で才能溢れる女優だった彼女が結婚して、その助監督は彼女のおかげもあって大監督になり、映画が当たらずに経済的に苦しい時は彼女のギャラで生活していた、というのは有名な話なのだから。

腰に手を置くそのポーズは、往年の薫の当たり役を連想させた。スクリーンでの薫は、どの作品でも、勝ち気で蓮《はす》っ葉《ぱ》な女特有の、もろい鋼《はがね》のような魅力を放っていたのだ。どんと突いたらバッタリ倒れてしまいそうなのに、そういう暴力を誘発させる男の嗜虐心《しぎゃくしん》を猛烈に刺激するのだ。思えば薫の当たり役は常に、勝ち気なのに結局はぽっきりと折れてしまい主人公に身も世もなく恋をするヒロイン、というパターンだった。

大介と違って映画が好きなおれには、そういう過去の役柄が現実の薫に二重写しになっていた。急激に性欲が昂進するのが判った。

「亭主は留守か。なら好都合だぜ」

土足のままあがりこんでいたので、そのまま薫にタックルして床に押し倒した。

「何するのっ！」

「いいねえ！　その表情。ナマで見るのが最高だぜ」

白いバスローブの前を容赦なくはだけにかかった。下半身で女優の躰を押さえつけ、襟元に両手をかけて、ぐい、と左右に引き開ける。

かつて、清純派と肉体派の間を行き来した、その見事な躰が現われた。乳房は深い谷間を作り、ウエストはメリハリのあるくびれを見せている。素晴らしい曲線美だ。

薫はなおも抵抗していたが、バスローブの下半身もはだけられ、ジーンズに包まれたおれの股間が触れた瞬間、ふっと力を抜いてしまった。

女優の太腿に押し付けられたおれの股間は、ジーンズの中で猛り立っていた。

「その年で……見事な躰だな。人工か？」

「失礼ね！　全部マンマよ」

庭に面したガラス戸が開いているのに、薫は悲鳴を上げたり助けを求めたりする様子はない。大女優が暴漢に犯されているところを見られたくないのだろうか。彼女クラスになれば、被害者になること自体がダメージになる。それを恐れているのかもしれない。

そういうことを瞬時に計算したらしい薫に感服しながら、おれは余計に陰茎を硬くした。そもそも、こんな状況に突然放り込まれて動転しない女は初めてだった。

「あんた、いい度胸してるな。怖くないのか？」

薫は、バスローブの下は一糸纏わぬ全裸だった。紐《ひも》もほどかれ、前を完全にはだけられてしまうと、覆《おお》うもののない股間もヘアーも、すべてがおれの前にさらけ出された。

「私も、もうネンネじゃないし、こういうのも初めてじゃないし……ぎゃあぎゃあ騒ぐ気はないんだけど」

切れ長の美しい目が、覆い被《かぶ》さるおれを睨んだ。

「やるなら、気持ちよくしてよ」

「うるさい。レイプ犯人に指図するな」

きつい女を捩《ね》じ伏せるという快感を薄められたような気がしたおれは吠え、景気づけに薫の頬に往復ビンタを炸裂させた。

「止めて！　顔はぶたないで！」

おお、女優はやっぱりこう言うんだ。おれはいっそう興奮した。

全裸にして組み敷いた薫の肉体は、日頃からシェイプアップされ手入れされているのがよく判った。実年齢が幾つなのか知らないが、かなり以前に観た映画の中でセミヌードになった、あのまんまだ。

薫はもはや抵抗しなかった。

おれは体をずらせ、滑らかな腹にすーっと舌を這わせると、濃い目の茂みの中に、そのまま潜り込ませた。

「あっ」

クリットに舌先が触れた瞬間、女優が声を上げた。

両手で彼女の乳房を揉みあげた。多少垂れ気味とはいえ、この程度のものは熟しきったデカダンスを感じさせて、余計にそそる。

茱萸《ぐみ》のような乳首を指に挟んで抉《えぐ》ってやると、薫は肩を小刻みに震わせ始めた。おれの舌は肉芽への愛撫を続けている。

じわり、と秘腔から肉汁が湧いて来たようだ。酸味を帯びた、いわゆる本気汁だ。すでに薫の肉芽も秘唇も、充分に充血してぷっくり膨らんでいる。体型は華奢だが、薫のその部分はさすがに経験豊富な熟女というべきか、幾人もの男の精を吸った、という感じの色と形をしている。

その肉襞が、濡れてひくついていた。

おれの愛撫に、彼女の躰はふるふると震え、肌もしっとりと汗ばんできた。

「来て……ねえ来てよ」

おれはジーンズを下着ごと膝まで降ろし、さっきから勃起しきっている陰茎を、女優の花弁に差し入れた。

おれも最近にないほど興奮している。先汁で先端が濡れていることが、自分でも判った。

「はうっ……」

すぷすぷっとペニスは彼女の中に飲み込まれていった。

「ううん……」

鋼《はがね》のように硬いモノを股間に収めた彼女はまるで、三つ星レストランで極上のステーキを頬張った時のような、満足げな声を出した。おれがわずかに腰を動かしただけでひくひくと反応して来る。

「ほんとにご無沙汰してたみたいだな」

「……歳取ると、お腹はそんなに減らないものよ」

年齢の事をいうのは、ババアとか言われる前の先制攻撃か。それとも、肉体に自信があるから年齢など気にしていないという意思表示か。

おれは持ち前のペニスの長さを生かして、ぐっと根元まで沈めては、すーっと抜けるほど腰を引く、ストロークの長い抽送を開始した。

「い。いい。あーっ……」

薫の体温がぐんぐん上昇していくのが判った。エンジンがかかるというか精気が戻って来たというか、枯れ木に水が行き渡って行くというか、そんな感じだ。

きれいに磨き上げられた百ワット電球に、今までは三十ワットの電気しか流れていなかったのが、今や彼女はフルに電流を受けて光り輝いている。頰も全身も紅潮し、隅々にまでパワーが吹き込まれたとしか思えない。

彼女の内部も、驚くべき変化をみせて、おれの肉棒を包みこんだ。最初はのっぺりした面白みのない触感だったものが、熱を帯びるごとに肉襞が頭をもたげ、伸びて来るような感じだ。触手のようなものがペニスに絡まってくる。めくるめく快感が襲ってきた。

さすがに、セックスというものを知っている……。

おれは内心、舌を巻いた。年季の入った遊び人というのはこういうものか、と恐れ入る感じだ。

とはいえ、ここで薫に負けてはいられない。この女を征服し、屈伏させなければならないのだ。

おれは猛然と腰を使った。ストロークをフルに使った激しいピストンを繰り返し、時に虚を衝くように大きく円を描いたグラインドをした。

彼女の媚肉を搔き乱すごとに、吸引力が増して来たようだ。ペニスで肉襞を擦り上げている感じだったものが、その濡れ肉がへばりついてくるようになり……やがて吸い込むほどになったのだ。大女優の瞳はすでに焦点を失い、きつい眼の光も消えて、今はひたすら快楽を貪《むさぼ》り、痴情に溺《おぼ》れていた。

「あ……イく……イッちゃう……」

「まだまだだ！」

おれはいっそう腰を激しく動かしながら、舌では乳首も愛撫してやった。舌を遣《つか》うたびに、薫の上半身は鋭く反応し、次第に身も世もなく悶《もだ》え始めた。

「もうダメ……ほんとに、イッちゃうっ！」

今果てさせると、普通のセックスの強いやつ程度の後味しか残らないだろう。それだけではいけないのだ。三ッ矢薫が一生、「あの時のセックス」と思い出すほどの、忘れられない痕跡と、強烈極まりない快感を与えなければ。

おれは自分と薫の恥骨が擦れ合い、濡れた陰毛が絡まりあっている接合部分に指を潜り込ませた。そのまま抽送を続けながら、肉芽を指先で転がしてやる。

「む、む、む」

その瞬間、彼女の全身が硬直し、クリットを弄《いじ》るたびにがく、がく、がく、と波打った。心臓発作を起こしたかと勘違いするほどの凄い反応だ。

「ああもうやめて……お願い……もうダメなの……」

「まだまだ」

体を支えていたもう一方の手も使うことにした。彼女に体重をかけてしまわないように苦心して肘で体を支え、もう一方の手を臀部に這わせた。もはやレイプというより奉仕という感じだ。

「！」

彼女の肉体に、びくん、という強い衝撃が弾けた。

おれの指が、薫のアヌスに刺さったのだ。いきなりの感触に、彼女はショックを受けたようだ。

それに構わず、そのまま指先をアヌスの中に沈めて、中で蠢《うごめ》かせた。

「ふ、ふうう。あふう。あうん……あ。ああ、も、もう、ダメ」

上に乗ったおれの体を跳ね飛ばすほどの強さで、彼女は全身を弓なりに硬直させた。呼吸も止まって、顔が真っ赤《まっか》になった。

もしかしてこれはヤバイんじゃ……と強気のおれすら不安になった時、大女優はふうーっと深く息を吐き出した。同時に硬直がほどけ、その反動が来た。

全身をぶるぶるがくがくと震わせながら、反り返った躰が一気に弛緩《しかん》してゆく。

「おい。大丈夫か？」

思わず聞いていた。完全にぐったりして、まるで死んでしまったように見えたのだ。

「……大丈夫、よ……こんな凄いの、何年ぶりかしらねえ……いえ、初めてかも……」

薫は、妖艶さを通り越して、澄んできらきら輝く瞳をこちらに向けた。その瞳には、とびきりの素直さが宿っていた。

「昔はね、今みたいにエイズなんかなかったから、結構危ないこともしたものよ。タフが売り物の外国のスターともやったし、全身性器みたいな米軍の黒人兵とも厭《いや》というほどやったし、パリに滞在した時には……」

　薫はあるフランスの高名な男優の名前を挙げた。

「リッツに泊ってやりまくったわよ。そいつは見掛けだけじゃない超テクニシャンだった。躰が蕩《とろ》けるほどいろんなテクニックを使わせたけど……今のに優《まさ》るものはなかったわ」

　薫の裸身を後ろから抱きしめて、首筋にキスをする。

　こんなこと言われ慣れてるでしょうけどね、と薫は言った。

「庭からこの部屋にはいってきたあなたを見たとき、ああ、この男に抱かれるんだなあってすぐに思ったの。強姦なんてあなた、あんなに簡単に出来るものじゃないのよ。本気で女に抵抗されたことないでしょう?」

「まあな」

　確かにおれが女とトラブルになるのは、いつも寝てしまった後のことだ。

　薫は、隣に横たわるおれに手を差し伸べてきた。

「鳴沢とはもうずーっと躰の関係はなかったのよ。それに夫婦といっても熱かったのは、あの男がキレモノの助監督で野心満々だった頃から、監督になって賞を総ナメした頃までだもの。日本映画とシンクロして、鳴沢のモノも役に立たなくなってた」

　そう言うとニッと笑った。

「だけど、あの女には勃つっていうんだから、男っていうのは判らないものよね。それを聞いて私は怒り狂ったわ。あんな小娘相手に本気で怒るのもアレなんだけど……。けどね、鳴沢が、あんなに夢中になって、離婚まで口にし始めるとね」

ぴん、とおれのペニスを指で弾いた。

「あの娘、たしかに、女優として輝いてる。だって、自分のデビュー作だし主演なんだものね。これで輝かなければ死んじゃえばいいのよ」

薫の顔がちょっと歪《ゆが》んだ。

「私の役を取ったんだから」

「え?」

今度はおれがへんな声を出した。

「だけど、零奈の役って、十八かそこらの小娘の役だろ? しかしあんたは」

「年齢的に無理があるって言いたいんでしょ。でも、あの映画のあの役、最初は、私にアテて書かれてたのよ。中年女の暴走。アメリカ映画にそういうのあったでしょ。平凡で地味なオバサンが、同じようなオジサンと出逢うんだけど、二人はお互いの狂気への触媒を持っていて、狂うのよ。セックスに狂ってすべてに狂って凶悪犯罪に走るの。中年の大暴走。いけると思ったわ。だけど、あの女が現われて」

薫はリビングの床から立ち上がって、マントルピースの上のブランディを取りグラスに注ぎ、一気に飲んだ。

「あの女、そもそもは、高齋の女だったのよ。お手付きのお古じゃないの。そんな女に鳴沢がまさか、と思ってたんだけど」

「高齋と監督はどういう仲なんだ？」

「昔の親友よ。私も、鴨沢のすべては知らないけど、学生時代の古い友達じゃないの？　高齋ってのは、けっこう危ない商売をして金を儲けてたの。裏の世界というか、アンダーグラウンドの人間よね。だけど鴨沢は、名声だけはあるけど金はさっぱり無いオモテの人間で」

「金がない？」

ウソ言うなよ、というおれに、薫は笑った。

「鴨沢クラスの監督って、みんなもっと凄い屋敷に住んでるし財産だってけっこう貯めてるのよ。知らなかった？　だけどウチは、このボロ家だって抵当に入ってるし、億に近い借金もある。自分の金で映画なんか作ろうとするから貧乏になるの。映画は他人の金で作らなくっちゃね」

まあとにかく、と薫は話を戻した。

「金はないけど有名人の鴨沢と金はあるけど表に出られない高齋は、妙にウマがあったわけ。だから鴨沢があの男の女を預かったんだし、それもあって今度の映画にも高齋が金を出したのね」

一言も聞き洩らすまいと全身を耳にした。薫は重要なことをごくさりげなく、当たり前のように喋っている。

「女を預けるって？」

「だから、あの高齋、あくどく儲け過ぎてヤバくなったんで、自分の女を預けたのよ。『マノン』

の主役を射止めたシンデレラ・ガールに仕立て上げて、経済ヤクザの情婦の過去を消して、女優になりたい普通の女の子ってことでデビューさせてくれと」

おれは、マスコミで流されている夏山零奈のデビュー秘話なるものを思い出した。

「しかし零奈はどこかの観光地のホテルでウェイトレスをしていて、そこに主演女優が決まらないままロケハンに来ていた監督に見出されたんじゃないのか?」

「嘘っぱちよ。マスコミ向けの作り話。立山のホテルのラウンジで、あの女が水出しコーヒーを運んできて、それを見た鳴沢が、マノンがここにいる、って叫んだってアレでしょ」

女優は鼻で笑った。

「賭けてもいいけど、あの女はイメクラでメイドのコスチュームを着たことはあっても、本物のウェイトレスなんて、やったことはないわよ。まあ、高齋からお金も預かったので、最初は鳴沢、演技のレッスンなんかをしてたんだけど……やっちゃったのよ」

薫は、サイドボードの引き出しから一枚の写真を取り出した。びりびりに破いたのをセロテープで繋げ直してある。

それは、零奈のヌード写真だった。ベッドの上でぐったりしている。足のほうから撮っているので、すべて丸見えだ。情事のあと、という濃厚な空気が写真にも漂っている。

「で、鳴沢は、書きあがっていたホンを全部書き直したの。役をずっと若くして、ね。『マノン・レスコー』の焼き直しよ。小悪魔のような女に取り憑かれた真面目な男が、その女と一緒になって犯罪を重ねながら逃避行するの。ま、それはそれでサマになる話にはなったけど」

「だが、あんたも脇役で出てるんだろう？」

おれは彼女の背後から腕を回して、乳首をくりくりと弄《いじ》りながら聞いた。

「そうよ。私は鴫沢のデビュー作以来全部に出てるんだから。それに、主演の二人が新人だから、脇にスターを置かないと映画が締まらないし、会社もうんと言わないのよ」

「あんた、それでいいのか？」

「私はプロよ。それに鴫沢と私は運命共同体なの。あの人はいずれ私のところに戻って来るしかないの。絶対に」

「大した自信だな」

おれはすべてを記憶に焼きつけた。この件を解いてカネにするには一級の情報だからだ。

「まあね。一山いくらのアバズレが男を乗り換えたっていう単純な話じゃないしね、これは。だから私もこんなに怒るんだけど。でも男の浮気にいちいち腹を立ててたらカントクの妻は務まらないわ。女優とのセックスは握手みたいなもんだし、そうじゃなきゃ女は描けないし演出も出来ないとは思うの、私も」

おれは死ぬまで女の色香を失いそうもない彼女の肢体に手を滑らせた。薫も結婚後、けっこう浮き名を流した人なのだ。

「あのね。あの零奈って女が、私以上の女優になる素質があるのなら、後進を育てるために離婚してやってもいい、と私も思わないでもない。けどね、あの娘は、この作品だけよ。デビュー作だけの存在よ。もう後は続かないわ。何本も撮りつづけて、お金を運んでくる女優にはなれないの。そんな女に私が負けるワケにはいかないでしょう?」

薫はすでにプロの大女優の顔に戻っていた。仕事がらみの話になると、どうしても真剣になってしまうのだろう。

「なぜそう思う?」

「三十年もやってれば、見えるのよ。自分で言うのもナンだけど、女優って商売は、業《ごう》が深いの。女だけど女を棄てないとやってけない部分があるの。なんというか……役者ってのは、まず自分がいちばん大事なの。そうでなくちゃ駄目なの。だけど、あの子はそうじゃない。男を好きになると自分を捨ててしまうところがあるのよ」

薫は自分の心の中を覗《のぞ》き込むような眼をして、言葉を選びながら喋っている。

「男に愛されることが自分の価値だと思っているのね。男の幸せを自分の幸せに感じるというか、そういう部分があるの。私には、ないのよ。私は、そりゃ鴫沢はパートナーだから大事に思ってるけど、その前にまずワタシ、だもの。だから鴫沢は、そういう優しさに飢えてたのかもしれないわ。家に帰っても、いるのはライバルというか仕事の相手なんだものね。いわゆる愛情で夫を包みこむような奥さん・女房・ワイフ・スイートハートはいなかったんだから。だけど、あの零奈には、それがあるの。だから、鴫沢はあのガキにふらふらっといったの。たぶん、高齋も同じようなもんだったんじゃないの? けどね、それは、女優という仕事の邪魔になるのよ。はっきり言えば、女優失格」

薫はおれに首筋を愛撫されながらマントルピースに手を伸ばし、二杯目のブランディをグラスに注いでまたも一気飲みした。

「笑っちゃうのは、鴨沢が零奈と寝て夢中になっちゃった事を、高斎が知っちゃった事。高斎は、何と言ってもこの映画の大スポンサーだし、そのスポンサーの女を寝盗ったのよ。マズイでしょそれは。それにそれに」

　薫は出来の悪いパートナーを笑った。

「あの零奈って女、シタタカよー。鴨沢に世話になって私から亭主を盗ったっていうのに、本心では高斎を忘れられないって素振りを事あるごとに見せるんだって。高斎のほうを愛してるってフリをするんですって。で、鴨沢は、それに嫉妬してるんだってさ。この前、あいつらの新居に遊びに行ったヒトから聞いたんだけどね。あら」

　突然、薫は真顔になった。

「あなた、いったい、私になにを聞きに来たの？　何しに来たんだっけ？　私を犯しに来ただけなんだっけ？」

　おれはさらに三ッ矢薫と続けて二度交わり、小田急線に乗って帰途についた。

　熟成された極上の女体の余韻よりも気になることは、薫から聞き出した情報がカネになるかどうか、だ。

　オリジナル・ネガに写っていた殺しの瞬間は、澤田組の垂水が失踪中の闇の金融王・高斎孝信を殺《や》ったものだ、とおれは思っていた。

しかし……てめえ高齋の居所を知っているのか、知ってるんなら吐け、と怒り狂っていたあの垂水がシラを切っているとは、どうも思えない。

だいたいあれは単純な男で、演技なんて器用な真似が出来るやつじゃないしな。

怪しいというなら鳴沢の振る舞いのほうがずっと怪しい。零奈によれば、鳴沢はフィルムの修正を間違いなく知っている。それでいて、勝手に修正したと騒ぎ立てる。さらに大介が、背景に写っているのが高齋だとほのめかしただけで、問題をごまかすためとしか思えない怒り方をして見せる。

鳴沢はこの件に噛んでいるのだろうか。

動機は無いとはいえない。女だ。

老境に入って恋に狂うのは始末に負えないという。しかも相手は若い女で、その女が前の男にも心を残してるとしたら？　だが、その高齋は鳴沢の年来の友人で今回の映画の大スポンサーでもあるというではないか。

たかが女のことでなあ、と思い、そこで仕事のことを思い出した。

一時間後、おれは浅草六区《あさくさろっく》のボウリング場にいた。もう夜もかなり遅いが、半分近くのレーンが埋まっている。昼夜の感覚を失わせるような光とピンが倒れる騒音の中で、場内を見渡した。

石原《いしはら》のとっつぁんはすぐに見つかった。いつもここにいるのだ。

五十がらみで鶴のように痩《や》せた躰に、いつも黒いスラックス、そして大抵黒地の、どこで買うのかと思うような派手な柄のシャツを着ている。

レーンのテーブルに外国煙草の箱を二つきちんと重ねて置き、その脇には携帯。椅子の下にはボールバッグと、そして、顔が映りそうなほど磨きあげた黒革の靴が揃えてある。

とっつぁんはレーンのアプローチにパウダーを撒き、そなえつけのダスターを足先で使って、余分な粉を取り除いていた。もちろん足まわりは真っ白なマイシューズだ。

「よう、とっつぁん。どうよ調子は？」

「ああ……あんたか。今週の上がりはまずまずだが、スコアのほうが出なくってな」

石原は傍らのジャケットを取り上げ、内ポケットから財布を取り出して、札を数えた。

「五万……六万、それと、これは、あんたにだ。取っといてくれ」

とっつぁんは毎週の、橘風会への上納金のほかに一万円をくれながら言った。

「また、送迎をやってもらえると助かるんだがな」

石原は浅草から上野、鶯谷《うぐいすだに》一帯にかけてのホテルを利用して、常時数人の女を使って稼がせている。身元の確かな安心できる客を女につける代わりに、上がりの三割を取っている。

元々は日暮里《にっぽり》の大きな菓子問屋の跡取りだったそうだが、四十過ぎてから若い女に狂って大きな借金をこしらえ出奔《しゅっぽん》。体を壊して女にも逃げられるというありがちな展開になったが、特に自棄《やけ》を起こすこともなく今の商売を始めた。

もう勃たないから女は終わりだと笑っているとっつぁんの、現在の唯一の趣味がボウリングだ。ヤサで寝ている時間以外のほとんどを、この六区のボウリング場で過ごしている。

一見してボウリング狂の妙なオヤジでしかないが、質のいい女を探してくるカンと、摑んでいる客筋の手堅さはかなりのものだ。めったに客とのトラブルはないが、万一の時のために橘風会が面倒を見ている。おれもその縁で、石原の抱えている女の送り迎え兼用心棒の仕事をしていたことがあった。

「例の、大塚《おおつか》の時計屋がうちの鏡子《きょうこ》と揉めた時だって、あんたが出ていったらあっと言う間に大人しくなったしな」

一体どんな遣り方をしたんだあの時は、という目でとっつぁんはこっちを見た。

石原ガールズの一人で、昼間はＯＬで恋人もいる女が、客の中年男に夢中になられて追い回され、勤め先にも恋人にもこんな商売していることをバラすぞ、と脅された事があったのだ。

おれは笑って答えなかった。

女房にバレてもいいと開き直ったそのオヤジは自営業だけに、勤め人を締めあげる手が使えず面倒だった。だからおれは「趣味と実益を兼ねた」方法を取った。

そのオヤジの目の前で、彼女を抱いて見せてやったのだ。おれに何度もイカされ、自分が抱いたときとはまるで別人のような反応を見せる女に、オヤジはあっけなくオスとしての自信を打ち砕かれ、二度と彼女の前に姿を現わすことはなかった。

石原のとっつぁんは床に撒いていたパウダーを手にもはたきながら、言った。

「今日の集金はこれで終わりか？　一ゲームぐらい付き合わねえか？」

そこに軽い足音がしてレーンに駆け寄ってきた若い女がいた。鮮やかな臙脂《えんじ》色のカラージーンズに、茶色がかった髪をポニーテイルにまとめた色白の女だ。枯葉色のＴシャツを着て、ショッキングピンクのボールバッグを提げている。

「ごめん。遅くなって」

「まったくよく寝るアマだ。飯は食ったか？」

「うん。おじさんが作っといてくれたおみおつけと塩ジャケで」

なんだ、また若い女こしらえたのかとっつぁん、と目で聞くと、石原は苦笑した。

「いや、これは俺の姪《めい》っ子でな。山形から強引に出てきちまったんだ。流行《はや》りのプチ家出ってやつよ」

毎日三時間ボウリングに付き合うことを条件に、マンションに置いてやっているのだと言う。

「誰、この人？　いい男じゃん」

娘は至極屈託がない。

「馬鹿。この竜二さんはな、お前みたいなションベン臭い小娘は相手にしねえんだ。おい初美《はつみ》、煙草買ってきてくれ。バックストロークだ。この場内には売ってねえぞ」

煙草ならあるじゃんそこに二箱も、と娘は不服そうだが、いいから行けと言われてしぶしぶ立ち去った。

さすがに身内はおれに近づけたくないんだな、とおかしかったが、ふと訊《き》いてみたくなった。

「とっつぁんよ。もしもの話だが、とっつぁんの物凄く惚《ほ》れた女がいたとするよ。だけど、その女にも惚れてる男がいて、それがとっつぁんの大の親友だったとしたら……どうする？　女を取るか、それともダチを取るか、どっちだ？」

石原は何でそんなことを訊くんだ、と言う目で見たが、ややあって答えた。

「それは……男の年齢と、その女にもよるだろうな」

「判んねえよ、そんな一般論言われても。もっとズバっと答えてくれよ」

「たとえば今のあんたなら、間違いなくダチを取るだろう。男のハタチ過ぎから四十前ってのは、まず第一に、てめえのことでギラギラしているもんだ。野心もあるし、何かと計算高い。恋女房と可愛いさかりのガキがうちに居ても、横目でしか見てないようなところがあるんだよ。外に女を作っても、それは……そうだな、踏み台か、飾りのようなものでしかないんだ」

とっつぁんの袖口には、ダイヤ巻の古い金時計が覗《のぞ》いている。そういえばこのとっつぁんは洒落《しゃれ》者で見栄《みえ》っ張りだったんだ、とおかしくなった。零奈も、あの監督にとってはこういう身を飾るアクセサリーのようなものなのだろうか。それとも「踏み台」か。

「だがな、男も四十過ぎれば色々見えてくるものがある。自分の器量がどれほどかとか、この先どう頑張ってもこれ以上には行けねえかもしれないとか。それを見たくないとき……女にハマるんだな」

なんだとっつぁん、それってあんたのことじゃないかよ、という言葉は呑み込んだ。石原は女をこしらえて家が修羅場になるのと前後して不動産に手を出し、菓子問屋から小洒落たビル管理会社のオーナーになろうとして、見事失敗したのだった。

「とりわけ、そんなとき出逢った女が若かったりしたら、それはただの若い女ってだけじゃなくなるんだ。その男が失くしかけてるすべてなんだよ。未来とか可能性とか、野郎としての能力とか」

「じゃあ、その女が別れたいと言ったりしたら」

「どんな事をしてもしがみつこうとするだろうな。その女に棄《す》てられたら、男としても人間としても、もうおしまいだと思ってしまうんだよ」

「じゃあ、ダチよりも女を取るのか？」

「そうだな。あの頃の俺なら、迷わずそうしたろうよ」

でもそれで後悔はしていない。世界だって引きかえにする。一番の親友にも背を向ける。そんなもんじゃないのかい女に惚れるってことは、と石原は笑った。

「あんたは笑うだろうが、男が女に惚れて惚れて惚れ抜いて本当の愛ってもんが判るのは、ヤリたいさかりのガキの頃か、あとはジジイになって先が見えたころだと俺は思うよ」

本当の愛なんて言葉をまさかこのとっつぁんの口から聞くことになるとは思わなかったが、石原の表情は意外に真剣だ。

じゃあなにかよ、おれと同い年のくせしてあの零奈にめろめろになってる大介は……アイツの精神年齢も女と初めてヤッたばかりの中坊並みってことか。と思い、そこで妙に納得してしまった。

「ありがとよ、とっつぁん。よく判った。要するに男はガキだったりジジイだったりすると、ダチは捨ててても女を取るってことだな」

「まあ……そういうことだ」

身も蓋《ふた》もないダイジェストに石原は苦笑したが、ちょうどその時、初美が戻ってきた。黒と深紅のグラデーションのロングサイズの煙草のパッケージを二つ、握り締めている。

「六区の端から端まで探しちゃったよ。ねえこの人、竜二さんって独身？　彼女いるの？」

「やめときな。お前なんかの手に負える相手じゃない」

石原は立ち上がり、特注らしいボールを手に取った。銀ラメを散らした派手なものだ。そのまま流れるようなフォームでアプローチにかかり、肘を後ろ上方に一瞬持ち上げる独特のストロークで、思い切りよくレーンにボールを放った。

見事にスピンのかかったボールは、きらきらとラメを光らせながら、普通とは逆方向に回転しつつレーンを驀進し、ピンをすべてなぎ倒した。

満足そうなとっつぁんに挨拶し、ボウリング場を後にした。

石原の姪だという少女は明らかにおれともっと話したそうだったが、こっちはフィルムに映っていた殺しのことで頭がいっぱいだ。

殺されたのは高齋ではないかと零奈は言う。そして高齋を殺す動機のある人間は二人。澤田組の垂水と、鳴沢監督だ。

世界的な名声のある映画監督が殺人、とは考えにくいことだが、もしこの二人が手を結べばどうだ？

もしかして、すべては鳴沢の仕業なのではないか？　仕業というのがオーバーならば、鳴沢の差し金・筋書きだったのではないか？

まず、鳴沢自身が、零奈に会わせるといって地下に潜っている高齋を呼び出し、同時にそのことを澤田組の元若頭・垂水治郎に伝えておく。それだけでいい。垂水は高齋に殺意に至る激しい怒りを持っているのだから。

高齋は、鳴沢を信じて姿を現わす。と、その場に居合わせた垂水が高齋を殺る。殺人依頼をするまでもない。お膳立てさえしてやれば、事態はすべて鳴沢の思う方向に転がって行ったのではないだろうか。

動機？　動機は、やっぱり……女なんじゃないのかな……。

おれには、世間一般の人間が抱く感情というものが実はよく判らない。

『……ほら、その言い方。あなた、被害者に対して悪いなんて本当は思ってないでしょう？　なんか、言葉が上すべりしているのよね。裁判官にウケがよさそうなことばかり適当につなぎ合わせてみました、みたいな』

この間のカウンセリングで、精神科医の葉子が言ったことを思い出した。

『いやそりゃもちろん、アイツにゃ心から悪いと思ってますよ。まったく、なんであんなことしちまったんだろう。思い出しただけで全身が良心の疼《うず》きで震えあがるっつうか』

『だからそれが嘘っぽいって言うの』

葉子は、あなたはいわゆるサイコパスで、言葉は知っていてもその意味を知らない。感情に対する経験的知識がない、と言った。

そのときは聞き流していたが、今はそんなものかなとも思う。ともかく世間には、あの大介のバカにかぎらず、女のためなら何だってする連中が少なからずいるらしい。酸《す》いも甘いも嚙み分けた、あの石原のとっつぁんが言うことだから、嘘ではあるまい。

実感としては一向に判らないものの、とにかく「男は女のためなら親友だって殺す（らしい）」という命題に基づいて、おれは推理を続けた。

しかし……それなら殺害現場をどうしてわざわざ黒部立山なんて場所にしたのか。

鳴沢の映画のロケに合わせた？　ロケをあの場所でやる事になっていて、あの女はその映画に出ている。高齋が地下に潜っていても、自分の女の動静は気になるだろうし、話題にもなったから耳にも入るだろう。預けたはずの女を寝盗った鳴沢に言いたいこともあったはずだし、なにより零奈が逢いたがっているとでも言えば、用心深い高齋といえども出てくるのではないか。そして、黒部立山の真ん中だからこそ、姿を現わしてもいいと判断したのかもしれない。

それなら筋が通る。東京や大阪なんかの街中やその近郊だと、どんな策略が待っているか判らない。警察だって網を張っているかもしれない。

しかし、立山のど真ん中の室堂《むろどう》なら、まさかそんな場所に姿を見せるとは誰も思わないだろう。

垂水と鳴沢が組んで鳴沢が高齋を呼び出し、垂水に殺害させた……惚れた女を囮《おとり》に、親友が呼び出す。多分それ以外に、あの高齋をおびき出す方法はないだろう。

おそらくこの線だろう。もう一度、垂水に揺さぶりをかけてみよう、とおれは決心した。

鳴沢はすでにゲロしている、サツにタレ込むかどうかはおれの胸一つだと、そこまで言えば垂水もシラは切り通せまい。もしも、本当にこの殺しに噛んでいるのならば……。コトを起こす前にまず大介の部屋に寄った。例の殺しの瞬間が写ったオリジナル・データが収められているハードディスクを大介には黙って引っこ抜き、安全な場所に預けた。

垂水建設資材のオフィスにはまた灯《あか》りが点いていた。

この前もそうだったが、垂水の奴はよほど仕事熱心なのか夜のほうが仕事がはかどるのか、夜じゃないと出来ない仕事が多いのか。

だからヤクザ者はまともじゃねえ、と呟《つぶや》きながら、おれはインターフォンを押した。

「またお前か……懲《こ》りねえヤツだな」

スーツ姿の垂水は半ば呆れた様子で事務所のドアを開けた。

「この前は中途半端で失礼した」

おれはそう言いながら勝手に来客用のソファにどさっと座った。

「垂水さん。ネタは割れてるんだよ」

いきなりカマした。

「あんたが六月八日に、立山の室堂にいたのは判ってるんだ」

ロケーションの日付は正確に記録されている。何時何処で何を撮ったかということは、映画の製作部に聞けばすぐに判る。未現像ネガを持ち込まれる現像所の受付票を調べてもいい。おれはぬかりなく現像所に確認しておいた。ショットナンバーを指定して照会してくるのは関係者だけだと先方は思っている。問題のネガが撮影された日時を知るのは簡単だった。

先手を打たれた垂水は、ポカンとした表情でおれを見ている。

おれは、勝ちを確信した。垂水は図星を指され、具体的なデータを示されて凍りついている。

ここは連打で相手の動揺を誘い、一気に有利に立つべきだろう。

おれは例のプリントアウトを取り出して、ぱらりとテーブルの上に広げた。

「これ、オタクが持ってるほうが無難じゃないんですかねえ」

「テメエ、ブチ殺されてえのか？　訳の判らねえアヤつけやがると承知しねえぞ」

「この際、意味のない強がりは抜きってことで、お互い、能率よくいきましょうや」

岩のような額《ひたい》の下の鋭い目でぎろり、とおれを睨《にら》んだ垂水は、スーツの内ポケットからリボルバーを取り出して、これ見よがしに振り回した。

が、おれがまったく動揺を見せずに平然としていると、つまらなそうにタバコを咥《くわ》えて、それで火をつけた。

「ピストル・ライターなんざ、恐れ入ります。今時そんなレトロな脅し、効きませんぜ」

鼻先で笑ってやると、さすがに垂水もこめかみをひくつかせた。

「おい。おれが高齋に特別な感情を持っているのは事実だ。ンなこと、この業界の人間なら誰でも知ってる。だけどな、だからってこんなもの、何でオレが買わなきゃいけねえんだ？　こんな意味のない写真」

垂水は指先でプリントアウトを弾《はじ》いた。

「だいたい、ナニが写ってるかも判りゃあしねえじゃないか」

前回あれだけ怒っておいて、今日は全面否定かい。おれは腹が立ってきた。

「いいですよ。じゃあ。これを、しかるべき筋に持っていってもいいんですね」

そう言って、駄目押しで付け加えた。

「それと言っときますが、あんたがつるんでこの殺しを仕組んだ相手は、もう何もかもゲロしてるんだ。カネで解決して穏便に済ますかどうかは、垂水さん、あんたの気持ち一つなんですよ」

垂水はニヤリと笑った。

「お前。いい根性してるじゃねえか」

そう言った瞬間、表情が歪《ゆが》んだ。

垂水の長い足が応接セットのテーブルをどんがらがっしゃんと蹴り飛ばす。

ガラス製のテーブルは壁に激突して粉々になった。

垂水の事務所では月に何回このテーブルを買い替えるんだろうかな、『消耗品』として税務申告しているのかもな、と思ったその時。

垂水の足が今度はおれを襲った。胸板を蹴り上げてきたのだ。

スチールデスクの角にしたたかに後頭部をぶつけたおれは、尻から落下した。

息が出来ない。胸を蹴られて、肋ごと肺が萎縮したままだ。

おれの顔を、垂水の足が襲った。口めがけて、イタリア製の革靴が踏み降ろされた。

じゃり、という音がした。よく歯が折れなかったものだ。口の中が切れて堪らずゲボっと血を吐いた。

垂水は、今度はみぞおちを踏みつけた。今度は胃液が逆流してきて血と混じった。

「オレのほうからも聞きたい事があるんだ。正直に答えるんなら、これで止めてやってもいい」

どうだ、と垂水はおれの顔を踏みつけて聞いた。

「垂水さん。あんたは、どうしても、この写真は関係ないっていうんだね」

「オレの聞くことだけに答えればいい」

どす、と爪先《つまさき》がみぞおちに食いこみ、口から夥《おびただ》しい血と胃液が噴き出した。

エナメルの靴についたそれをおれの服に擦りつけながら、垂水はこっちを見た。

「てめえ……」

垂水は不気味なものでも見たように、一瞬後ずさった。

おれが、平気な顔をしていたからだ。

どんなに強いヤツでも、ここまでされれば、痛みに堪えかねて顔は歪む。それは生物として普通の反応だ。なのに、おれは薄ら笑いすら浮かべて垂水を平然と見返しているのだ。

「てめえ高齋の居所を知ってるんだろう。てめえは、なんだ？　高齋の手先か？　アイツに金をふんだくって来いとでも言われたのか？　小遣いならやらんでもない。本当の事を言えば、な」

「おれは……この写真を、あんたに買ってほしいだけだ」

「まだ言うか。俺はこれを買う必要も義理もなにもねえんだ」

垂水がふたたびおれを蹴り上げた。死なないように加減はしたようだが、それでもおれの体は数メートル吹っ飛んで事務所のロッカーにぶち当たった。下手すれば眼球が飛び出るほどの衝撃がある。

「……俺はな、高齋に、いろいろ因縁があるんだ。直《じか》に会ってナシをつけなきゃならねえ事が山ほどある。おい」

垂水は横たわったおれにのしかかるようにして胸倉を摑んだ。情けないが、おれは悪ガキに首筋を摑まれた猫の子のように摑み上げられてしまった。

「高齋の情報はいろいろ入ってる。こっちもただ黙って待ってるわけじゃねえ。隣の国にいたとか関西に出没してるとか、耳には入ってるんだが、連絡ルートが作れねえ。お前が伝書鳩の役をするんなら、それなりの金を弾んでやるって言ってるんだよ。お前は、金が欲しいんだろ？」

「……残念だが、知らないんだ……知ってれば隠す義理も人情もないんだから教えてやるんだが……知らねえものは仕方がない」

垂水は、ふふふ、と含み笑いをした。

「今ここには、俺とお前しかいねえ。この前俺を止めた連中は、今夜はいねえんだ」

垂水はロッカーを開けて、中から木刀を取り出した。

「お前が橘風会のオヤッさんに取り入ってるとか、そんな事は俺には関係ねえ。もっと言えば、お前が死んでも痛くもかゆくもねえ。俺は捕まらないし、あそことの関係が悪くなる事もねえ。お前はただのマチ金の社員でしかねえんだからな」

ぶん、とうなりを上げた木刀が、おれの脇腹に降りおろされた。

「吐《は》けよ。え？　高齋は、どこだ」

おれは体をくの字に曲げたが、それは反射的な防御姿勢であって、悲鳴は上げない。

垂水は続いて、腰に力一杯、木刀を打ち込んできた。

おれは海老反《えびぞ》ったが、口から漏れるのはただの呼吸音だけだ。

「しぶといな、テメエ。ヤクでもやって来たのかい」

「ヤクはやってねえ。女に三回ほどぶち込んできただけさ」

ははは、と垂水は笑ったが、あきらかにその笑い声には幾分かの恐怖が混ざっている。その恐怖を無理やり紛らわすように、垂水はばしばしと狂ったように木刀を振り降ろし、おれをめった打ちにした。

おれの服は破れ、革が裂け、その下の皮膚も飛び散った。

しかし、おれは薄ら笑いを止めなかった。

裂けた唇を歪ませているのは笑っているからで、そこから血がたらたらと流れ続けている。垂水にとっても、これがかなり凄惨な眺めであるらしいことは表情を見れば判る。

垂水は、木刀の動きを止めた。

「お前……どこで修行した？」

「してねえよ。あんたとはカラダの出来が違うだけさ」

口の中に溜まった血糊《ちのり》を、ぷっと吐き出した。

「もったいねえな、お前」

垂水はぼそりと言った。

「その根性、きっちり使えばスゲェ武器になるのによ」

「ヤクザの出世には興味はねえ」

もう終わりかい？　と言いながら、おれは立ち上がろうとした。

しかし、打撲で筋肉がうまく働かない。立ち上がろうとして足をすべらせて床に倒れこんだ。

「早く、出てけ。お前のその格好を見てると、こっちも胸糞《むなくそ》が悪くなる」

垂水は今にも吐きそうな顔をして言った。

「言われなくても出て行くよ」

おれは、デスクやロッカーに摑まって、やっとの思いで立ち上がり、体のバランスを保って歩きだし、何とかドアに辿り着いた。触ったところに血の痕が点々とついた。

「……あの野郎、笑ってやがった……」

うしろに垂水の呆《あき》れたような声を聞いて、おれは思わず噴き出しそうになった。

しかしその笑いも、傍目には凄まじい痛みをこらえる苦痛の表情にしか見えないだろう。何しろおれの顔はまさに流血淋漓《りゅうけつりんり》、凄まじい状態になっているのだから。

今にも塞がりそうになっている目は、夜の街の暗闇の中に浮かぶぼうっとした光を捉えるだけだ。不思議と痛みは感じないのだが、目の中に血が流れこんできてよく見えない。

しかし視界の中で、道行く人が自分を見て驚いて飛びのくのが面白い。

おれが笑うと、すれ違う連中は悲鳴を上げて走り去るのだ。

ビルのドアや窓のガラスに映る自分の姿は、確かに凄かった。この世のものとは思えない、と言ってもいい。額はぱっくり割れて血が流れ、瞼《まぶた》や頬は打撲で紫色に腫れ上がっている。髪にもべっとりと血がついて、それが顔にへばりついている。服はずたずたで、破れた裂け目からは裂傷を受けた体が覗く。

「こりゃあ、スゲエや」

我ながら面白い。人間の体って、こんなに変形するのかという素直な驚きだ。おれは今までに何度も暴力沙汰《ざた》を起こしてきたが、今回のダメージはいちばん凄いかもしれない。

しかし、足に段々力が入らなくなってきた。痛みは感じないが、足の筋肉がふにゃりとなる。腰も砕ける感じがしてピンと伸ばせない。歩こうとして重心を傾けると、とっとっと、と転がるように進んで倒れそうになる。その都度電柱やビルにすがってしまう。

カッコをつけたがるおれとしては、傷のひどさを心配することよりも、こうしてヨレヨレになっている姿を人目に晒《さら》す事のほうが堪《た》えられない。

人通りのない裏通りを縫いながら、無意識のうちに、ある場所を目ざしていた。垂水の事務所のある東上野からJR御徒町駅のガードを抜け、吉池《よしいけ》と松坂屋《まつざかや》の前を通って広小路を越える。

このまま意識を喪《うしな》っても、手当をしてくれる人間のいる場所。

大切な情報源、つまりは金ヅルである大介と、おれとの繋がりも悟られない場所。

おれの足は湯島《ゆしま》に向かっていた。

ようやく目的地に辿り着いて、オートロックのドアの脇のインターフォンに覆い被さるようにして、ある部屋番号を押した。

その建物は春日通《かすがどお》りに面した、小綺麗なマンションだった。

ぴんぽん！　と上階で派手にチャイムの鳴る音がする。

すぐには応答がない。それもそうだ。もう夜中の二時だ。

何度もボタンを押してみる。

「はい」

ようやくインターフォンから聞こえた眠そうな声は次の瞬間、悲鳴に変わった。

「きゃっ！」

このマンションにはテレビ電話式のインターフォンが設置されている。おれの姿が部屋の中のモニターに映し出されたのだろう。

「脅かして済まない。でも白黒だからまだマイルドに見えるだろ」

返事がなかった。

「開けてくれよ。頼む」

「沢……さん？　沢竜二さん？」

息を呑む気配のあとに、戸惑ったような返事が聞こえた。

「そうだよ、先生……ちょっと助けてくれ。葉子先生よお」

がちゃん、と乱暴にインターフォンが切れた。

ここは葉子のマンションだ。何かに使えるかもしれないと思って調べておいたのが役に立った。

血を見慣れているはずの医者でも、夜中に叩き起こされていきなり惨殺死体のようなものを見せられたら驚く。カウンセリングの時は終始冷静で、おれをキレさせることを楽しんでいるフシさえあった女医さんを、今度はこちらが驚かせてやったのだ。こりゃ愉快だ、と思ったその時、パジャマ姿の葉子がエレベーターから走り出てきた。

彼女は無言のまま怒ったような表情でオートロックのガラスドアを開け、倒れこむおれを支えると、気丈にもエレベーターに引き摺っていった。

「どうしたの、とか大丈夫、とか聞かないのか？」

おれはエレベーターが上昇する加速にも耐えられず、よろけながら憎《にく》まれ口を叩いた。

「それだけ喋れれば、大丈夫なんでしょう。けど……」

葉子は改めておれを直視した。

「普通なら痛みで失神しててもおかしくないはずよ」

部屋に入ると、葉子はリビングの床にピクニック用のレジャーシートを敷いた。

「気を悪くしないで。絨毯《じゅうたん》のクリーニングは面倒だから」

シートに倒れこんだおれの服を葉子は手早く脱がせ、傷を見、手足を触り、持ち上げた。

「骨は折れていないようね。打撲はひどいし、裂傷も、これ縫《ぬ》わなきゃ」

葉子は、いわゆる『往診カバン』を持ち出した。

「先生は、精神科だろ。どうしてこういうの持ってるんだ？」

「一応医者だから。列車に乗ってる時とかに診《み》なきゃいけない事があるのよ」

「お客さまの中にお医者さまはいらっしゃいませんか、ってアレか？」

「そう。精神科であろうが肛門科であろうが、イザとなれば骨折は診るしひきつけは診るし急性中毒も診るし……」

彼女は慣れた手付きで傷口の消毒をはじめた。

「沢さん……あなた、変わってるのね」

「どうして？」

「普通なら、飛び上がるくらい染みるのよ、この消毒。わざと染みる薬使ってるのに、あなた何も感じないの？」

「ああ。全然」

平然と答えた。

「じゃあ、麻酔も要《い》らないのかな」

葉子は縫合用の針と糸を見せつけて、言った。

「ああ、平気だ。だが……」

にやりと笑った。

「できたら麻酔は使って欲しいなあ」

気持ちいいから、という言葉は呑み込んだ。

「いいわ。でも量は普通より少な目にしておくわね。そのほうが傷の回復が早いから」

葉子は手際よく麻酔の注射をし、縫合の準備をした。

「これ、本当は病院に行くべき怪我《けが》よ。どういう事か一応、主治医として聞きたいんだけど」

「病院には行きたくない。行ったら警察沙汰になるだろ。それは困るんだ……。先生にも、今は事情を話せない」

そう、と頷きながら、葉子は治療を続けた。打撲の箇所には湿布をし、裂傷を縫い、他の傷を消毒し、小さい部分にはバンドエイドを貼り、大きな傷にはガーゼを当てて包帯を巻いた。

「こういうのを満身創痍《まんしんそうい》というのね」

「ずっとビニールの上に寝てるのか？　背中が蒸《む》れてインキンになっちまうぜ」

世話が焼けるわね、と言いながら、葉子は入院患者用らしい上っ張りのような入院着を持って来て、包帯のほかは全裸のおれに着せてくれた。

「先生は、男の裸を見てもなんとも感じないのか」

「プライベートの時は別よ。今は医者のモードだから」

そして彼女は、リビングのソファを倒してベッドにし、シーツを敷いた。

「ここに寝る男第一号よ、沢さんは」

「それは光栄だな」

おれは遠慮なくベッドに横たわった。

「もう熱が出始めてる。この薬を飲みなさい」

言われるままにカプセルを三つ、飲みこんだ。

「それと、これは抗生物質よ。これも飲んで……」

「判ってるよ。先生の考えてる事」

「なによ」

じっと見つめられて、葉子はちょっとどぎまぎしたようだ。

「ここはおれに逆らわないで、言うとおりにしてやろう。それでおれの信頼を得ないと、これからのカウンセリングがダメになる。そう思ってるんだろ」

腕組みをした葉子は、ニヤリとした。

「まあそういうところね。それと、研修医の時に習った外科の腕が落ちてないか、試したかったのかも」

ヒデェ医者だぜ、と笑った。

「冗談ではなく、あなたという患者には、とても関心を持っているわ。あなたの症状を理解する取っかかりまでは辿り着けたと思ってる。だから、最後まできちんとあなたを治療したいのよ。それに……単なるサイコパスの患者だとは思ってないし」

ほお？　と思った。

「てことは、おれを愛してしまったとでも？」

「そうじゃなくて、人間として興味があるのよ。精神科の治療は、癌《がん》細胞を切ったり骨を接いだりするのと違って、患者さんの人間の部分に踏み込まないと出来ない事だから」

「んだよ。ぐちゃぐちゃと言い訳なんかして。インテリは愛の言葉を囁《ささや》くのにいろいろ弁解しないと出来ないのか？　手続きを踏むってヤツをよ……」

しかしそこで麻酔が効きはじめたのか、まどろみが襲ってきた。

「ああ、なんだかいい気分になって来たぜ……このまま死ぬって事はないよな」

「ないはずだけど」

「じゃあ、万が一の時のために……教えとく。湯島セクレタリー・サービスの私書箱三十二号」

おれの目はとろんとし、眠りに落ちようとしていた。

「このマンションの、すぐ近くだ。そこに、大事なものが隠してある……やつのところから持ち出したオリジナル・ネガのデジタル化された完全データだ」

突然、今までに聞かされたことのない事を言われて、葉子は混乱した。

「え？　どういうこと？　それって、何？　やつって、誰？」

「私書箱の鍵は、これだ。勝手な頼みで悪いが、それだけ先生を信用してるってこと」

葉子の顔がぼやけてきた。

「とにかく、今後、おれにもしものことがあったら、先生」

おれは努力して腕を持ち上げた。砂をぎっしり詰めたブラックジャックのように重い。とても自分の体の一部とは思えなかったが、その手で葉子の手を取り、握り締めた。

「先生……あんたがそれを取り出して、警察に」

そこまで言うと、おれはふっと意識を失った……。

葉子の目の前で竜二が意識を喪った次の瞬間、凄まじい呻き声に彼女は驚愕した。

「うぐっ！」

「沢さん！　沢さん！　どうしたの！　大丈夫？」

葉子の目には、竜二が全身を震わせて激しい痛みにのたうっているとしか映らない。

容体の急変に葉子は驚愕したが、彼女の表情はやがていぶかしげなものに変わった。

竜二は痛みを感じない特異体質なのではなかったか……。

拭《ぬぐ》いきれない疑問を抱えたまま、葉子は麻酔剤のアンプルを手に取り、量を追加すべきかどうか迷った。

第5章　スタントマン（代役）――「あなた、誰？」

混濁した意識をこじ開けるように、ベルの音が聞こえている。おれは息が出来ない。水の底にいるようだ。肺が締めつけられ、肋《あばら》がきりきりと痛む。おかしい。おれは痛みというものを知らないはずなのに。

口の中が渇《かわ》く。唾を飲み込もうとするだけで、じゃりじゃりと不快な異物感がある。意識を喪《うしな》って、何もかも忘れてまた眠り込みたい。しかし、おれの生まれついての本能がそれを許さなかった。危険が迫っている。逃げなければならない。理由は判らないが、強烈にそう思った。あのベルはその危険を告げ知らせているのだ。

ベルの音は次第に大きくなり、今や耳元でどろくようだ。おれは必死に手足を動かし、意識の水面《みなも》に浮かびあがろうとした。

手足が重い。何十キロもの土嚢《どのう》が積み上げられているようだ。目の筋肉もマヒして、視界に焦点を合わせることが出来ない。だが、危険だ、という感じはますます差し迫ってきた。心臓だけは激しく鼓動している。その未知の感覚と感情が、どうやら『恐怖』であることに気づき、おれは愕然とした。おれは、その感情を知らないはずだ。

これは夢か、それともうつつか。とにかく、逃げなければ。

焦《あせ》るな、と自分に言い聞かせつつ、おれは指先に神経を集中した。

苦しい。体が石にでもなったように、ぴくりとも動かない。スタックした四トントラックを、電池切れかけのラジコンカーで牽引しているような気分だ。

電話のベルが唐突に止んだ。マズい。これはマジでヤバい。

「やつら」がやって来る、おれはそれを直観した。

「やつら」が誰なのか、考える余裕はない。しかし、ベルが鳴っているあいだは、少なくとも連中は回線の向こうにいるわけだ。

おれは必死に体をよじり、そして……突然、スイッチを押したパソコンと周辺機器が一斉に点灯するように、おれは「起動」した。一瞬にして、全身の神経に伝達物質がゆきわたり、がばと上体を起こしていたのだ。

その瞬間、全身を激しい痛みが貫いたが、それはすぐにあとかたもなく消えうせた。

おれはクッションがほどよくきいたソファベッドの中で、清潔なシーツの上にいた。きれいに片付いた部屋の中には、広い窓から明るい光が射し込んでいる。人の気配はない。さしあたり危険はなさそうだ。おれは夢を見ていたのか？

胸の動悸は次第に収まっても、おれの胸騒ぎは消えなかった。

切れ切れの記憶を辿って考えれば、ここは葉子先生のマンションだろう。高級感があって上品な天井に見覚えがある。

葉子先生に包帯やガーゼを何度も取り替えてもらった記憶がある。こびりついた血をお湯で拭き取ってもらった感触も残っている。寝たきり老人みたいにオートミールをスプーンで食べさせてもらったような気もする。足に力が入らなくなってトイレに行けなかったので、シモの世話も数回してもらわざるをえなかった、とも思う。

が、おれは、ここにどれほどの時間いるのか判らなかった。何回朝が来て何回夜になったのか、その記憶がまったくないのだ。垂水の野郎にさんざんぶちのめされて、やっとの思いでここに辿り着いた事までは覚えている。しかしその後の記憶がひどく曖昧《あいまい》だ。

まる一日のようでもあるし、まる一週間かもしれない。いや、もっと長くかもしれない。この部屋でぶっ倒れた直後は体中にあった気がする包帯や絆創膏がめっきり減った、とも思う。

おれは、ソファベッドから立ち上がろうとした。しかし、全身に猛烈な違和感があって、思うように体が動かない。痛みは感じなかった。無痛症とかいうらしいが、おれはそういう体質なのだ。さっき痛いと思ったのは、やはり夢なのだろう。

こういう時、ハードボイルドのヒーローなら「痛みで息が出来ず、全身の筋肉が悲鳴を上げた」などと言うところだろうが、そうじゃないのは有り難い。しかし、思い通りに腕や脚を動かすことは、まだ出来ない。

力が入らないというのだろうか、感覚もヘンだ。麻痺しているような、ふわふわした感じがある。まあ、あれだけ殴られたのだし、その後しばらくはここで寝たきりだったのだから、筋肉が硬直したり張っていたりするのは仕方のない事だ。

そんなコントロール不全の体を駆使して、おれは壁につかまり、なんとか立ちあがった。先刻目覚めぎわに見た悪夢、あの「危険が迫っている」というリアルな感じは、無視してはいけない警告だ。

足に体重がかかると、腰から下に力が入らない。コントに出てくるジイサンみたいに力が抜けてカクっと転がりそうになるのだが、そこを耐えてしばらく姿勢を保っていると、なんとか慣れて、立っていられるようになった。

リビングのカーテンを開くと、外はもう昼近い陽射しに満ちていた。マンションの窓の外には、東大のキャンパスや湯島天神、そして不忍池《しのばずのいけ》までが一望出来る。

こんな眺《なが》めのいい部屋に住んでいたのか、先生は。医者ってのは儲《もう》かるもんなんだな。

葉子先生を口説くと決めてすぐ、おれは彼女のヤサを確認しておいたのだ。それが役に立った。

おれに簡単に調べがついた住所だ。ほかのやつにだって判る。ここはもう安全ではない。

しかし……と、おれは自分のナリを見た。入院着しか身につけていない。着ていた服もたぶんズタズタだ。このまま外には出られない。

ゆっくりと歩いてみた。片足だけに重心をかけると力が抜けて、一瞬、ガックンと転びそうになったが、それも数歩で慣れた。転ぶ前にもっと前に出ようとするから、意味もなく前に突進する事になる。しかし、うまく重心を後ろに移せばコントロールは可能だ。要するに、こういうもんだと思って機械を操縦するように歩行すればいいのだ。

広々として明るいリビングに隣接した、葉子の寝室らしい部屋におれは入った。割烹着《かっぽうぎ》みたいなデザインの、背中からケツまで丸見えの入院着で、まさかここから出て行く訳にはいかない。男物の服がクローゼットにないかと考えたのだ。

あれほどの女なら、ここに出入りする男の一人や二人はいるんじゃないか。せめてジャージの上下でも拝借できればそれでいい、と思いながら折り畳みのルーバー状になったクローゼットの扉を、引き開けた。

……見事に女物しかなかった。背が高い葉子にしても、おれが着てサマになる服はない。タクシーに乗るまで誤魔化せればいいんだがなと思いつつ、ぎっしりと吊り下がった服を掻き分けた。

コートやロングドレスの蔭に、特大サイズのごついトランクが立てかけてある。この中に別れた男の背広でもはいってやしないか、と期待してトランクの取っ手を持ち上げたが、すぐに断念した。空っぽであることは重さで判る。

おれはクローゼットを開けっ放しにして思案した。

女の服を眺めながら頭を捻《ひね》ってる図、ってのは格好良くはないが、仕方がない。

トレンチコートを借りることにした。サイズが合わなくてボタンがかけられないが、手で押さえればいい。ズタズタの自前のズボンも、コートで隠せばなんとかなる。

だがクローゼットの扉の裏にある鏡に映った自分の顔を見て、「こいつぁいけねえ」と罔っ引のような口調で呟いてしまった。

腫れは幾分引いたが、バンドエイドとガーゼだらけだ。紫やどす黒く変色したままの部分もあるし、ヨードチンキが塗られた擦り傷切り傷がそれに彩《いろど》りを添えている。

さいわい、昔、女囚さそりが被っていたようなツバの広い帽子がクローゼットにあったので、おれはそれを深く被った。目の周りがまだ凄いので、塩沢《しおざわ》ときが愛用していたようなバカデカいサングラスも拝借することにした。

かなり異様で時代錯誤なファッションだが、どうにかこれで外に出られるだろう。

おれの服は、バスルームの隅のビニール袋の中にあった。上着のポケットの中に金はあったが、その札にも、大立ち回りのせいで血がベットリと染み込んでいる。

おれはその札をズボンのポケットにねじ込んだ。タクシーで使えればいいのだ。

ついでに、ベッド脇のテーブルから痛み止めやら化膿止めやら消毒液やらを鷲掴《わしづか》みにして頂戴した。

世話になったな、先生。たぶんこれからも世話になるぜ……。

そんな書き置きをしようとしたが、柄じゃないと思い直して止めた。

何日ぶっ倒れていたのか判らないが、酒が切れている。体の中からアルコールが完全に抜けていた。酒と女を切らしたことのないおれとしては異例の事態だ。

取り敢《あ》えず酒場に直行するか、とおれがマンションを出ようとした、その時。

ドアチャイムの音がして、リビングの壁にある小さなテレビモニターが点灯した。一階のオートロックのドア前が映っている。見ると小太りの野球帽を被った、ヒトの良さそうな男が立っていた。宅配便か。だが、その男の後ろには誰あろう垂水がいた。もう一人、ヤツの事務所で見た子分も一緒だ。

おれは咄嗟《とっさ》にベランダに出て道路を見下ろした。そこには、黄色の「合鍵一一〇番」のバンが止まっていた。

やはり垂水が、おれがここに潜《ひそ》んでいるだろうと目星をつけてやってきたのだ。

オートロックなんてのは、まやかしだ。マンションは要塞じゃないのだから、どこからでも侵入出来る。ヤッらが合鍵屋とともにここに来るのは時間の問題だ。

今、ここを飛び出すか？　ここのエレベーターは一基しかなかったはずだ。ホールで垂水と出くわして大立ち回りになると、先生に迷惑がかかる。非常階段を降りるのも、今の体調では得策ではない。ヤッらは非常階段も調べるだろうし、逃げきるには足に自信がない。

おれは、バスルームに入った。配管のメンテナンスの為に、バスルームには天井裏に入れるようなハッチが設けてあるのだ。

しかし、天井裏を伝って外に出られるほどのスペースは無い。だいいちこの部屋は八階にあるのだ。ダクトを伝っていたら真っ逆さまに落下してしまう。五体満足な時ならアクションスターのような活躍も出来るだろうが、今は無理だ。

また、電話が鳴った。もちろん、おれは出ない。たぶん、垂水がかけているのだろう。ほんとうに留守かどうか確認する為だ。しかしどうしてヤッは葉子先生の存在を知ったのだ？

サッだな、とおれは思った。

東大病院と警察がツルんでやってる『犯罪者矯正プログラム』……その結構なモノを、おれは受けているのだ。誰が主治医か、調べれば一発だろう。

個人情報、それも犯罪容疑者の個人情報の保護をサッの連中に期待しても無駄だ。

またチャイムが鳴った。今度は音が大きい。

部屋のすぐ外の、廊下のドア前からのチャイムだ。やつらはすぐそこまで来ている。

おれは葉子の寝室に取って返した。もう一刻の猶予もない。

クローゼットの中の大きなトランクを思い出した。

開けてみると、中には何も入っていなかった。大人の人間が潜むにはギリギリの大きさだ。そういえば葉子先生は学会に出席する為に、資料を山ほど持って海外出張する事が多いと零《こぼ》していたのだ。そのためのトランクだろう。

垂水にすれば、当然チェックするアイテムかもしれない。だが、一《いち》か八《ばち》かやってみる価値はある。バカみたいにそのまんまクローゼットに潜んでいるよりはマシだ。

おれはトランクを立てたままフタを左右に開き、その隙間になんとか入り込もうとした。腰を落とし、片手でトランクの縁を掴みながら背中を曲げ、思いっきり膝を胸にくっつけた。筋肉が突っ張っていて思うように曲がらないが、悪戦苦闘してどうにか手足を中に格納した。次にフタの側のポケットに手をかけて、出来るだけ引き寄せようとする。

その時。玄関のスチールドアから金属音が聞こえてきた。ドアの鍵をピックと呼ばれる特殊な器具で開けている音だ。あの合鍵屋に開けさせているのだろう。白昼堂々他人の部屋を開けさせるのだから、ヤクザの威光というのは凄いものだ。

……などという事を考えている暇はない。おれはやっとこさ体をすべてトランクの中に収めて、蓋《ふた》を締めた。

間一髪間に合った。蓋を引き寄せると同時にカチッという音がして、玄関のドアが開いたのだ。

クローゼットのルーバー状のドアと、トランク越しに聞こえる音でしか判断出来ないが、数人の男たちが入ってきたようだ。

「あの、私はこれで……」

「ダメだよ。この後、閉めてもらわなきゃいけないんだから」

「はあ……」

などという声がしている。垂水の子分と合鍵屋だろう。

「いねえな」

と、垂水の声がした。

「あれだけ痛めつけたんだ。もうしばらく寝たきりだと思ったがな」

誰かの足音が寝室に入ってきた。クローゼットを開ける音がした。しかし、ぎっしり詰まった服を見たのか、すぐにまた閉めた。

その後ベッドの下を調べて、ちぇっという舌打ちが聞こえた。

リビングでは、ソファの下を調べ、キッチンでは冷蔵庫や物入れを開閉する音がした。おれのサイズを知らないのかあいつらは。

「他に、どこに行く？」

「はあ……」

と、困惑した垂水と子分の声がしたと思ったら。

「あなた方、なんですか！」

突然、鋭い女の声が部屋の空気を切り裂いた。

葉子だ。

おれは舌打ちした。先生に迷惑はかけられない。彼女がサツにチクるとは思えないから余計に、面倒に巻き込みたくない。

おれはトランクから出て行こうとしたが、葉子が気丈に応戦し始めたので、ちょっと様子をみることにした。

「他人の家に勝手に上がりこんで、これはいったい、どういう真似ですか！」

「すまねえ」

と、垂水が応じた。

「人を探してて……悪いとは思ったんだが、急いでるもんで」

「そんなの、言い訳になるもんですか！　警察を呼びますっ。そのままでいなさい！」

「先生。まあそんなにカッカしないで……」

垂水の困惑ぶりを声の調子にみて取って、おれは噴き出しそうになった。ざまあ見ろだ。どうせ女の独り住まいと甘く見たんだろうが、これは立派な家宅侵入の、それも現行犯なのだ。

頑張れ先生。ここで折れるんじゃねえぞ……と、おれはひそかに葉子に声援を送った。

しかしおれがエールを送るまでもなく、葉子の怒りはノンストップだ。

どすどすという荒い足音がして、今度はインターフォンの受話器を取る音がした。

「これは管理室直通なの。何かあったら、管理人が警察に電話してくれるわ。私を女だと思って舐めてほしくないわね」

あー、という垂水の声がした。さらに困惑して間合いを取っているようだ。

「先生。ごちゃごちゃ言わないであのバカを渡してくれりゃ、それですべて済むんだが……おれたちとしても、事を荒立てたくはないんだし……」

「だから。それはお断わりだと何度も言ってるでしょう。警察でもあるまいし、人にナニ強制してるの！」

おれは、垂水のテクニックを熟知しているから、脅しのランクと本気度は手に取るように判る。しかし暴力の世界には無縁なインテリで、しかも女である葉子先生にとってはさぞや恐怖の体験なのに違いない。今のところ垂水の言葉使いは一応紳士的だが、自分の部屋に妙な男が三人、勝手に入り込んでいるのだ。

「おどりゃ何さらすんじゃ！　いてもたろかいワレ」

これぞ絶妙のアンサンブル、という感じで、子分が不自然な河内《かわち》弁で凄んだ。

「ねえちゃん美人やのう。香港《ホンコン》でも上海《シャンハイ》でもマカオでも売り飛ばしたろか」

おれは噴き出すのを必死に我慢した。『ナニワ金融道』か何かをマニュアルにして組員をやってるのか、こいつは。しかし葉子先生はどうだ？　口では気丈なことを言っていても内心死ぬほど怯《おび》えているんじゃないのか。そろそろ出ていこうかと、おれは再び腰を浮かせかけたが。

「あなた方、馬鹿なんじゃない？」

葉子の声は一転して、氷のようにクールになっていた。

ガラの悪い関西弁に対して取りつくシマもない標準語を使われると、関西弁の側はものすごく馬鹿にされた気分になる。しかも葉子の声には、軽蔑のトーンも入っている。

「なんじゃいこのアマ。思い知らせたろか！」

「ヤクザが素人に手を出したら懲役よね。弁護費用から家族の面倒から、年間一人一千万はかかるけど、それでもいいの？　どう考えても採算合わないと思うけど。こんなに不景気なのに、組に損害を与えていいの？」

垂水が、ため息をついた。

「姐《ねえ》さん。場馴れしてますね」

「精神科の医者は、多少の事で動じていては何も出来ませんから。それに最近は、そちらの同業者の方もたくさん患者さんとして見えますからね。仕事が辛《つら》くてノイローゼになったとか、シノギが出来なくて不眠症になったとか」

「判った。ここまでにしよう」

　垂水が葉子にストップをかけた。

「勝手にお邪魔したことは悪いと思ってますよ。先生。だが、サツうんぬんは無しにしましょうや。あいつだってそれは困るはずだ」

　どう見ても明らかな傷害罪を警察に届けなかったあんたの立場もあるだろう、と言外に匂わせながら垂水は〆《し》めにかかった。

「ま、ヤツがズラかったことは判りましたよ。どうも、お騒がせしてすんませんでした」

　垂水の足音に続いてその子分、そして騒ぎに巻き込まれてしまった合鍵屋がぞろぞろとマンションから出ていく気配があった。

　トランクの中で縮こまっている状態は、おれの美学に完全に反する。だが、ここでクローゼットから顔を出すのも同じくらいマヌケだろう。それに葉子と顔を合わせれば、いろいろと問い質《ただ》されて答えたり、礼を言ったりしなければならなくなる。

　もちろん、介抱してくれ治療してくれた事に感謝はしたい。だが、それはもっとかっこいいロマンティックな状況で言いたいじゃないか。

　葉子がスーパーの買い物袋をリビングのテーブルに置いた音がした。

ため息が聞こえた。

「どこ行ったの。まだ動きまわれる体じゃないのに……」

あ、こうしてはいられない、と彼女は独り言を言って、バタバタと外に出て行った。葉子もおれが逃げたと思い込み、まだ近所に潜んでいるのではと探しに行ったのだろう。

さすがのおれも、物凄く申し訳ない気分になった。

トランクから出てリビングに行くと、買い物袋には肉やら野菜やらが山ほど詰め込まれている。たぶん、おれに食べさせようと買ってきてくれたのだろう。

おれは、心の中で「悪かった」と呟《つぶや》いて部屋を出た。


自分の部屋には帰れないおれが足を向けたのは、大介の住む部屋だった。

血だらけの札で支払ってやるとタクシーの運転手はおれの顔を見、次いで脱兎の如く走り去った。サングラスからはみ出した無数の傷に気がついたのか。どうやらおれも、あの「暴力のオーラ」というやつを放っているらしい。

おれは秋葉原の外れにあるショボい雑居ビルの外階段を上った。まだ足を引きずっているので、鉄の階段がかんかんと派手に鳴った。

なんとか三階の踊り場に辿り着いた。掃除用具やら下の階のテナントのものらしい段ボールで足の踏み場もない踊り場をすりぬけて、いつも開けっ放しの非常扉から薄暗い廊下に侵入する。

しかし。大介の部屋の廊下に面した台所の窓に、灯りが見える。汚れたガラス越しに人影が動き、ガラスだか瀬戸物の触れあう音や、水を流す音がしているのだ。

そんなはずはない。今、ここに大介がいる筈《はず》は無いのだ。

ここも垂水に張られているのか？

おれは焦った。この大介の部屋だけは最後の砦《とりで》として温存するつもりだった。尾《つ》けられないように細心の注意を払い、存在を隠してきたのに。

とにかく、ヤバい。

おれが早々に立ち去ろうとした時、アパートのドアが開いて、女が顔を出した。

「よかった！　どこに行ってたの。今まで」

細いがきれいな、愛らしい声。いい匂いもする。化粧品や柔らかな髪や肌の香りが混ざり合って作られる、いわゆる『女の匂い』だ。ここ数日間抜いていなかったおれの股間に、たちまちざわざわと血が集まってきた。

おれは女を見た。

華奢な躰に長い髪。すべすべした額を惜し気もなく見せている。その下には微妙なカーブを描く眉と、深い、湖のような妖しい瞳があった。

若い女、それも凄い美人だ。大介なんかの部屋には、まさにハキダメに鶴だ。

「大介さん……あらっ！　どうしたの、その傷！」

おれは思い出した。ああ、これが大介が惚れている新人女優の零奈とかいう女か。そういやこの前、大介のベッドで寝てたよな。

「大丈夫なの！　私、何度も来て、全然帰ってないみたいだから、何かあったのかと」

零奈は怒ったような、泣き出しそうな顔で言った。

どうやら、おれのことを完全に大介と取り違えているようだ。

これまでにもおれは、大介に成り済まして、いろんな悪事を働いてきた。大介と付き合っている女がいれば、おれのことをやつだと思わせたまま、大介が決してしない、暴力的で変態的なセックスをゲップが出るほどヤリまくる。その結果、『女の敵』とかドアに殴り書きされるのはいいほうで、やつが婦女暴行で捕まりそうになったこともあるくらいだ。大介としては、ようやく彼女が出来たのに、なぜ片っ端から嫌われるんだろうと首を捻っているはずだ。だが、何の事はない、そっくりさんと言ってもいいおれが、好き放題しまくっているからなのだ。

おれには大介の好きなもの大事なものを奪いたい、壊してしまいたいという衝動が昔からある。ヤツが嘆き悲しむ姿を見たいのかもしれないし、ヤツが幸せになるのがイヤなだけかもしれない。自分でも理由が思いつかない「仕打ち」だが、これは相性が悪いとでも言うしかないだろう。要するに「ムカつく」わけだ。最近のいじめが、理由もなく起こるのと似ているのかもしれない。

おれは、目の前の零奈をまじまじと見た。

たしかに、美形だ。清純なようで女のセックスを感じさせる色気もある。若いくせに、年増のような仕草をちらと見せる。

おれは生唾を呑み込んだ。この前大介のベッドで寝てるのを見たときは、それほどの女とも思えなかった。しかし、今は違う。数日間の禁欲で溜まりまくった精液が、タマの中でマグマのようにうねっている。

犯っちまおう、とおれは決心した。女優というブランドにも、そそるものがある。何も知らないバカどもが崇《あが》め奉っているこの女を、あのコンピューターおたくのダメ男が抱き、粗末なチンポをぶち込んでいるのだ。おれのワザと自慢のモノでこの女を、ファンと称するバカどもが想像も出来ないくらいにひいひい言わせて、乱れさせてやる。

おれはむらむらと疼く衝動を抑えきれなくなった。

「……悪かった。ちょっといろいろあったもので」

いつものおれはいきなりハイテンションでぶちかまして相手の口を封じるのだが、大介ならまず謝って相手の御機嫌を取るだろう。おれはそんな大介を真似した。

「そう……でも、どうしたの、その傷」

零奈は、おれをすっかり大介と信じこんでいる様子だ。その表情にも声にも不安が溢れている。

「仕事に絡んだ事で？」

「いや」

おれは、いつもの調子で低い声を出したが、大介のキャラクターと違うので、ややトーンを上げた。

「その……通り魔みたいなものだと思うよ。歩いていたら突然ボカーンとやられたんだ。詳細は警察が捜査中ってことで」

おれは、大介ならそうするようにおどけてみせた。やつは、他人から心配されることに慣れていない。辛ければ辛いほど、大したことのない振りをするのだ。哀れなやつめ。

大介の反応パターンを知り尽くしているおれの演技は、うまくいった。零奈が笑って頷いたからだ。

「とにかく……心配したの。入って」

彼女は自分の部屋に招き入れるようにドアを開けて躰を譲ったが、ふと笑った。

「いやだ。まるで自分のウチみたいに。ごめんなさい」

零奈の全身から何ともいい匂いが立ちのぼっている。コロンや香水ではない。この女自身の匂いだ。強力な磁石のように男を惹きつけ、理性を喪わせる……そういう匂いを持つ女は決して多くはない。

横を通るとき、零奈の乳房がおれの腕に触れた。たわわで柔らかい、しかし張りつめたバストだ。巨乳といってもいい。躰はこんなに華奢なのに。

おれは反射的に零奈を押し倒したくなる衝動を必死に押さえて、軽口を叩いた。

「すごいな。まるで自分の部屋じゃないみたいだ……女っ気がなかったから」

確かに、部屋は様変りしていた。大介はきれい好きで几帳面《きちょうめん》だから、部屋全体がゴミ箱ということは無かった。おれが散らかさないかぎり、それなりにいつもきちんとはしていた。しかし男所帯というのは色彩や潤いに乏しいのだ、とおれは改めて思った。

今は、零奈が買って来たらしい花が飾られている。カラフルな雑貨や食器もテーブルに並んでいる。部屋の中に色が増えた。彩りが豊かになった。

「気に入らない？　趣味悪いかしら？」

「いや……いいんじゃないかな？　いいと思うんだけど」

「病院には行った？　お医者さんに診てもらったのね？」

明るいクリーム色のシンプルなハウスドレスの零奈は、かいがいしく、という表現がぴたりとくる様子で部屋の中を動きまわっている。新人女優というよりも新妻か年季の入った恋人という感じで、おれの世話を焼いてくる。

コートをハンガーにかけ、椅子をひいてすすめ、冷蔵庫からは買ってきたらしいビールを出して、グラスを添えておれの前に置く。

美貌を鼻にかけ、話題の中心だと思い込んでいる、高慢ちきな女を予想していたおれは拍子抜けした。そういうイヤな女を手酷く犯してやるのも一興だと思っていたのだ。

目の前でいそいそと立ち働いている零奈は、まさにスウィートという言葉がぴったりの無邪気さ、愛らしさだ。それでいて、全身から発散されるフェロモンの威力は少しも衰えていない。

おれは完全に勃起し、ずたずたになったジーンズの股間が痛いほどになった。しかし零奈は、おれの獣のような視線に気づく様子もない。

「あの……ちょっと作ってみたの。私、料理下手だから、まずいかもしれないけど……ひと口、食べてみて」

零奈は、爽《さわ》やかな香りを漂わせながら、小汚いキッチンを右往左往している。

「あの人の……いえ、私の田舎《いなか》の料理なんだけど……」

と言って、具だくさんのみそ汁を出した。ヤマイモとかネギとか白菜、豚肉の入った味噌仕立てのお椀だ。

おれは、一口啜《すす》った。

「うまいっ。へそまで温《あ》ったまる」

往年の石原裕次郎《いしはらゆうじろう》のように言ってやると、零奈は照れたように頬を赤くした。

おれがオヤジなら、思わずいい娘だねえと目を細めるところだ。それほど零奈の存在は初々《ういうい》しく、その一挙手一投足が弾けるようだ。若さが清らかさを生んで、この世のあらゆる憂《う》さや穢《けが》れをテフロンのように寄せ付けない感じだ。

なるほど、先の見えたヨレヨレ系の男なら、こんな女は後光が射すほどに眩《まぶ》しく感じて独占したくなるんだろうな、とおれは思った。自分も若くなれて、今までの人生で染みついた汚れが全部吹き飛ばせる……そんな幻想を抱くのかもしれない。

日本の裏経済を牛耳《ぎゅうじ》ってきたどす黒い男・高齋を虜《とりこ》にし、世界的映画監督である鳴沢亨の理性を狂わせた零奈には、それほどの魅力が詰まっているのだ。

そのフェロモンをおれは今、目の当《ま》たりにし、文字通り肌で感じていた。

だが、その『価値ある女』が好意以上のものを持ち、現在いそいそと世話を焼いている相手が誰あろう、日本有数のダメ男・浅倉大介なのだ。

おれにはそれが面白くない。好感度百%、どんな男も好きになってしまうだろう彼女の素顔を知ってみると、尚更《なおさら》だ。

この、いろんな魅力の複合体・夏山零奈を無理やり踏みにじってやったら、どうなるだろうか。

おれはその考えにぞくぞくしてきた。高い鼻をへし折ってやるのも、きれいな花びらを踏みにじるのも、汚す快楽からすれば同じことだからだ。

「おかわり、どう？」

零奈がお椀におかわりを入れようと、テーブルに手をついた時、おれは行動を起こした。

え？　と意表を衝《つ》かれて立ち竦んだ彼女の両手をぐいと摑んだのだ。

お椀がひっくり返って、彼女手製の料理が無残に床に零《こぼ》れた。

おれは彼女を冷蔵庫に押し付けて、まずは唇を奪おうとした。

「どうしたの？　どうしてこんな、乱暴な事を……」

うろたえる零奈の唇を、おれは自分のもので塞《ふさ》いだ。強引に舌を差し入れて、零奈の柔らかい舌をさぐり当て、絡めてきつく吸いあげた。

零奈はもがいたが、おれはジーンズの前のふくれあがった股間を彼女の躰にぴったりと押しつけた。その部分を、腹に擦《こす》りつけるようにして彼女の動きを封じた。

両手でハウスドレスを慌ただしくたくし上げる。

零奈の温かい、滑らかな肌が手に触れた。

その肌の感触をじっくり味わうゆとりもなく、おれは彼女の腰までを露《あら》わにすると、すかさずパンティのクロッチの部分に指を突っ込んだ。

「む、む、む」

零奈はおれに唇を吸われ下半身をおもちゃにされながら、目を一杯に見開いていやいやをした。唇をもぎ離し腰もなんとか引いて、おれの指を逃れようとしている。

が、おれの力は強い。冷蔵庫に押えつけたまま左手でパンティを一気に、膝《ひざ》まで引き降ろしてしまった。右手ではブラを外そうと背中に手を回した。

「いやっ！　こんなの」

ようやく強引なキスから逃れた零奈は悲鳴をあげた。

零奈は両手で必死におれの胸を突いて、押しのけようとした。そうはさせじと、おれは彼女の華奢な二の腕を摑んで、力任せに引き寄せる。

もつれ合ったまま、おれたちは二人とも床に倒れこんだ。

「どうしたの！　今日だけどうして……」

「いいじゃないか。溜まってるんだよ。我慢できないんだ」

寝業に持ち込めば、完全におれのものだ。

おれは零奈の膝を抑え込んで動けなくすると、手早くパンティを足から抜き取ってしまった。ついでにおれの、ぼろぼろのジーンズのジッパーも手際よく降ろした。おれは下着をつけていない。零奈を一目見たときから、痛いほど強ばっていたものが、いななくように零《こぼ》れ出た。

零奈の表情は凍りつき、両腿も硬く締めている。

「なあ、いいじゃないか。やらせろよ」

女に甘い大介なら絶対言わない下品なセリフを零奈にぶつけることに、おれはぞくぞくするような快感を覚えていた。

おれの自慢のモノは損傷もなく元気に反《そ》り返っている。おれはそれを、零奈の硬直したような太腿に擦りつけてやった。

零奈は一瞬、びくんと全身を震わせ、そして途方に暮れたように呟いた。

「あなた……匂いが違う。いつもとは、全然……」

そうだろうか。寝たきりでシモの世話まで受けていたとはいえ、葉子先生がきちんと面倒を見てくれたおかげで結構清潔なはずだがな、などと思いつつ、おれはかまわず零奈のブラジャーもずり上げ、その見事な隆起を露出させてしまった。

おれは両手でそのたわわな果実を摑みしめ、苺《いちご》のような乳首をかわるがわるに吸った。わざと大きな音を立てて、ちゅうちゅう吸い立てながら、言ってやった。

「いいオッパイじゃねえか。こんな細い躰についてるモノとしちゃ、極上だぜ。お前、感じるのか、このオッパイで？　見かけ倒しってことはないよな」

汚い言葉で零奈を辱める快感に、おれは酔っていた。この女が人気女優で、しかもおれが大嫌いな浅倉大介の女であるだけに、何倍もの快感がある。

「お前、可愛い顔してるけどよ、実は好きモノなんだってな。今日は、お前がどれだけ淫乱か、じっくりこの躰に聞かせてもらうぜ」

ずるずると逃げだそうとする零奈を再度抑え込んで、おれはその秘唇にいきなり肉棒を挿し入れようとした。まさにレイプそのものだ。

おれの先端に、熱くて柔らかな肉の感触がある。

零奈の目は、「ひどい」と言っている。

「いつもいつも優しいセックスばかりじゃ、つまらないだろうが？　お前は今までジジイとばかり付き合ってきたんだよな。本物の男のセックスがどんなものか、知ってるのか？」

わざと零奈を傷つけるような事を言いながら、おれは腰をぐいと突き上げた。これで、この女の大介に対する気持ちは一気に冷えただろうが、そんなことはどうでもいい。

硬さが自慢のおれのモノは、一気に零奈の中に突き進んだ。

「はうっ！」

零奈の背中が反り返り、脈打った。

「もっと……優しく、愛して……いつもみたいに……」

「もっと気持ちのいいことをしてやるよ」

そもそもおれの辞書に愛という言葉はない。相手の女を慈《いつく》しむという発想がないのだ。作戦として優しくしてやる時はあるが、それはこれから落とす女に対してだけだ。だいたいがおれは、セックスする事を「愛する」と言い換えるのが嫌いなのだ。セックスはセックスじゃないか。

零奈の哀願にもかまわず、もちろん前戯もなく乱暴に、がんがんとおれは腰を使った。何度も、思いきり突き上げてやった。そのたびに零奈の躰は床から持ち上がるほどに反り返り、腰が宙に浮いた。

彼女が気持ちいいかどうかはまったく関係ない。女として飛びぬけた美しさを持っている彼女が、セックスの対象としてもやはり特別なのか、それすらも今は味わう余裕がない。

高級料亭の懐石や三つ星レストランのフレンチを、そのへんのバーガーのように貪《むさぼ》り食う、冒瀆《ぼうとく》の快感だ。今は差し当たっての飢えを満たすことが先決だ。零奈はおれにとってアイドル女優でも、心から愛する女でもなんでもない。たまたま腹が減っていた時に、無防備に寄ってきたバカな『獲物』でしかないのだ。

おれはひたすら、突いた。零奈はおれの下でダッチワイフか肉人形のように、男の欲望のままに、揺さぶられ続けている。

おれは女をずたずたにする強姦が好きだ。相手の女に憎しみとか嫉妬《しっと》軽蔑《けいべつ》とかの悪感情があれば、最高にノる。また、何の罪もない女をめちゃめちゃに弄《もてあそ》ぶのも、それはそれで一興だ。きれいで整った顔が恐怖と恥辱に歪み泣き叫ぶのを見ると、おれの陰茎はますます硬くなり、持続力も増す。

零奈も今、下半身を剝き出しにされ、強引に挿入された腰をぐいぐいと翻弄され続けて、蒼ざめている。おれのことを大介と思い込んでいるから、まさかあのひ弱な大介がこんなひどい事を……と信じられない思いで犯されているのだろう。

大介の恋愛がどうなろうが知った事ではない。やつが幸せにならないほうが、おれには愉快なのだ。

おれは、首までたくし上げた零奈のハウスドレスをさらに持ち上げて、すっぽりと頭から抜き取ってしまった。

そして、引きちぎるようにブラも外して、剝き出しになった乳房を両手で摑みあげた。美しい乳房を揉みしだいて、わざと変形させる。手のひらのなかでぎゅっと絞りあげ、乳首も摘まんで、引っ張ってやった。

「い……痛い……やめて！」

「泣け、わめけ、叫べ！」

おれはいっそう腰を激しく動かした。

零奈の顔は恐怖と悲しみに歪んでいるが、それもおれの欲望を搔きたてるだけだ。

いいぞ、とおれは思った。全身の怪我も忘れたように、おれの腰には力が漲《みなぎ》ってきた。おれに組み敷かれて恐怖におびえる美少女の姿は、それほど刺激的だった。

「どんなに泣いたって無駄だぞ。お前、ここには黙って来たんだろう？」

おれは上体を起こし、零奈の両膝を折り曲げて、乳房に押しつけるようにしてやった。

「ほら、こうすれば繫がってるところがよく見えるぜ。お前のここは毛も色も薄くて、まるで処女みたいに見えるのにな」

しかしそこは今、おれの硬いものに貫かれて無残に押し広げられ、形を変えていた。

この分じゃ、夜までに七、八回はいけるな、と思った。時間はたっぷりある。そして零奈には助けを呼ぶ手段もないのだ。今日一日かけてじっくり、この女を堪能してやろう。ありとあらゆる体位で責めて、思いつくかぎりのことをやらせるのだ。

まず手初めに、おれは零奈のその部分に片手を延ばし、秘唇をめくりあげてクリトリスを露出させた。零奈のそれはつつましく小さい。強姦だから当たりまえだが、興奮している様子はまったくない。

おれはその小さな突起を、わざと乱暴に指でこすりあげてやった。

「いやあっ、やめて……そこは……」

しかしおれはやめない。もともと感じさせるつもりなんかないのだ。恐がらせ、怯《おび》えさせたほうが、ずっとおれはそそられる。

「嫌か？　けど、こんなの序の口だぜ。これからたっぷり時間をかけて、もっともっと恥ずかしいことをしてやるよ。フィルムがあれば写真を撮るのもいいかもな」

そうすれば、それをネタにずっとこの女とやれる。いや、カネを取ったほうがいい。

どうせ、今日一日でこの女にも飽きるのだ。どんなにいい女でもおれには同じことだ。世の中には『男を溺れさせる女』とか『後を引く躰』とかいったものがあるらしいが、おれには世迷言《よまいごと》としか思えない。

『……それはあなたに感情というものがないからよ。人を惹きつけ、執着させるものは「美」なんかじゃない。そうではなくて「愛」が「美」を生むの。人が特定の誰かを美しいと思い、永続する関係を結ぶのは、そこに感情があるからなのよ……』

おれの頭をなぜか葉子の言葉がよぎったが、おれはそれを無視して、零奈の躰の一番敏感な部分をさらに嬲《なぶ》ってやった。

「お前はじじいとばかりセックスして、お姫様みたいに大切にされてきたんだろう？　だが、今日はそうはいかないぜ。大股開きで縛って、写真撮ってやるよ。ケツの穴に入れられたり、浣腸されて男の目の前で糞をさせられたり、そんなことされる女がいるなんて、お前は想像したこともないんだろうが？」

もちろん本気だ。零奈を死ぬほど怯えさせることも面白いから言ってるのだが。

この分じゃ、夕方までにはこの女のここは擂り切れて、一ヵ月は男とやれなくなるかもな、とおれが思ったとき。零奈に挿入している部分に異様な締め付けを感じて、おれは驚いた。

さらに、乾いていた零奈の恥肉が潤んできた。じわり、と肉汁が溢れてきたのだ。

それと同時に、縮こまっていたかのようなその肉襞が触角を伸ばすように頭をもたげ、おれのペニスに絡んで来たではないか。

驚いて見下ろした零奈は目を見ひらき、まっすぐにおれの顔を見ていた。

「あたしが『お姫様』だなんて、なぜ思うの？　この前私が言ったことを、忘れてしまったの？」

立山のホテルのウェイトレスをしていたこの女がロケハンに来た鳴沢監督に見出されてウンヌンという、あの嘘っぱちのことか。

「いや。お前が、あの高齋孝信の女だったことは知ってるからな」

「その前よ。彼のものになる前の事。あたしは会員制の秘密クラブにいたの。ロリータ専門の、ハードなＳＭもコースに入っているところよ。この前すべて話したのに」

おれを見上げている零奈の表情は空白だ。そこには怒りも悲しみも恐怖もなかった。

「だから……知っているの。あなたの言うようなことは、全部。アナルも縛りも浣腸も」

零奈は淡々としゃべった。おれでなければ、これはかなり不気味だったかもしれない。ついさっきまで怯え、悲しんでいた女が、突然血のかよわない機械人形になった……なんだかそんな感じだったからだ。

並みの男ならこれですっかり萎《な》えて、尻尾を巻いて逃げだすのかもしれないが、おれは違う。ダッチワイフでも生身の女でも、取り敢えず入れてしまえば同じことだ。とにかく出してしまうまでは気が済まない。

「そうか。それなら話が早い。じゃあ、手初めにハードなファックからいくぜ。凝ったことは後からだ。取り敢えず一回、抜かせてもらう」

おれは思いっきり腰を突き上げた。

同時に、零奈の躰の変化も、さらに、はっきりと感じ取っていた。

零奈のその部分はますますおれをきつく食い締め、おれたちが繋がりあった部分には、さらさらしたオイルのような熱いしたたりが、さらに溢れ、湧きあがって来たのだ。

この女の躰は感じている。空白な表情とは裏腹に。

おれは興奮した。

そして次の瞬間、零奈は自分から腰を使って来た。おれに刺し貫かれ、両膝のうしろを押えつけられた、いわゆる『まんぐり返し』の体位のままで、細い腰を激しくくねらせ始めたのだ。

きゅっと締まった腰が、おれの下でまるでポリネシアンダンスの踊り手のように、前後左右に自在にグラインドする。しかもその剝き出しの秘唇には、おれのペニスがしっかりと突き刺さっている。

腰にあわせて、零奈のお椀型の型崩れしない乳房も、まるで男を挑発するかのように、フルフルと揺れていた。

おれは不覚にもイキそうになり、かろうじて持ち堪えた。こんな小娘に、ここで舐められるわけにはいかない。

「よっしゃあ！」

気合を入れ、受けて立つかのような声を上げて、おれは零奈に挿入したまま立ちあがった。

おれの手で尻を支えられた零奈は、咄嗟に両手を床について背中をそらせた。変則ブリッジをするような体位だ。

おれは彼女の尻たぶをしっかり摑んで、激しいピストンを続行した。

零奈の躰の前面が、すべておれの目の下にさらされている。頭を下にしてそり返っているので、きゅっと持ち上がったように見えるバストも、烟《けぶ》るような薄い陰毛も、皮膚がぴんと張りつめた平らな腹も、何もかもがだ。

ペニスを出入りさせるたびに、零奈の伸びやかで均整の取れた美体はおれの目にすべてを晒しつつ、がくんがくんと揺れた。

一方、おれはまさに満身創痍だ。壁ぎわの大きな姿見にたまたま映ったおれの姿は、われながら迫力があった。全身に無数のミミズ腫れが残り、縫ったあとも生々しい傷口が幾筋も走っている。打撲の紫に変色した痕にかさぶたもあるし、なによりバンドエイドがベタベタ貼られているのが痛々しい。

鏡の中では、そんなおれの体が、傷一つないはかなげな零奈の優美な躰を、容赦なく犯していた。

「おれは、痛みを感じないんだ」

おれは息を荒げながら零奈に言った。

「性感はびんびん感じるけどな」

おれが中腰になっての変則体位は、挿入部分が剝き出しになってよく見える。零奈の秘唇はぽってりと膨らみ、肉芽もつんと勃っている。秘腔の回りには愛液が湧き出して、細かく白い泡になっている。

零奈が、感じているのは明白だった。

おれは、彼女に手を差し出した。すぐにその意図を察した零奈はおれの手を握って、上半身をぐいと持ち上げた。さらに両腕をおれの首に回し、いわゆる駅弁スタイルの体位になった。

「まさか、こんな汚いアパートで、今話題の夏山零奈が、こんな格好でセックスしてるだなんて、誰も思わないだろうな」

「ここにはワイドショーの取材も来ないわ」

おれは零奈を抱え上げ、余裕で歩きまわりながら腰を使い続けた。

「そうか」

おれは、奥の和室のカーテンをさっと開け放った。

「なら、窓を開けても、大丈夫だな？」

「や、やめて。誰に見られるか……」

再びヘゲモニーを握ったおれは、零奈の怯えと困惑と羞恥が入り交じった表情を見て、満足感に浸った。

「見せてやろうぜ。夏山零奈のファック写真がフォーカスされたら、いいプロモーションになるぜ、映画の。ついでにお前のヨガリ声も、聞かせてやろう」

おれが窓に手をかけると、零奈は激しく抗《あらが》った。

「やめてやめて！　お願い」

首から腕を離して、脚はきつく絡めたまま、元のブリッジ体位になった。これだと秘部は丸見えになるが、顔は見えない。

「ふん。マンコは見せても顔は見せないのか」

「……意地が悪いのね」

おれは、自分の腰に絡みついている零奈の両脚を摑むと、そのまま彼女の躰をぐるりと裏返しにした。

「きゃあ！」

下半身から捻られた零奈は、たまらず上半身もそれにあわせた。両手を畳について、よつんばいの姿勢になったのだ。

おれたちは挿入したまま、後背位の体位を取っていた。

「ほら、こうすりゃ、マンコも見られないで済む」

目の前に、零奈の形のよい真っ白な尻がある。

おれは両手をその尻たぶに回し、ミカンを剝くように両方の親指を彼女のアヌスにあてがった。

「ああっ……なにをするの……」

おれはピストンを続けながら、指で尻たぶを左右に広げ、零奈のアヌスを愛撫した。右手の親指をぶすりと菊座に差し入れて、入り口をじわじわと揉みほぐした。

「い、いや……私、そこは……お尻は……」

しかし、指で愛撫されるたびに、零奈の躰は、ぐっ、ぐっ、と波打った。嫌といいながらも、躰は敏感に反応している。それがなにより証拠には、アヌスを愛撫してやるたびに前の媚肉がきゅっと締まる。

「感じてるな？　そうだろ？」

零奈は返事をしないで、紅潮した顔をうつむけ、荒い息をした。

女優なんてやる女は、自意識が肥大している。だから文字通り、ケツの穴まで剝き出しにされるこんな体位を取っていると、きっとヘンになるはずだ。

おれは、もっと責めまくってやろうと決めた。

「おい。本当は、アヌスが好きなんだろ。正直に言いな」

おれは親指をもっと深くアヌスの中に没入させて、ぐりぐりと動かした。

「正直になるまで、やめないぜ」

「ああっ……はうっ」

零奈はアクメの道中に入ったかのようだ。剝き出しの腰がくねった。

「……ええ。本当は……すごく、感じるの」

高齋に仕込まれたのか、それとも鳴沢か、ＳＭクラブか。

さすがにおれもちょっと嫉妬を感じた。

「じゃあ、後ろをやってやろう」

おれは前の秘腔から逸物を抜くと、そのまま菊肛にぐっと差し入れた。

おれのものは彼女の愛液にまみれている。それが潤滑油になって、モノは零奈のうしろにするりと入ってしまった。

「はううっ……」

すかさず、今まで肉棒が入っていた前の花芯に深々と指をさしこんだ。

「熱い。濡れてるぜ……ぐいぐい指が締めつけられる……凄いな……」

そのとおりだった。彼女の媚肉はきゅうっと締まり、しかも肉襞が生き物のように指に絡んでくる。女性器をイソギンチャクに例える事があるが、まさにそんな感じだ。この女の肉襞はただの凹凸《おうとつ》ではない。まるで、触角のように動いて触れてくるのだ。

指でそれをねろりと撫で上げ、押し返してやると、零奈の腰はびくっと震えた。Gスポットを探すためだ。

そんなことをしながら、おれは指をLの字にして花芯の中を探った。

奥を掻き乱されて、彼女はその官能に耐えきれず、肩と腰を揺すった。

「あっ、あン……」

彼女の肉体は、すっかり淫らになっていた。

おれの指先に、一際ざらつく場所が触れた。Gスポットだ。

おれはここぞとばかりに、そこをぐいぐいと押してやった。最近はGスポット責めは流行《はや》らないようだが、確実に効果はある。

「ひ。ひいっ」

初めて零奈の口から悲鳴のようなよがり声があがった。

右手では零奈の前を責めながら、おれは空いた左手でヒップから釣り鐘のように揺れる乳房までを、じわじわと愛撫してやった。

零奈の肉体は、形といい弾力といい、素晴らしかった。彼女は、着衣のときは普通の可愛い女に見える。キャメラを通してスクリーンに映されれば、類まれな存在感があるが、その魅力はどちらかといえば愛らしさ、清純さと形容されるようなものだ。

しかし、そんな零奈を脱がせてこうして乱れさせると、ここまで強烈なセックスを感じさせる女になるとは誰も思うまい。色気というにも生易しい、男を狂わせるような劣情刺激ホルモンが、その裸身からはむせ返るほどに立ちのぼっていた。

熱を帯びて桜色に染まっている肌はもっちりしていて、触れると吸いつくようだ。ヒップからウェストにかけての曲線も、見事なフォルムを描いて申し分がない。そして乳房の弾力と乳首のコリコリ感が、男に原始的な悦びを沸き立たせる。

おれの愛撫を受けて、零奈の全身からも力が抜けていった。

「ああ……ヘンになりそう……」

アナルセックスをされながら、指ではGスポットを責められている。そして乳首も転がされて、黄金の三点責めが完成した。

零奈の背中に電気がさあっと駆けあがっていくのが判った。彼女の背中はひくひくと脈打ち、反り返りつづけている。

没入させている男根をアヌスから引かれるとき、彼女はひぃっと声をあげた。指がGスポットを荒々しく嬲《なぶ》ると、くうううと悲鳴のような声が洩れる。

零奈のアヌスは、花芯と同じく魅惑的だった。

おれは零奈の直腸の締まりを感じて燃えあがり、彼女もおれの肉棒の反り返りに、全身を蕩けさせていた。

おれのモノは獰猛に屹立し、緩やかな抽送を繰り返している。

やや暗いピンクで、綺麗な襞をみせている菊肛は、おれのモノが出入りするたびに、生き物のように動く。

おれがゆっくりと責めあげているうちに、零奈の肌には、再びしっとりとした汗が滲んできた。もともときめの細かい肌がみるみる潤ってくるとともに、彼女の反応も、より熱いものになっていった。

「ああ……すごくいいわ。でも……最後は、こういうのじゃなくて、普通に……」

欲情して潤んだ目の女にこうせがまれて、拒否出来る男はいないだろう。

おれは、繋がったままの零奈を浴室にそろそろと運んだ。屹立したままの逞《たくま》しいペニスを抜き取るとざっとシャワーで洗い、今度は前の秘腔に差し戻した。

零奈に片脚を思いきり上げさせ、立位で挿入した瞬間、零奈の痴肉はぎゅっと締まった。おれのペニスを摑まえて、二度と離すまいとするかのように密着してきた。

零奈の内腿もひくひくと痙攣を始め、波のような震えが足元からゆっくりと上がっていった。

おれの男根が子宮口に当たると、あふっ！　と声をあげて反り返った。

零奈の中で蠢いているおれの肉棒は、いっそう硬くなった。びくびくと、快楽のはけ口を求めて蠢動している。

「そろそろ……いくぜ……」

「ああ、私も……一緒に……」

よし、というと同時におれはぐいっと腰を突きあげた。

ひいいっ、と彼女の躰は弓なりにのけぞった。

「もう……だめだ」

コントロールには自信のあるおれだが、今はもうどうしようもなかった。こみあげる喜悦に抗しきれずに、欲情の赴くままに、迸《ほとばし》った。

「うぐっ！」

おれは射精しながらも腰を思いきり突きあげた。怒張は硬度を一向に失わず、えんえんと噴出を続けながらも抽送を繰り返した。

零奈は、全身を硬くしていたが、次の瞬間、ぶるぶるっと全身を痙攣させるように震わせ、そのままぐったりとした。

「ああ……お願い……もう一度……」

おれの首に両腕を回したまま、彼女は、ちょっと恥ずかしげに、そして、悪戯っぽく言った。

片脚は、まだ上げたままだ。

「いいとも」

思いきり開脚した零奈の股間から内腿にかけて、おれの精液が溢れ出し、滴《したた》り落ちている感触がある。しかしおれのモノは、射精したにもかかわらず硬度はそのままだ。まだ彼女の花芯に刺さったまま、エネルギー満タン状態で活動していた。

「あ、あ……凄い。まだ、できるのね。出しちゃったのに……」

おれが腰を使い続けると、零奈はかすれた声であえいだ。ふたたびおれにしがみつき、霞んだような目からは、完全に理性が失われている。

「お前となら何回でもヤレそうな気がするぜ」

俗に言う抜かずの何とかってやつだ。パワーには絶大の自信があるおれだが、よほどセックスのいい女でなければ、こうも立て続けには出来ない。

おれは抽送に力を込めた。完全に硬度を取り戻した陰茎の長さいっぱいにストロークを取って、最後は一気に力を込めて突きあげた。それが零奈の膣底部に思いきりぶつかって、彼女にも得も言われぬ快感を与えたようだ。

「いい……凄くいい……もっと、もっと滅茶苦茶にしてっ」

零奈をここまで欲情させて狂わせた事に、おれは満足していた。

『世界的映画監督を狂わせた魔性の女』と言われている彼女を、おれは逆に、めろめろになるまで狂わせてやったのだ。

そう思うと、腹の底からどす黒い満足感と歓びが、渦巻きのように湧きあがってきた。

おれはいきなり零奈の乳房を思いきり摑んで絞りあげた。乳首に歯を立て、抽送もほとんど責め立てるように激しく突きあげた。

「あああっ！　もっと、もっと優しくして……」

「ダメだ。お前も、もっと、狂え！」

零奈は二度目のアクメに達した。

おれも、零奈の中に、思いきり二度目を放っていた。

終わってからしばらくは、さすがのおれもぐったりと疲れた。

零奈を抱えてベッドまで運び、心地よい疲労感を味わいながら、この女の躰の反応に感心していた。彼女の『スキモノぶり』に舌を巻いていたのだ。

こうでなくては男を、それも権力のある男をトリコには出来ないのだろう。清純そうな外見だが中身は熟れきっている、というギャップも刺激的だ。

この女は、大介には勿体《もったい》なさすぎるぜ……。

おれが改めてそう思い、彼女の躰に手を延ばそうとしたとき、零奈が口を開いた。

「あなた、誰？」

おれは、どきりとした。零奈はおれを、大介だと思い込んでいたのではなかったのか？

「あなたは、大介さんじゃないはず」

その声は冷静だった。

「……なぜ判った？」

そう言うしかなかった。大介に成りすましたおれを見破れた女は、今までに一人もいない。しかし零奈は事も無げに言った。

「判るわよ、女なら。両方と寝てみれば」

そういえば、これまでおれは、ぐずぐずしていつまでも手を出せないでいる大介を尻目に、同じ女をいつも横からかっさらってきたのだった。

「判っているのに、どうして寝た？」

「あなたが私をレイプしたんじゃない」

零奈は真剣な表情でそう言い、おれを見た。

「最初は怖かった。でも途中から……」

「よくなったんだな？　そうだろう」

零奈は返事をしなかった。しかしおれには判る。この女の躰は、ハードなセックスを知り抜いている。どんな変態的な行為にでもついてこれる女なのだ。

「こんなセックス……ずっと忘れてた。……まだ、子供のころだったから」

「だが、躰が覚えていたんだよな？」

零奈は、今度ははっきりと頷いた。

そんな零奈を見た瞬間、おれは、この女となら組める、と思った。

高齋はくたばった。鴫沢はじじいだ。

大介の優しさ？　そんなものは糞食らえだ。おれならこの女を支配できる。セックスで文字通り、乗りこなせるのだ。

あんたは大介にはもったいない、おれと組まないかと言おうとしたとき、零奈が先手を打ってきた。彼女は、驚くべき事を口にしたのだ。

「ねえ。もしも、高齋を殺させたのが鴫沢監督なら、それをネタに鴫沢からカネを脅し取れるかもしれない。そのカネで二人楽しく暮らさない？」

零奈は、明るい顔で平然と言い放ったのだ。

「……あなたのセックス、私と凄く相性がいいと思う。躰の相性がいいと、長くパートナーでいられると思うの。私は裏切らない。なぜだか判る？」

「おれの代わりになるような男が、いないからだな」

「そう。私には強い男が必要なの」

あらゆる意味で、と零奈は言い、さらにつけ加えた。

「鴨沢は、もうダメだし……」

そう言った零奈は、ひどく淫靡な表情になった。

「でも、あいつには財産がある。カネのない振りして、実は奥さんにも内緒で隠してるのよ」

ますます気に入った。この女は正直だ。世の中の女どもはあれこれ取り繕っても、結局は『カネとセックス』だ。零奈はそれを隠そうとはしない。

「しかし……監督がコロシなんかやるか？」

零奈の考えは跳び過ぎているのじゃないか。

「それも、自分の親友だった男をだぜ」

「そんなこと関係ない。あのね。お金の流れがあって上下関係が出来れば、友情なんて簡単に憎しみにかわるものよ」

今のところ誰にも知られてはいないけど……と零奈は続けた。

「『マノン』の製作費は、実質上、ぜんぶ高齋から出ているの。マスコミに漏れれば当然スキャンダルになる。監督はそれを一番恐れているの」

たしかに、数々の経済犯罪にまみれた男からカネが出ているとなれば、鴨沢の世界的名声には傷がつく。

「それに私のことがあるし……」

「鳴沢は高齋に嫉妬してるんだな？」

零奈はうなずいた。

「お前はどうなんだ。まだ、高齋を忘れられないのか？」

零奈はしばらく答えなかった。遠くを見るような、うつろな目をしている。

「……忘れるしか、ないと思う。強くて、そして優しい人だったけれど……」

鳴沢や大介なら、ここで嫉妬に狂うのだろう。

「忘れろよ。どんな素晴らしい男だってくたばっちまえば、もうお前を守ることも、お前を抱くことも出来ないんだぜ」

平然と言い放ったおれに、零奈は一瞬、打ちのめされたように表情を引き攣らせた。

しかし、すぐに立ち直ったのか婉然と微笑《ほほえ》んで、言った。

「そうよね。先のことを考えなくっちゃ」

「で、監督が高齋を殺った、ってのは、確かだと思うんだな？」

零奈はうなずいた。

「お金のことに私のこと、動機はいっぱいあるもの。完全犯罪になると見越したら、やるかも」

よし。決まりだ。この女と組んで鳴沢から金を脅し取る。あとは……。

詰めておくことはなかったっけな、と思いながら、おれは零奈の、裸のままの乳房を撫でた。

「大介はどうするんだ？」

「とてもいい人なんだけど」

零奈はふたたび、おれのペニスを握ってきた。

「……あなたとのセックスのほうがずっといいから」

当然だろう。あの大介なんかとセックスの能力を比べる気にもならない。

澤田組が『高齋』を殺したのではないらしい以上……垂水のあの反応では、組として高齋を始末したとは考えにくい。

となれば、これはやはり監督が零奈を独占するために仕組んだことなのだろう。金も絡んでるし……。

おれは、うまく立ち回って、零奈とカネの両方を頂戴しようと決心した。

第6章　ランナウェイ——立山へ

「まったくもう。なんて患者かしらね」

葉子は研究員として在籍している東大《とうだい》病院の診察室で気を揉《も》んでいた。

腹立ち半分、心配なのが半分だ。瀕死の重傷を負った竜二を自宅に入れて、出来うる限りの看病をしたのに。

彼女は絶対と言っていいほど、自室に男性を入れた事はない。なのに全身血だらけ服はズタズタ、顔はボクサーのように打撲で膨れたお化けみたいな竜二を四日も泊めたのだ。その上、本来は入院が必要な状態だったのに、表沙汰にするなという彼の意志を尊重して、専門外の外科的な事まで設備のない自宅でやったのに、意識が回復したらすぐにどこかに行ってしまって……。

野良猫《のら》を餌付けして仲良くなって、暖かい寝床にキャットフードも用意して、さあこれから飼おうと思った矢先に逃げられてしまったような気がした。

おまけにあのヤクザ者との対決まで私にさせて、まったくなんて男なんだ！　と思いはするが、葉子は依然として、医者として竜二に多大な関心を持ち続けていた。あれほどの傷を負いながら痛みに苦しむわけでもないのはなぜか。痛覚神経にかなりの損傷があるのか、あるとしたらそれは生来《せいらい》のものなのだろうか……。

乱暴者で他人を思いやる気持ちに欠けた厄介な男だが、不思議と憎めないところがある。竜二本人に対しても、葉子は単に医者として、という以上の興味と関心がある。

警察の嘱託医としての職務を逸脱した行動を取ってしまったのも、そのせいだ。

これほど心配し気にかけているというのに、あの男は……。傷の状態からして、治ったとはとても言えないのだ。

竜二が消えてまる一日だ。彼は葉子の元から、抗生物質のカプセルや化膿止めの軟膏を大量に持ち出している。抜け目ないというべきだろうが、それでも炎症が悪化する可能性はある。彼が自分以外の医者にかかるとは思えないだけに、葉子は心配だった。

半《なか》ば腹を立てながらも、葉子は昼休みに湯島にある私設私書箱に行ってみた。竜二が鍵を渡し、中身を保管してくれと言っていた、例の私書箱だ。

彼女の勤務先の東大病院からも、その私設私書箱は目と鼻の先だった。

雑居ビルの階段を上がり、『湯島セクレタリー・サービス』のプレートのあるドアを開けると、中にはスチール製の書類ケースがずらりと並んでいた。一つ一つに鍵のかかる扉が付いている。扉には名義人の名前はなく、ただ番号だけが書いてある。

言われたとおり『三十二号』の扉に、竜二から預かった鍵を挿し込むと、その私書箱のロックはすんなりと回転した。

開いて当たり前なのだが、扉を開ける時は思わずあたりを見回してしまった。キャビネットの陰からあのヤクザが姿を現わす？　それとも警察が……。

しかし危惧していたようなことは起こらなかった。中にあるのも、パソコンのハードディスクと思われる金属の箱のみだ。筐体《きょうたい》の数字を見る限り、かなりの大容量らしい。

葉子はその金属の箱を取り出した。その下に、郵便為替らしい一枚の封書がある。見るまい、見ないほうがいい、と思いつつ葉子はその薄い封筒をつい手に取っていた。

差出人は見知らぬ女の名前だ。裏返すと、宛て名は『文京区湯島二丁目第二天神ビル五〇三、湯島セクレタリー・サービス32気付、浅倉大介様』となっている。

浅倉大介？　なぜ沢竜二ではないのだ？

葉子は管理人に、三十二号の持ち主の名前は浅倉大介で間違いがないのか、と聞いてみた。

「ええと、三十二号はと……そうですね。浅倉大介さんね」

管理人はあっさりと答えた。沢竜二では？　と聞こうとしてやめた。鍵を持っている人間が、その鍵の持ち主の事をいろいろ聞くのはおかしい。

彼女は礼をいい、その金属の箱をバッグに入れた。

東大病院の診察室に戻ると、入口に看護婦が立っていた。精神科の看護婦ではないようだ。

「一橋先生ですか？　私、瀬尾《せお》真奈美と言います。ここの外来受付に勤務してます」

「そう。よろしく。で？　なにか」

葉子は彼女を診察室に招き入れ、扉を閉めた。

真奈美という看護婦は、大きく息を吸い込んだ。言いたい事を全部吐きだそうという構えだ。

「浅倉大介って、先生の患者ですよね？」

私設私書箱の借り主の名前ではないか。驚きを押し隠して葉子は答えた。

「いえ……そういう患者さんはいないけれど……」

葉子は自分が担当している患者の名前は全員覚えている。『浅倉大介』は竜二の偽名かもしれないが、葉子の患者ではない。しかし真奈美は引き下がらなかった。

「嘘です。主治医として患者を庇《かば》ってるんでしょうけど、あんな奴、治療してやる必要なんかないと思います。警察につかまって懲役五十年でもくらえばいいんだわ！」

なぜか真奈美は葉子が嘘をついていると誤解したらしく、それが怒りに火をつけたようだ。

「いいですか、先生？　精神科のことは判らないけれど、私も看護婦、患者を診る目は素人じゃないと思います。あんな男、カウンセリングなんかしても意味ないですよ！」

言い募《つの》るにつれて真奈美は興奮し、怒りの感情も加速してゆくのが判る。

「あの野獣は、最初は丁寧な物腰で女に近づいてくるけど、いざとなったら、女を人間とは思わないの。ただのセックスのはけ口、生きてるダッチワイフというか、穴としか思ってないの！」

真奈美という看護婦は、興奮の面持ちでそこまで言うとわっと泣き出した。

「あんな男、治療してどんな役に立つんですか？　刑務所に閉じ込めた方が、ずっと社会の為になるわ」

「……あなたの言う浅倉大介って、どんな男なの？　その、外見とか……」

葉子は、丁寧に聞いた。

「悪くないわ。背は高くないけど低くもないし。こう、男として妙な迫力というか、剝き出しのものがある感じで、そこに惹かれちゃうんだけど……」

真奈美は『大介』の特徴を喋ったが、それはことごとく『竜二』の事としか葉子には思えない。

「で、あいつ、私を縛って、レイプ同然に……その上、写真まで撮られて、持ってたお金も盗まれて」

竜二ならやりかねないだろう。葉子にはますますそう思えた。竜二をマンションの部屋にあげて、自分が無事だったのは、ひとえに竜二が重傷を負って昏々と眠っていたからだ。もしも彼が元気満々で同じ部屋にいたら、今ごろは自分がこの看護婦と同じ怒りに燃えて、竜二のカルテを引き裂いていたかもしれない。

おそらく『浅倉大介』は、沢竜二の偽名に間違いないだろう。浅倉大介の所在が判れば、竜二もそこにいる可能性が高い。

葉子は真奈美から、その浅倉大介という男の住所を聞きだした。

＊

「立山に連れてって」

零奈が言った。おれたちは、激しく交わった後のまどろみの中にいた。

おれがこの部屋に転がり込んで、すでに数時間が経過していた。

「オリジナル・ネガに映っていた殺人の現場、あそこを確認したいの。どうしても」

「立山の、室堂だな」

自分で発した言葉に、おれの脳細胞が刺激された。セックス漬けになっていた脳髄に、目下一番大事なことが一気に蘇った。

高齋の死体を誰よりも早く確保する。垂水よりも、警察よりも。

ぐずぐずしてはいられない。垂水は、肝心の死体をどこかに移して処理してしまおうとするかもしれない。その先手を打つ必要がある。またいくら地方の警察がトロくても、マスコミが騒ぎ立てれば、捜索の一つもしてみようかという気を起こすかもしれない。

それで死体が出てくれば、おれたちの目論見《もくろみ》はおしまいだ。

高齋の死をネタに鳴沢からカネを脅し取るのなら、急がなければ。

「判った。行くぜ」

零奈はおれを見つめていた。見事な裸身が、夕陽を反射して黄金色に染まっている。

「だが、お前のほうは大丈夫なのか？　撮影はどうする」

零奈は壁ぎわを、その細い顎をしゃくって指すようにした。そこには可愛いピンクのスーツケースが置いてあった。何度も旅行に使ったものらしく、シールがたくさん貼られている。

「『マノン』はクランクアップしたわ。私、監督のところを出たの。大喧嘩をして」

あなたは私に大事なことを隠している、もう一刻たりとも一緒にはいられない……撮影が済むまで我慢してきた零奈はついに爆発し、監督は必死の形相《ぎょうそう》で引き止めたという。

「ちょっとした修羅場だった。監督は次回作も私の主演で、と言ったし、今まで絶対言わなかった結婚の二文字まで口走った。それでもダメとなると、お前をこの世界で生きてゆけなくしてやる、とまで言ったわ。……バカみたい。そんなこと、私にはどうでもいいのに」

零奈はその柔らかい頬を、おれの胸板にこすりつけるようにして笑った。

「そんなにあの男がいいのか？　若い男にお前は持ち切れないぞ、なんてことも言ったわ」

「ふむ。持ち切れないっつうか、お前の躰を持て余すのはジイサンのほうだと思うがな」

「そう。今の私に大事なのは、あなたと気持ちのいいことをすること……あと、お金も必要だわ」

「判った。とにかく、すぐにでも室堂に行こう。一番速く簡単に行けるルートはどれだ？」

「羽田《はねだ》から飛行機で富山。富山から直通バス。これが一番面倒がないし速いと思う。今からなら夜の便に間に合うわ」

おれは起きあがって大介の洋服ダンスを漁り、着られそうな服を取り出した。

「よし。それでいこう」

モノレールを降りて羽田の出発ロビーに出たおれたちの目に飛び込んできたのは、ビデオカメラとマイクを持つリポーターの一群だった。

その中の一人がおれたちの方をなにげなく見た、次の瞬間。

「あ！　零奈だ！　夏山零奈だ！」

その叫び声で、文字通り、山が動いた。ワイドショーの芸能取材の連中が、一斉におれたちの方に突進してきたのだ。

「夏山さん！　一言！」

「その彼が新しい恋人の浅倉大介さんですか？」

「これは浅倉さんとの逃避行ですか？　それとも、鳴沢監督が言うように、浅倉さんがあなたを拉致《らち》しようとしてるんですか？」

「鳴沢監督とはもう終わったんですか？」

なんだこれは。こいつらは何を言っている？

「鳴沢監督が、浅倉というチンピラが零奈さんを独占しようとして無理やり拉致したと」

何がなんだか判らないが、あまりの馬鹿馬鹿しさに、おれは思わず大声をあげてしまった。

「んなこと、ある訳ねえじゃねえか、馬鹿野郎」

「あなた、浅倉さんですね？」

リポーターの一人が断定的に言ったのに、おれは腹を立てた。誰に間違われるといって、大介に間違われるのが一番むかつくのだ。似ているのをおれの意志で利用するのはいい。しかし他人に、あんなアホと間違われたくない。

「違うよ。おれは別人だ」

「何言ってる！　あんたは浅倉大介じゃないか！」

「うるせえ！　てめえのことはてめえが一番判ってるんだ！　おれは大介なんかじゃねえ！」

「零奈さん、どうなんです！」

「仕事をすべて放棄して女優を辞めるんですか？」

「鳴沢監督を棄てるんですか？」

『報道陣』を自称する連中は他の客を蹴散らし傍若無人な態度でおれたちに襲いかかってきた。獲物に群がるハイエナというところか。ズームレンズと差し出されたマイクに突き刺されそうだ。

押し問答はますますヒートアップし、おれたちはもみくちゃにされた。零奈が肩にかけていたバッグが、人込みの中に消えるのをおれは見た。

「無理よ。引き返しましょう！」

「なんなんだこれは？　何があったんだ？」

おれたちは航空券も買っていなかった。この騒ぎではいつまで足留めを食らうか判ったものではない。第一、テレビに映っているおれたちを垂水に見られてしまっては元も子もない。

「仕方がない。ＪＲだ。特急で富山まで行くんだ」

おれは零奈に耳打ちし、彼女を引きずるようにしてコンコースを走った。

が。取材する方も必死の形相で追いかけてくる。テレビ機材で武装した集団が追ってくるのはかなりの迫力がある。

テキはトランシーバーで別班に指令を出したらしい。行く手を塞ぐように、新たな取材クルーが出現した。しかも一社だけでない。スポーツ新聞や女性週刊誌の記者までが現われて、三方から攻めてきた。後方からも囲むように大軍勢がやってきたので、おれと零奈はまさに四面楚歌《しめんそか》だ。取材軍団に三百六十度包囲され、もみくちゃになってしまった。

こうなると質問の声と取材陣同士の罵声が混ざって、何がなんだか判らない。

おれはこういう状況は初めてだが、別れたの不倫しただのと下らないことに血道を上げる連中がいいカモに思えた。顔ではニコニコ愛想よくしながら、揉み合いで見えない下半身では、リポーターやカメラマンの足を思い切り蹴ったりマイクのケーブルを引きちぎったりしてやった。

本当はこんな無作法で強引な連中は全員張り倒したいところだが、カメラがあってはそうもいかない。暴行傷害の現行犯になってしまう。

零奈は、「何も言えません」「ごめんなさい」を連発して逃げ切る作戦のようだ。

だが、おれはこの状況を楽しむ一方で、垂水に知られる事をヤバく感じはじめていた。あいつがこの騒ぎを知れば、おれたちの魂胆が判るはずだ。馬鹿じゃないあいつは、こんな騒ぎで足留めを食っているおれたちを尻目に、先に室堂に行ってしまうだろう。

いや。垂水建設資材北陸営業所に連絡して、富山空港に誰かを張りつかせるか。

そう思うと、この取材の連中が便所の蠅のように鬱陶《うっとう》しくなってきた。今なら新幹線を使えば、垂水よりも早く着けるかもしれない。そのためにはまず、この蠅どもを追っ払わねば。

「ええい！　くそ」

取り敢えず目の前に立っている一人を、おれは思いっきり突き飛ばした。人気商売の芸能人には、どんなにやりたくても絶対に出来ない反撃だ。予期せぬ攻撃を食らったリポーターは間抜けな驚きの表情を浮かべてよろめき、後ろに倒れかかった。そこをもう一押ししてやる。

体を鍛《きた》えず足腰の弱い連中は、堪らずバタバタと倒れた。芸能マスコミのドミノ倒しだ。

「行くぞ！」

おれは零奈の腕を摑み、倒れている連中を踏みつけ飛び越えて、外のタクシー乗り場目がけて一目散に走った。

「そんなに速く走れないっ！」

「走るしかねえだろっ！」

おれは零奈を引きずるようにして空港ビルを飛び出したが、そこにあるのはタクシーを待つ客の長い行列だ。

連中はしつこく追いかけてくる。おれになぎ倒されてメンツを潰されたのか、さらに迫力を増して追ってくる。

「ええいくそ。ここで捕まったら非難轟々の袋叩きになるぞ」

そこにちょうど、飛んで火にいる夏の虫とはこの事、という感じで、一台の一般車がタクシー乗り場の先に停まるのが見えた。

ケンメリのスカイラインの改造車だ。今時、メタリック・シルバーのケンメリは、すでにヴィンテージカーになるんじゃなかろうか。それをワイドタイヤのシャコ短にして、しかもウィンドウは黒いフィルム張りという往年の暴走族仕様。もちろんマフラーは特注で、例のバリバリ音がするやつだ。車内からは腹にズンズン響く超低音が漏れてくる。音圧カーというやつか。

おれは咄嗟《とっさ》にその車のドアを開けた。大音響のロックがばあああん、と車の外に爆風のように飛び出してきた。

「乗せろ。判ったな」

その音に負けないように、おれはドスを利かせた低音で叫んだ。

「え？　なに？　なになに？」

ハンドルを握っているのは茶髪の可愛い兄ちゃんだった。族の生き残りには見えない。おれは後部ドアも勝手に開けて零奈を押し込むと、自分は助手席に乗り込んだ。

「なにすんだよう。おれはタモッと待ち合わせてて」

「まず、この騒音を消せ」

おれは顔を寄せ、兄ちゃんのほっぺたに指を突きつけた。

兄ちゃんは素直にカーステレオのスイッチを切った。

「よし。上野《うえの》駅に行け」

「なな、なんで……」

「いいから、行け」

兄ちゃんはおれの睨みに負けて車を出した。空港正面から環八《かんぱち》に入ろうとしている。

「急いでるんだ。高速に乗れ」

兄ちゃんは、おれの言いなりにならざるを得ない不満を態度で示した。返事をせずにカーテレビをつけたのだ。

車は羽田ランプから横羽《よこはね》線に乗った。

兄ちゃんのこの車は考えられるかぎりの装備がされているようだ。ネズミ取りレーダーはもちろんのこと警察無線傍受レシーバーもあるし、最新型のカーナビももちろんある。液晶画面はテレビと兼用だ。

超ハイファイのスピーカーから、夕方のニュースを読み上げるアナウンサーの単調な声だけが聞こえている。一転して無気味なほど静かな車内で、おれは助手席の背もたれに腕をかけ、振り返りざま、リアシートの零奈に聞いた。

「どういうことだ？　空港の、あの騒ぎだよ」

零奈は唇を嚙《か》んだ。

「鳴沢監督の差し金よ。信じられない。あんなことまでするなんて……」

なるほど。若い女に逃げられそうになったじじいの悪あがきか。

「あの人は私を立山という場所から引き離しておきたいんだわ。どんな手段を使ってでも私を探し出して、目の届くところに置いておくつもりなのよ。だからマスコミにあることないことウソを喋りまくったのよ」

零奈は怒りと恨みのこもった目を窓外に泳がせた。

「出てくる時の言い合いで、もう二度とここには戻らない、なんて言わなければよかった」

そういえば鳴沢監督にわざわざ会いに行き、言うに事欠いて『零奈さんを愛しています、零奈さんを僕にください』の類の世迷言を口走ったのは大介のやつだ。

考えてみれば『浅倉大介』の名前も住所も、鳴沢にはバレているのだった。

「私が余計なことを言ったからだわ……それで取り返しのつかない事になってしまったら……」

鳴沢のオヤジも面倒な事をしてくれたもんだ。

おれは、いろんな可能性を考えてみた。垂水が先に手を打った場合、警察が死体を見つけてしまった場合……しかしその時、おれはごく当たり前のことに気がついた。

「おい。心配はいらない。おれたちがニュースになるのは、早くて明日の『やじうまワイド』だ」

つまり、とおれは続けた。

「ワイドショーは朝と昼のもので、夜はない。つまり、芸能ニュースは明日の朝まで流れないって事だ。おれたちはそれまでに室堂に着いてりゃいいんだよ」

「あ……そうか」

「そうだ。だから、まだ先手は取られちゃいない。焦《あせ》ることはないんだ」

ところが、そんなおれたちをあざ笑うかのように、テレビの液晶画面が切り替わり、突然、おれたちの顔がアップで映し出された。

「えー、ただいま入りましたニュースです。失踪したとして捜索願いが出されていた女優の夏山零奈さんですが、先ほど羽田空港に突然現われ、取材しようとするマスコミ各社と時ならぬデッドヒートを演じた模様です」

画面にはまず、羽田の出発ロビーの片隅で立ち竦むおれと零奈の様子が映し出され、カットが変わるとリポーターどもに「そんな事知るかよボケ」とか「もっとマトモな事聞きやがれ！　このクソマヌケ」などという『暴言』を吐いているおれのアップになった。その横では零奈が不安そうな表情を浮かべている。次のカットでは突然おれたちが走り出しマスコミも暴徒のようにそれを追って、あたりは大混乱、という映像が映し出された。

「……夏山さんは失踪した、あるいは交際している男性に拉致された、などの噂が飛んでいましたが、本人はそれを否定しました。なお夏山さんの所属事務所の話では、今夜の夏山さんの行動は聞いていないとし、捜索願いはマネージャーとの連絡ミスから出したもので、各方面に御迷惑をかけた事をお詫《わ》びするというコメントを出しました」

その原稿を読むキャスターの顔には苦笑が浮かんでいた。

これではおれたちは、とんだお騒がせバカップルだ。きっと明日の朝は衝撃的な音楽とともに、『発覚！　〈魔性の女〉夏山零奈に新恋人――鳴沢監督との略奪愛は？　空港に二人を直撃』『失踪か拉致か？　有名監督の妄執か？』などといったおどろおどろしいロゴが画面に躍り、訳知り顔のコメンテイターがもっともらしい（けど中身のない）事をテキトーに喋るんだろう。

それにしても捜索願いとは恐れ入った。まさになりふり構わずじゃないか。

しかし……ということは裏を返せば、おれたちの追っている線が図星だということではないのか？　鳴沢はおれたちが立山に行くのを何としても食い止めたいのだ。

そうは行くか。おれはついに臭跡をとらえた猟犬のように、身内に闘志がみなぎってくるのを感じた。こうなったら、何としても立山に辿り着いてやるぜ。

それはいいが、しかし垂水もこのニュースを見ている、と思ったほうがいい。

「これじゃ垂水にも教えてやってるようなもんだなあ……」

零奈は蒼ざめた顔で俯いたままだ。

すると、それまでぶすっとしたままで『非暴力無抵抗』を貫いてきた兄ちゃんが口を開いた。

「あんたら、もしかして……あの、後ろに座ってるのは、夏山、零奈さん？」

「あ、はい。私です」

零奈が可愛い声で答えると、兄ちゃんは、うほっと叫んだ。

「いやいやいやいや。何を隠そう実はボク、零奈さんの大ファンなんです」

「ええっ。そうなんですかぁ？」

途端に零奈は、舌足らずで甘えるような、いわゆるアイドル声になった。

「もう、大変なんですぅ。私、マスコミって、大嫌い……」

零奈は悲しそうな顔をつくって見せた。もちろん、兄ちゃんがバックミラーで自分を見ているのをしっかり計算に入れた上でのことだ。

「ずいぶん、ひどい事言ってるでしょう？　ワイドショーって」

零奈は身を乗り出し、運転席の背もたれに後ろから両手をかけた。おどおどと不安げな雰囲気を全身でつくっている。もちろん芝居だ。事実無根の迫害に苦しむ美少女、といったところか。

兄ちゃんは、零奈が自分の顔のすぐ横にうしろから頬を寄せてきたので、緊張と興奮に舞い上がってしまった。声がすっかり裏返っている。

「ボ、ボクは、そんなこと信じてないからね。あの鴫沢ってオヤジ、セクハラに近いよな。監督って言うだけで自分の女みたいに言うのって、アレじゃん。地位を利用して交際を強要するってアレじゃん」

「そう、そうなんですよ！」

兄ちゃんが顔を真っ赤にしてオレは味方だぜ宣言をしたのを、零奈は逃さなかった。味方を巧みに増やしていくのは人気稼業に必須の技だ。

「このお仕事始めてから、私、誤解ばっかりされて……」

「それは、零奈さんがきれいで才能があるから妬《ねた》まれてるんじゃないでしょうか」

「ほんとに……ほんとにそう思う？」

横から見ていると、零奈はまぎれもない女優だった。『恋人にしたい女優ナンバーワン』というキャッチフレーズの、鳴り物入りで売り出した制作発表兼デビュー会見の時のイメージどおりの清楚な女の子になりきっている。

このケンメリの兄ちゃんが彼女に抱いているイメージも、それなのだろう。

零奈はそれを瞬時に読み取り、相手の期待どおりのイメージを演じているのだ。

ついさっきまでベッドの中にいて、零奈のあの時の絶叫を聞いていたおれにはお笑いだが、そういうことを知らないやつは、この声にコロリと騙《だま》されてしまうのだろう。

果たして、この兄ちゃんも大介同様、零奈に手もなくひねられてしまった。

「いやあ、光栄だなあ。零奈さんがボクの車に乗ってくれたなんて。もう、このまま環状線、十周くらいしたい気分っすよ」

兄ちゃんは、助手席のおれを邪魔者を見るような目で見た。

「で、この人は？」

「マネージャー兼ボディガード。ごめんなさいね、この世界、ちょっとコワモテじゃないと通用しないところもあって」

「ふうん」

兄ちゃんは疑わしそうにおれを見た。

おれは零奈に話をあわせた。

「さっきは済まなかった。だけど、今、ちょっとマスコミはまずいんだ」

「ひでえ連中だよな、あいつら」

兄ちゃんは単純明快、素直に怒りを共有してくれた。零奈も言った。

「あの、私たち、ちょっと事情があって、できるだけ早く富山に行きたいの。だけど飛行機には乗れなかったし……こうなったら新幹線か夜行の特急しかないと思うの。だから」

フロントガラスに後続車のライトが反射した。それはピカピカと三回点滅した。

パッシングか。後ろを振り返ると、新聞社やテレビ局の旗を翻《ひるがえ》したハイヤーがわんわんと連なっている。連中が追いついたのだ。首都高の片側二車線を独占して追尾してくる。

そのうちの一台が、このケンメリの真横にぴたりと付いた。その後部座席の窓を全開にして、こちらに身を乗り出しているやつがいる。記者だかリポーターだか判らないそいつが、マイクをこっちに突き出した。おれも窓を開けた。

「あ、浅倉大介さんが窓を開けました！　浅倉さん！　どうして逃げるんですか！」

おれは大きく息を吸い込んで、怒鳴った。

「おまんこっ!」

これで放送は出来まい。

「おまんこおまんこおまんこっ!」

ハイヤーはがくんとスピードを下げて後退した。放送禁止用語ぐらいでビビるとは根性のないやつらだ。

「あいつら、想像以上にしつこいね。零奈ちゃん、ホント、大変だね」

兄ちゃんは、いかにも義憤に駆られたという様子で言った。

「でしょ? だから、振り切ってくれると、零奈、うれしいな」

零奈がここぞとばかりにアイドル演技をして見せる。

「合点だ。まかしとき! 上野までぶっ飛ばしてやるぜ」

兄ちゃんはいきなりアクセルを思いきり踏み込んだ。突然の加速でGがかかった零奈は、かなりびびった様子だ。

「事故るなよ。大切な零奈ちゃんが乗ってるんだから」

兄ちゃんはへへん、と鼻を鳴らした。

「あんたらは知らないだろうけど、首都高トライアルじゃ負け知らずの俺様なんだぜ」

「首都高トライアルって、それ、ゲームのか?」

フライトシミュレーターのマニアが昂じてハイジャックやらかすような奴なのか、こいつは?

「違う違う。実地だよ実地。毎週土曜の夜にやってるんだ。サタデーナイト・フィーバーってね。パトカーなんかメじゃないんだぜ。その腕を見せてやるって」

そう言う間にもみるみる加速したケンメリは横羽線上りをぐんぐんスピードを上げて爆走した。

時刻は夜の七時。車線はそこそこ混んでいるが、兄ちゃんは巧みなハンドル捌《さば》きで左右の車線の小さな空きにもすいすいと入り込み、ジグザグに進んでいく。それを時速八十キロ以上でやるのだから、なるほど、かなりな腕と言えるだろう。

もちろん、クラクションは鳴らされっぱなしの鳴らしっぱなしだ。

「怖い……あたし」

「心配いらないっすよ。『車線変更の魔術師』と言われる俺ですってば」

マスコミ関係の車両はあっという間に、遙か後方に遠ざかっていった。

が、ノリノリとなった兄ちゃんは一向に手をゆるめる気配がない。

前方車のテールランプが大きく接近したかと思うと、左右のバックミラーに後続車のヘッドライトがけたたましく光る。小山のようなトラックの後部から排気ガスがぼすん、と出て、いきなり前が見えなくなる。

『恐怖』などという感情とは無縁のおれも、さすがに気分が悪くなった。なんせ目の前には大型トラックのケツがあと数センチの間隔で迫り、サイドは、隣車線の車やバイクに擦れるんじゃないかと思えるほどに接近して、すっ飛んでいくのだ。

おい、もっと車間距離取れよ、とおれは言いかけてやめた。いかにもビビってるようで、格好悪いじゃないか。

なのに後部座席では、零奈が携帯を操作して、判った判ったなどと明るい声を出している。

「iモードって凄いね。21時12分発のあさひ539号に乗れば、急行きたぐにに連絡して、夜中の02時02分に富山に着くよ」

「んな時間に着いても身動き取れねえよ。ホテルにでも入るか……って、金、いくらある？」

ええと、と肩を触った零奈は、その時初めてバッグが無くなった事に気づいた。

「大変！　お金がないわ！　バッグごとどこかに……」

それを聞いて咄嗟におれも胸ポケットや尻ポケットを探ったが、同様になかった。

「財布がなくても、カードとかあるだろうが？　アメックスならすぐだ。再発行してもらえ」

「ないわ、そういうの。支払いとかみんなやってもらってたし……」

「なんだよそれ」

おれが睨みつけたので、零奈は泣きそうな顔になった。

「売れっ子新進女優のくせして、カード一枚持ってねえのかよ？」

零奈はぷいと顔を横に向けた。

なにその言い方、と小さく呟いたようだが、おれは聞こえないフリをした。

「優しくないのね……私をほんとに大事に思っていたら、そんな言い方って……」

「おいおい。今の状況を考えろ。優しいとか優しくないとか、そんなことを言ってる場合じゃないだろうが」

そういうと、零奈は表情を硬くして黙ってしまった。これだから女は困る。

「……富山で強盗でもするか」

やけくそになっておれが呟くと、兄ちゃんがにこにこして口を開いた。

「言ってくださいよ言ってくださいよ」

と言いながらハンドル片手にダッシュボードを開けた。そこには金銀小判がざっくざく……というわけはなかったが、銀行の封筒があった。

「零奈さんが困ってるのに、ファンの俺が見過ごせる訳ないじゃないですか。マネージャーが不出来な分、この俺がカバーいたしましょう。どうせタモツに貸す金だし」

兄ちゃんはおれに、「ばーか」という視線を投げてきた。張り合っている気らしい。

「ま、この際世話になるか」

「言っときますけどこれは零奈さんに渡すんです。あんたは関係ないからね」

しかし、都心に入り芝浦《しばうら》を過ぎるあたりから、渋滞は激しくなって一ミリも進まなくなってしまった。こうなったら割り込みの帝王も処置なしのお手上げだ。

「ふふふ。エラソウに言ったけどこれじゃダメだろうって思ってるでしょ。それが、全然ダメじゃないんだなあ。ボクは抜け道大魔王とも呼ばれててね。第一回抜け道バトルでは優勝したんだ」

「なんだそれは。TVチャンピオンか」

「このカーナビには、ボクの経験に基づくスペシャルデータが入ってます。下に降りますよ」

ケンメリは芝浦で首都高を降りて一般道に出た。しかし下もラッシュの最中で車はびっしりだ。

「九時には上野に着きたいんだけど……」

零奈がすがるように言った。時刻はもう八時を回っている。

「まかしとき！　この時間は抜け道マップに載ってる道も一杯だから……」

兄ちゃんは潮路橋《しおじ》を左折した。五十嵐冷蔵《いがらしれいぞう》前の太い道に入るかなと思ったが、そのまま通過した。この道はすぐに狭くなるからダメなのだそうだ。芝浦工大の手前を右折し、またすぐに左折して香取《かとり》橋を越え……もう訳が判らなくなるくらい複雑な右折左折を繰り返して、じわじわと進んだ。しかしカーナビの画面表示では確実に北上している。

十五号と日比谷《ひびや》通りと桜田《さくらだ》通りを行ったり来たりする格好で霞ヶ関《かすみがせき》まで来て、車は一気に西に進路を取り、日テレ通りを抜けて靖国《やすくに》通りに入った。時間経過によって大通りのほうが空いてくるという変化を、この兄ちゃんは敏感に察知して突進して行く。

「見事だな」

おれが素直に褒《ほ》めると、兄ちゃんはへへっと鼻をかいた。

しかし水道橋《すいどうばし》を抜け東京ドーム脇を通ったところで、抜け道も詰まってしまった。

「ああ、もう時間が……」

零奈が泣きそうな声をだす。

ええええい、と兄ちゃんは反則技をくり出した。突っ込んだところは、どうやら東大の本郷《ほんごう》キャンパスの中らしい。構内を無理やり通り抜けたのだ。

「で、付属病院を抜ければ、もう不忍池だぜ」

しかしそこで、行く手に交通ラッシュ以上の敵が出現した。

目つきの鋭い、ガタイのいい男たちが携帯片手に、そこここに立っているのだ。

「おい。引き返せ。別の道を行ってくれ」

おれは兄ちゃんに指示した。連中の一人がこっちに目を留め、携帯を取り出したからだ。

垂水の野郎、さっそく手を打ってきやがったな。予想以上の反応の早さに、おれは舌打ちした。

おそらくこいつらは全員澤田組の連中だろう。黒服もいればチンピラもいる。みんな垂水の司令で招集されて、上野駅周辺を張っているのだ。その張り込み具合は人海戦術で徹底していた。主な道路だけではない。すべての抜け道・裏道にも人を配して、水も洩らさない態勢だ。

「垂水は本気だ。まさに第一級警戒体制って感じだな……」

このまま進めば、行く手に連中が集結し車に危害を加えてくるだろう。さっきの相手はマスコミだが、こちらは暴力のプロのヤクザだ。これ以上は危険だ。

「ここで降りる」

「だけど、駅はもっと先だぜ」

「マスコミ以上に面倒な連中がウヨウヨしてるんだ」

零奈も意味が判った様子で、道に寄せてもらった車から素直に降りようとした。

「あ、なにか記念を」

兄ちゃんがマジックマーカーを差し出してサインをねだった。

零奈は上を向き、自慢の車の天井に大きくサインをして車を降りた。

そして運転席の窓ごしに、彼のホッペにちゅっとキスをする。

「くーっ！　最高だぜ。こうなったらもう、どこまでも乗せてく！」

兄ちゃんは卒倒しそうに感動している。可愛いやつだ。

「マジ、富山まで行ってもいいよ。ねえ、運転させてよ」

それもいいかもな、とおれが思いかけたとき。

ストロボの光がぴかっと飛んできた。張り込んでいたのは、ヤクザだけではなかったらしい。

「零奈さん！　それも新しい男ですか！」

写真週刊誌の『アイリス』だった。それを先頭に、複数のテレビ局のものらしいクルーがウンカのごとくに現われて、こちらに向かってライトを一斉に照射した。

「あ。やめろ！」

澤田組の連中に、おれたちがここにいると知らせてやるようなもんじゃないか。

おれは反射的に、目の前のライトにパンチを食らわせた。拳《こぶし》に熱感があり、ガラスの割れる音がした。思わぬ実力行使に、マスコミの連中は驚いたようだ。

「ライトを素手で壊して、熱くないのかよ、あんた」

が、それも遅きに失した。あちこちの角からチンピラがわらわらと集まって来たのだ。

「おら、どかんか」

チンピラどもはマスコミ連中の首根っこを掴まえてゴボウ抜きにかかった。

「何をするんだよ、あんた！」

血の気の多いマスコミの連中も反撃する。

「なんだなんだ！」

ヤクザが多いということで警戒していたらしいお巡りまでが飛んできた。

サツにヤクザにマスコミ。まさに三方揃い踏みだ。ケンメリを中心に、凄まじいもみ合いが始まってしまった。羽田のロビーでのそれとは比較にならない『本物の迫力』『プロの乱闘』だ。

「おい、零奈。行くぞ」

兄ちゃんには悪いが、この混乱に乗じてとっとと逃げるしかないだろう。

とにかく、走った。もう零奈も足が痛いといっている場合ではないと思ったのか、顔を引き攣《つ》らせてついてくる。

ガタガタやっているうちに、新幹線の定刻はとっくに過ぎていた。もう車以外に、東京から富山に行くすべはないということだ。池袋《いけぶくろ》から夜行バスという手もあるが……と思った時、おれは気がついた。

しまった。金を拝借してくるのを忘れたぜ。

「……彼が貸してくれるっていったお金、受け取れなかったね」

零奈も同じことを思ったのか、残念そうに言った。

こういうことなら上野なんかにこだわらず、あの兄ちゃんにどこかのレンタカー屋に付けてもらえればよかったのだ。今ごろ気づいても遅いが。

「まあいいや。あのバカのアパートがすぐそこだ。あいつに借りて、なんとかしよう」

「でも……浅倉大介の名前は洩れてるのよ……」

だが、他に方法はない。金をつくるには大介の部屋に行くしかないのだ。

＊

日本橋のクリニックでの診療を終えた葉子は、夜、帰り道に浅倉大介の住所を訪ねてみた。傷が癒《い》えきらないまま行方不明になった竜二が隠れているかもしれないと思ったのだ。

秋葉原のはずれにある大介の住み処《すか》は、日本橋と、湯島にある葉子のマンションの、ちょうど中間あたりに位置していた。

そこは、アパートというより雑居ビルだ。鉄骨のそのビルは、当初マンションだったものを事務所や店舗にする借り手が増えて改造されたものか、あるいはその逆なのか、住宅と事務所と店が混在する奇妙な感じの建物だ。しかも外観には気を使わない主義の大家なのか、外回りはボロボロで雨の痕《あと》がシミになっている。

三階の二号室に浅倉大介の表札が出ていて、確かにそういう人物が実在して住んでいるらしいことは判った。

しかしインターフォンに応答はなく、外から見ても室内は暗くて、誰かがいる形跡はない。諦《あきら》めきれない葉子は、インターフォンに向かって「浅倉さん！　開けてください！」となんども怒鳴った。

そのうちに上の方から内階段を降りてくる足音がして、いかにも頑固そうなビルの大家らしい人物が姿を見せた。チェックのセーターを着た、ちょっとお洒落《しやれ》な老人だ。

「あんたも浅倉さんに用事かい？　浅倉さんは留守だよ。とっとと帰っとくれ」

と、つっけんどんに葉子に言い放った。老人の目は鋭くて妙な迫力がある。

「この部屋には、取っ替え引っ替え女がやってきては、ぎゃいのぎゃいのと始終騒ぎ立てるんで、あたしも他の住人もほとほと迷惑してるんだ。いい加減にしてくれよ」

老人は、かなりの剣幕で葉子に言った。大介は女絡みのトラブルを多く背負っているようだ。自分もその一人と思われたか、と葉子は苦笑した。いや、この調子だと、あの看護婦の真奈美も、相当暴れたんだろうなあ……としか思えない。

「帰ってくんな。そっちが帰らないんなら、こっちにも考えがあるよ」

「あの、ちょっとお話を。浅倉大介さんって、どんな感じの人ですか」

葉子は、塩を撒《ま》くつもりなのか、アジシオの罎《びん》まで持ち出している大家に聞いた。

老人は、ぎろり、と葉子を睨みつけた。

「いい人だよ。あたしゃ彼のファンなんだ。みんな誤解してるんだ。あんな好青年が、女を犯したの殴ったのって事、出来るわけないじゃないか」

彼の言う浅倉大介は背恰好こそ竜二と似てはいるものの、それ以外の事となると、ことごとく竜二とは相反する人物像らしかった。あまり喋らない日常、気弱げな様子、礼儀正しく挨拶《あいさつ》をし、ゴミもきちんと出す几帳面《きちようめん》なところなど、まったくもって正反対だ。

『浅倉大介』は竜二の偽名だとばかり思っていた葉子は、予測がすべて外れたことに不審の念を抱いた。これはどういうことなのか。考え込んでいると、突然、内階段が騒がしくなり、下から上がってくる大勢の足音と人声が入り乱れた。

「なんだなんだ」

大家の老人が非常口に立ちふさがると、カメラをかつぎ、マイクのブームを持った連中が三階の廊下にはいって来ようとしていた。

「お台場《だいば》テレビです。ちょっと撮影させてください」

「あ、ウチも。テレビ赤坂《あかさか》です」

「……おたくはワイドショーやめたんだろ？」

「これは芸能ネタじゃない、刑事事件なんだよ！　捜索願い、まだ生きてるんだから」

しかし大家の老人は、連中に負けない大音声で呼ばわった。

「だめだだめだ！　出て行け！　家宅不法侵入で訴えるぞ！」

「ドア越しに話を聞くだけですよ。ノブに手でもかけないかぎり、家宅侵入にはなりませんから」

「お生憎さま、この土地も建物もあたしの物なんだ。このビルに許可なく一歩でも足を踏み入れれば不法侵入なんだよ。さあさあ出て行ったり。ほら、あんたもとっとと階段降りて」

大家の老人はあっという間に葉子もろともマスコミの連中を、前の道路に追い出してしまった。

外に出てみると、ボロビルの前はすでに黒山の人だかりになっていた。中継車が出て、歩道には太いケーブルが何本も伸びている。テレビ以外の取材陣も加わり、近所の野次馬もその中に混じって、収拾がつかない事態になっているようだった。

＊

零奈を連れたおれは勘を頼りに、ビルとビルの隙間とか、幅五十センチもないような路地を縫って移動した。さすがにハイエナのようなマスコミも、ヤクザも来ないだろうと思われるルートを探し、物陰に隠れて通行人をやり過ごしては進み、大介の住むあのボロビルに近づいていた。

すぐ近所のはずなのに、かなり時間がかかってしまって、もう時刻は十一時近い。

しかし、鳴沢が大介の住所までマスコミにリークした、との零奈の心配は的中していた。大介の部屋があるボロビルの正面には、大勢のマスコミが群がっていたのだ。小型中継車まで来ていて、ビルの前からリポーターが生放送している局もある。

しかし、ビルの入り口には、頑固《がんこ》な大家がホウキとバケツを持って頑張っている。

「ここから一ミリでも入ると家宅不法侵入だからな！」

「イヨッ！　いいぞ、ジイサン！」

いつもは面倒でうるさいジジイだが、きょうこの瞬間は、まるで武蔵坊弁慶《むさしぼうべんけい》だ。

その上、どういうわけか、群集の中には葉子センセイまでがいるじゃないか。どうしてここにあのセンセイがいるんだ？

それはいいとして、肝心のおれたちもビルに入れないのは大問題だ。マスコミのライトの放列の中を堂々と入っていけるわけがない。マスコミに化けた垂水の部下が混じっているかもしれないのだし、悪くすると撃たれるかもしれない。

澤田組が外国人のヒットマンを入れたことを、おれは知っていた。

まだ標的になる気のないおれは一計を案じて、ビルの裏手に回った。ボロビルと背中合わせに立っている形の、これまたおんぼろのビル内に勝手に侵入する。正面のドアは施錠されていない。ガードマンなんて気の利いた者もいない。テナントがシケた会計事務所とか小さな商事会社ばかりで、事務所荒らしも跨いで通るような場所なのだ。

おれは零奈の手を引き、非常灯の灯りだけを頼りに、ビルのてっぺんまで階段をのぼった。

鍵も錆びついて壊れた屋上のドアは、蹴ったらあっさりと開いた。

ボロビル密集地のこの界隈だから、大介の部屋がある隣りのビルとは背丈も同じで、ピッタリくっついている。手摺りを乗り越えれば跨げる距離だ。

「零奈、お前はここで待ってろ。おれは大介んところに行って金を都合してくる」

おれは、手摺りを乗り越えた。跨ぐにはちょいと間隔が広いが、向こうには手摺りも何もないから、転がり落ちればいいのだ。

ジャンプしてなんなくビルを飛び移ったおれは忍び足で裏手の外階段を降り、誰にも見咎《とが》められずに首尾よく三階の廊下に入った。やつの部屋の鍵は持っている。ドアを開けたおれは顔をしかめた。電話がびんびんと鳴り続けているのだ。

ったく。せめて布団を被せるとかモジュラージャックを抜くとかしろよ。

舌打ちしながら電気を点けたおれは、大介に、金を工面するように言った。ダイニングキッチン兼用の仕事部屋は裏手の、廊下側にある。灯りがついても見咎められる怖れはない。

この部屋に金はないし、金目のものもない。それはおれも良く知っている。商売道具のＭａｃも、この時間じゃ右から左に売り飛ばすというわけにも行かないだろう。

大介は躊躇《ちゅうちょ》していたが、零奈のためだ、やれよ、というおれの言葉に決心がついたらしい。この方法しかない、などと呟《つぶや》きながら、Ｍａｃをインターネットに繋《つな》げてなにやら操作し始めた。どうやら銀行のコンピューターをハックして、他人の口座の金をちょっといじったようだ。

取り敢えず五十万を浅倉名義の口座に振り込んだと言うので、おれはダイニングテーブルの上を漁り、やつの銀行カードを摘まみ上げながら言った。

「ちっ。たったの五十万かよ。そんな便利な事が出来るんなら、もっとどぉーんと盗めよ」

しかしやつの言うには、これは足のつかないうちに戻さないと困る、だから返せる金額じゃないとダメなのだそうだ。まったく小心なヤツだ。

この操作に思いのほか時間を食ってしまった。なんでも発信元を隠す為に、世界中のコンピューターを経由したらしい。もちろん大介には、零奈が裏のビルの屋上にいるとは喋っていない。

おれは台所の電気を消し、そろそろと板戸を開けて、表の通りに面した和室に這い込んだ。ブラインドの隙間から窓外を見ると、下の連中はテコでも動かない決意を固めたようだ。

仕様がねえな……とおれはうんざりした。またぞろドブネズミか野良猫のように、路地から路地をつたって最寄りの銀行へ、次にどこかの駅へ、というのは考えただけでもイヤになる。あのケンメリの兄ちゃんと別れたのはつくづく惜しいことをした、と思ったとき……ふと車に乗せてもらえそうな人間のことを思い出した。鈴木善次郎だ。

この前、大介が親切にしてもらったという、モバイル大好きなジイサン運転手の事だ。

おれはすみやかによつんばいのまま後ずさりし、板戸を閉めてまた電気をつけ、雑然とした食卓兼大介の仕事机の上を漁った。

あった。『鈴木タクシー（個人）』と印刷された名刺大のカードだ。

「こいつに電話してくれ。裏手のビルの前に付けさせれば、そのまま乗り込んで出発できる。行き先は立山だ。ノンストップだぜ」

大介に命じてその善次郎とかいうじいさんに電話をさせ、おれはビルの屋上に戻った。

この時期、夜が明けるのは早いが、もう空が明るくなりかけている。

零奈はおとなしく屋上のドア陰に潜んでいた。

「お金は？」

「口座に入金されてる。当座の活動には困らない金額だ。だけど銀行が開くまでは、一銭もない」

おれはポケットを裏返して見せた。

「それと、立山までの足も確保した。なんとかいう気のいいタクシー運転手がいて、ロハでおれたちを運んでくれるそうだ。刺激がない毎日に退屈してるんだと。合図に三回、クラクションを鳴らすことになってる」

という間もなく、表でホーンが鳴った。一回、二回、三回……下で、マスコミの連中がざわざわと反応する気配があった。

まずいな。裏から来てくれりゃよかったのに。おれはふたたびビルの手摺りを跨ぎ越え、大介が住む建物の屋上から下を見下ろした。

人だかりをかき分けるように、一台のタクシーが通りに入ってきていた。

マスコミの連中は、このタクシーに誰かが乗っているのか、もしくはこれに誰かが乗るのかと、一斉に寄ってきた。しかし乗っているのがじいさん一人と判り、タクシーも停まる様子がないので、やがて離れて行った。

おれは裏のビルの屋上に取って返し、零奈に言った。

「行くぞ。タクシーがこっちのビルの正面に着いたら、一気に滑り込むんだ」

大急ぎで階段を駆け降りボロビルの玄関を出たが、しかし、タクシーの影も形もない。

おれはいらいらとあたりを見回し、そして、左手二十メートルほどの角に停車している鈴木タクシーを発見した。善次郎がビル前に付けられない理由もすぐ判った。

どこかのバカが、この狭い通りに違法駐車しているのだ。道を塞がれたタクシーは入ってくることができない。しかしおれたちの姿を見つけたのか、善次郎らしい運転手はまたしてもホーンを三回鳴らした。

「行くぞ！」

おれたちは全速力でタクシーに向かって走った。

車の中に飛び込もうと、おれがドアに手をかけた、その瞬間。

ぱーんという乾いた音が響いた。銃声だ。

その音を聞きつけたのか、一つ向こうの通りにいるマスコミの連中がざわめく気配があった。

強引に乗り込もうとすると、また乾いた音がして、タクシーのドアに穴が二つ開いた。

日本人は銃撃の音に慣れていない。おれもそうだ。現実感が妙になかった。

今度はぽすぽすっという音がして、足元の地面から白煙が上がった。

見るとタイヤが二つ、完全にパンクしている。

ちくしょう。このクルマはもう使い物にならないぜ。

善次郎も同じことを思ったらしい。ウィンドウを降ろした運転席から、じいさんが叫んだ。

「秋葉原に行きな！　秋葉原のバスだ！」

「何の事だ？」

その先を聞こうとしたが、またも弾丸が飛んできて、今度は車のヘッドライトを砕いた。

「あんた、立山に行くんだろ？　秋葉原でバスに乗れ！　さ！」

「撃たれる！」

零奈が悲鳴をあげた。

わけが判らないままに、おれは零奈の腕をしっかりと掴み、手近の路地に飛び込んだ。ここを突っ切ると、大介の部屋を張っているマスコミの真っ只中に出てしまう。だが、この際そんなことは構っていられない。

果たして、路地を出たおれたちをビデオカメラとマイクとストロボの光が襲った。その中にはドスがあるかもしれないし、さっきの拳銃だってあるかもしれない。おれは、連中に体当たりをした。ボウリングのピンのように、どさどさとまとまって数人が倒れた。倒れた連中を踏みつけ、零奈を引きずるようにしておれは先を急いだ。零奈が切れ切れに何か言っているように思ったが、今それに答えている暇はない。とにかく逃げるんだ。

マスコミなのかヤクザなのか判らない連中のわめき声の中に、葉子センセイがなにか叫ぶ声も聞こえたが、それに応対する暇もなかった。

とにかく、走った。零奈の足がもつれたら、おれが引っ張った。零奈の躰は時折り、道路からバウンドして宙に浮かぶようになり、それでもなんとか地に足をつけて前へ進もうとしている。そんなおれたちのドタバタをあざ笑うかのように、空が白々と明けてきた。

どこをどう走ったか、判らない。が、突然石丸《いしまる》電気のデカいネオン看板が、目の前に出現した。近くにはLAOXとかロケットとかのネオンもある。

鈴木善次郎の言葉が頭のどこかにあったのだろうか、おれたちは秋葉原のメインストリート、八重洲《やえす》中央通りに辿り着いていたのだ。

「ちょっと待って……あなたみたいに走れない……」

零奈がつんのめった。

仕方がない。おれも足を止めて、ビルとビルの間に体を埋めた。

「あなた……信じられない……まるでサイボーグみたいに走り続けて……私をずっと引きずってるのに、スピードが落ちないの……」

零奈が肩をふるわせて咳《せき》こんだ。息が上がり、全身で「もうこれ以上はダメ」と訴えている。

「なぜ……誰が、私たちを撃とうとしたの？」

「不忍池にいたろ。あいつらさ。あいつらも、おれたちを立山には行かせたくないんだろう」

しかし、これからどうするか。ＪＲも飛行機も駄目だ。駅も空港も当然、澤田組のやつらに張られている。としたら……富山は近いようで、遠い。レンタカーを借りようにも現在免許不携帯だ。やっぱりタクシーを使うしかないのか。

超長距離の客に不審を抱かず、零奈の顔も知らず、警察に通報もしない運転手であってくれればいいが……とおれはあまり期待できない僥倖《ぎようこう》を願った。

善次郎は、秋葉原のバスがどうのこうのと言っていたが……秋葉原には電気製品はあってもバスはないだろう？　たとえバスがあってもおれには大型免許がない。

そんな事を考えているうちに、完全に夜が明けた。

秋葉原という街は、新宿の歌舞伎《かぶき》町なんかとは違う。店は全部、同じような時間に開き、同じような時間に閉まる。だから夜明けの街は完全に眠っている。車の通りもほとんどない。

ＪＲの電車の音だけが、響いている……と思ったら、トラックではない、バスのエンジン音が近くから聞こえているのが判った。それもかなりの台数だ。

バスターミナルがある？　電気の町・秋葉原に？

「バスって、あれが善次郎の言っていたバスってことか？」

おれは用心深くあたりをチェックすると、音がする方向に歩いてみた。

駅を挟んだ向こう側、電気街のメインストリートの裏手に、旧青果市場の跡の広い駐車場がある。昼間はよく献血の車が停まっているようなところだ。

その朝日が横から射す広大な駐車場に、何台ものバスが停まっているではないか。まるで、秋葉原に突如バスターミナルが出現したかのようだ。

浅草とか新宿とか東京駅とか、そういう観光に関係がありそうな場所にバスが大挙して集まっている、というのは判らなくもないが、なぜここに？　しかも、まだ朝の六時だというのに三々五々と客が集まってきておのおのバスに乗り込んでいる。

これだ。

おれは零奈を呼びに戻って、一緒にそのバス乗り場に行ってみた。

バス正面のフロントガラスの中には、それぞれ『日本三景松島《まつしま》と牛タン麦飯食い放題』『十和田《とわだ》湖紅葉物語』などという手書きの紙が貼られている。

ふうん。バスツアーとはいえ、結構遠いところまで行くんだな、とおれは思いながらバスを見て歩いた。中には『秋の木曽路《きそじ》で寿司・エビ・カニ!!』などという、訳の判らないものまである。木曽路……長野……といえばアルプス、高山に高原……。

そこでおれはハタと気づいた。『秋葉原でバスに乗れ！』という言葉の意味を悟ったのだ。一転してバスの行き先を真剣に見てゆくと……あった。

『初秋の黒部《くろべ》・立山　アルペンルートめぐり』。これだ。

この観光バスの行き先こそ、おれたちの目的地そのものだ。

そう思ったおれは迷わず、そのバスの近くにいた添乗員らしい女の子に、「これ、乗れますか」と聞いていた。

「ええと、御予約なしのお客様ですか？　本日はお席がありますので大丈夫です」

その娘は書類に書き込みをしながらにこやかに答え、顔を上げた。

「あ！」

「あ！」

なんという奇遇。この添乗員は、いつぞやボーリング場で石原《いしはら》のとっつぁんに会った時、一緒にいた姪《めい》っこではないか。

「山形《やまがた》から出てきた……」

「クマとかモモンガを発見したみたいに指を差さないでください」

「もう就職したの？」

「そう。プチ家出じゃなくて自立したの。これ、就職して初添乗なの。乗るんでしょ？」

かねてよりおれに気があった初美《はつみ》はにっこり笑った。

「あの、確認したいんだけど、黒部立山というとあれなの？　室堂って、行くの？」

よくぞ聞いてくれました、という感じで初美は答えた。

「はい。こちら室堂で一泊するコースでございますから」

「世話になるよ」

おれは反射的に返事をしていた。

「二人ね。ただし、カネは、今はないの」

「はあ？」

われながらめちゃくちゃな事を言ってるなあと思うが、石原のとっつぁんの姪っこなら、多少の無理も言っていいだろう。

「急に思い立って。でも、こんな時間だから銀行、開いてないだろ？」

「それはちょっと……。ウチは予約がなくちゃダメだとかうるさいことは言わないけど、ルールはただ一つ、『ゼニを取れ』だから」

「だからカネは払うよ。どこかで銀行の前にバスを着けてくれりゃいいんだ。このバス、どこから高速に乗るんだ？」

「新宿から中央高速です」

「こっからじゃ靖国通りか。ほらあの、新宿アルタの近くの富士《ふじ》か住友《すみとも》、あそこならATMが二十四時間だ。ちょっと寄り道してそこに停めてくれよ」

初美はちょっと考えていたが、ほかならぬ竜二さんの頼みだから、と言ってタラップを昇って運転手に何か耳打ちした。やがて降りてきて携帯を取り出し、旅行会社に連絡を取っている。

「……ゴーショウのお客様、二名追加でお願いします」

「ありがたい！」

おれたちはバスに乗りこんだ。零奈にはおれのサングラスをかけさせ、勝手に一番前の席の窓側に座らせた。席順はもう決まってるのに、と初美は難色を示したが、

「頼む。この娘もワケアリなんだ。お前と一緒で、どうしても家を出なくちゃならないんだ。顔を見られちゃ困るんだよ」

おれが片手で拝むと、ぶつぶつ言いながらも、バスの扉に貼ってあった席割表をはがして書き換えている。

「どういうワケアリよ？　今度は女運びのバイトでも請け負ったの？」

初美の話によると、早朝はガラ空きのこの広い駐車場の存在と、東東京《ひがし》に住む客の足を考えて、秋葉原は観光バスの出発拠点になっているらしい。そして、この黒部立山のバスツアーも、春から秋のシーズンは毎日のようにここから出ているというのだ。ふだん観光バスなんか利用しないからまるで知らなかった。

おれたちが最前列の座席で俯《うつむ》き、シートに身を沈めていると、六時三十分になって、バスは発車した。

渡された旅行パンフによると、このバスは新宿でも客を乗せて中央高速を飛ばして長野県信濃《しなの》大町《おおまち》の郊外にある扇沢《おうぎさわ》にいく。そこで専用電気バスに乗り換えて、K電力が黒四ダム建設時に北アルプスの横っ腹をぶち抜いた黒部トンネルを抜けて黒四ダムに着く。そこから地中ケーブルカーで立山の中腹まで登り、ロープウェイに乗り換えてさらに昇り、そこから立山連峰の真下を掘ったトンネルを抜けると、やっとこさ立山の懐に抱かれた室堂に到着、となる。富山側から室

堂に直行するバスもあるのだが、長野側からの、ケーブルカーありロープウェイありの変化のあるコースは、観光客には大人気らしい。

このコースは盲点だった。最短距離である富山回りのルートしか考えていなかったが、黒四ダム経由という手があったのだ。長野側から入って黒部ダムまでは行けるとして、ダムを抜けてその先の富山まで、いろんな乗り継ぎをして行けるようになっているとは知らなかった。

零奈はといえば、おれの横で既に軽い寝息を立てている。そりゃそうだ。ゆうべは完全徹夜で走りまわっていたのだから。

バスは早朝の靖国通りをひた走り、新宿の大ガードを抜ける手前で左折して新宿通りに回り、銀行の前につけてくれた。おれは大介の口座から残高の五十万円全額を引き出し、封筒に札束を突っ込むとジーンズの尻ポケットにねじ込み、ふたたびバスに飛び乗った。

ざまあ見ろ。垂水の野郎もマスコミの連中も、まさかおれたちが観光バスに乗ってるとは思うまい。

おれも、シートを倒して体を楽にした。

すぐに眠りの底に落ちていった。

＊

大介の住み家のあるボロビルでは、明け方まで事情聴取が続いていた。発砲事件があったのだから仕方がない。早朝のテレビがその様子を取材し続けている。

「はい。ただいま、都内千代田区にある、夏山さんの新恋人のマンションの前に来ています。昨夜から話題の夏山零奈さん愛の逃避行ですが、なんと、夏山さんは注目の新恋人とタクシーに乗り込もうとしたところを、何者かに銃撃されたのではないか、との疑いが持たれているんですねえ。続報は、渦中の人・鴫沢監督直撃インタビューとあわせて八時よりお伝えします」

「……なお警察では使われた弾の種類などから、暴力団に絡んだ銃撃事件との見方も含め、慎重に捜査を進めたいとしています。以上、現場からお伝えいたしました」

ワイドショーの女性リポーターが派手な身振りで喋り終え、銀ブチ眼鏡に七三分けの報道局の記者もマイクを口から離した。

「暇だねえ、連中。世の中、もっと大事なことがあるだろうに」

警官に待たされたまま、疲れと眠さでイライラしている大家のじいさんは取材陣に毒づいている。彼は刑事やマイクに向かって同じ事を十回以上喋らされる羽目に陥ったのだ。

『ここに住んでいるのは浅倉大介という真面目な青年です。なんとかいう女優は知りません。ヤクザの抗争についても知りません。このビルにヤクザは入居していません。拳銃で狙われるような事をした覚えはありません。最近なんのトラブルもありません』

その突慳貪《つっけんどん》な切り口上には、さすがのマスコミ連中も歯が立たなかったようだ。

ようやく解放された大家は、傍の菓子に憤懣《ふんまん》やるかたない、という口調で言った。

「あんたも見ただろう？　ベンハーの戦車みたいに女引きずって逃げていった、あのヤクザ者。

あたしの年金賭けてもいいが、ありゃ浅倉さんじゃないね。そりゃ背恰好とか顔立ちは少しは似ているよ。でも浅倉さんは、あんな乱暴なことは間違っても出来るような人じゃない。それをマスコミや警察は濡れ衣を着せようとして……。これはでっちあげだ。冤罪《えんざい》だよ」

葉子にも、群がるマスコミを蹴ちらして逃走した男は、竜二本人としか見えなかったのだ。

しかし今のところ、沢竜二の「さ」の字も出ていない。

葉子も一応目撃者ということで警察から足留めを食らっている。しかし、竜二から預かっているハードディスクのことも、竜二と大介の関係についても一切話すつもりはない。医師としての守秘義務もあるが、現在のところ不確定な要因が多過ぎた。

犯罪者矯正プログラムの嘱託医である葉子には、所轄署の刑事の中に見知った顔もある。『浅倉大介』に前科があるかどうか、沢竜二との接点はあるのか……コネクションを利用してでも、それを調べて見なければ、と葉子は思っていた。

『浅倉大介』はどうやら竜二の偽名ではなさそうだが、それでは本物の浅倉大介はどこに行ってしまったのか。

彼女が考え込んでいると、「浅倉大介、って名前は前に見たことがあるような」という話声が耳に入ってきた。

婦人警官の一人が刑事に訴えている。現場の交通整理に駆り出されている交通警官らしい。

しかし刑事がパトカーに搭載されたコンピューターで照会したところでは、警察庁に『浅倉大介』の犯歴に関する記録はなかったようだ。

「お前さんの記憶違いか、よく似た名前の別人なんじゃないの」

いかにも面倒くさそうに調べた刑事に一蹴されて、彼女はすごすごと引き下がった。

が、上野署と並んで万世橋《まんせいばし》署の嘱託でもあり彼女とも顔見知りの葉子は、その婦人警官に声をかけて話を聞いた。

「……データベースにないと聞いて、自信なくしたんですけど……私が生活安全課の内勤だった十年くらい前に、『浅倉大介』の名前を書類上で見た気がするんです。たしか、少年事件だと思ったんですが、どの書類でどんな事柄だったたか、そこまでは……」

その婦人警官は済まなそうに言った。

しかし、多少の手がかりを得た気になった葉子は、依然として待たされている時間、バッグに入れていたモバイルパソコンをPHSに繋いでインターネットにアクセスした。取り敢えず『澤田組』のキーワードを入れて検索をかけてみる。

「もしもし。調べものならこちらのほうが便利ではありませんかな?」

ビルの入り口脇の階段に座りこみ、モバイルの小さな液晶画面に覆い被さるようにしている彼女に声をかけてきたのは、善次郎だった。

「モバイルは画面が小さいから見にくいですな。ウェッブの閲覧に640×240じゃ、少々荷が重い」

こちらにどうぞ、と善次郎は葉子を一つ裏の通りに導き、タイヤの交換は済んだものの、銃弾の痕も生々しい自分のタクシーの助手席ドアを開けた。

そこには、フルスペックの重量級パワーブックG3最新型があった。

「私の回線使ってもらって結構ですよ。エッヂだから接続は64Kだし」

葉子は、年に似合わず最先端のモバイルのスペックに詳しく、なおかつそれを使いこなしているらしい善次郎に驚きながら、言葉に甘えることにした。

「あなたも、大介くんとなにか繋がりがおありで？」

澤田組関係の記事検索をかけていた葉子に、善次郎が尋ねた。

「え、ええ……まあ」

ここで葉子は、少し良心が痛んだが、小さなウソをついてみることにした。

「私は、あのひとの主治医なんです。カウンセリングをしています」

浅倉大介が沢竜二の偽名ならば、嘘をついていることにはならない、自分にはそう言い聞かせた。善次郎は不思議に納得したようだった。

「そうですか。カウンセリング。彼も悩みの多い人生を抱えてるようだからねえ」

「あの……つかぬことを伺いますが、あなたのタクシーに乗ろうとして銃撃されたのは、浅倉さんという方に間違いないんでしょうか？」

「それはもう間違いないね。すぐ近くで顔を見たんだ。電話も本人からもらったし」

顔付きは普段と大分違っていたが、と善次郎は続けた。

「まあ、ピストルで狙われてたんじゃ仕方がない。……何者ですかなあ、ああいう荒っぽい手を使ってまで妨害しなきゃいけなかったのは」

善次郎はそういいつつも、葉子が操作しているパワーブックの大型液晶画面を注視している。

そこには、澤田組と立山のリゾートホテルのスキャンダル絡みの記事が表示されていた。

「あたしが彼に頼まれた行き先も……立山なんですな。これは偶然なんかではない。先生も、そうは思われませんか？」

顔をあげて何か言いかけた葉子を制するように、善次郎は言った。

「……もしよろしければ、お連れしますよ。ここでいくら考えていてもラチが明かない。動いたほうがよさそうだ」

「お願いします」

葉子も、考えるより先に頭を下げ、車に乗り込んでいた。

走り出した車のシートに座ってあれこれ考えていた彼女は、警察のデータベースを全面的に信用していいものか、とふと思いついた。

全国規模の、犯罪者に関するデータベースが完成したのは、最近のことだ。記録漏れがないとはいえない。しかし所轄署には、電子ファイル化される以前の書類がそのまま残っているのではないか。

葉子は善次郎に、黒部に向かう前に万世橋署に急行してもらった。

顔見知りの刑事に頼んで倉庫に入れてもらった葉子は、『浅倉大介』のファイルを探した。

あった！

すぐに目に飛び込んできたのは、『浅倉大介』の正面および横からの顔写真だった。

そこには、当時十四歳という年齢にふさわしく、幼い顔立ちではあるものの、まぎれもない竜二の面影を持つ少年が写っているではないか。

葉子はファイルにざっと目を通した。『竜二』と同じ顔を持つ少年『大介』は、かなりの事件を起こしている。窃盗《せっとう》から傷害、詐欺《さぎ》と、殺人以外のフルコース。しかも累犯だ。今なら即少年院送りだろう。

葉子はあたりを見回した。

彼女を倉庫に案内した刑事はヘビースモーカーで、「ちょっと失礼」と言い置いて、廊下に出てしまっている。倉庫内は火気厳禁なのだ。

おおよその内容や年月日を頭に入れたのち、葉子はそのファイルから『浅倉大介』の指紋の、拡大コピーのみを抜き取った。

それをスーツの胸元に押し込んでドアを開け、何食わぬ顔で刑事に頭を下げた。

「どうも。勘違いだったみたい。お手間を取らせてごめんなさい」

美人の警察嘱託医に頭を下げられた刑事は、満更でもない表情だ。

葉子はそれから日本橋の自分のクリニックに回ってもらい、警察から預かった『沢竜二』のファイルのコピーを持ち出した後に、立山に出発した。

車中、葉子は『浅倉大介』の犯歴について考えた。

彼女の経験からして、若年でここまでの犯罪を重ねる少年は、残念ながら矯正効果はあまり期待できないケースが多い。鑑別所や教護院から少年院、やがて少年刑務所と出入りを繰り返しつつ、最終的には本物の刑務所入りに至る。いわば犯罪者のエリートコースを辿るのだ。しかし浅倉大介の輝ける経歴は、一九八六年六月を最後にぷつりと途絶えている。一九八六年六月。葉子は持ち出した竜二のファイルを繰った。沢竜二の犯罪界デビューはその翌月だ。ただし年齢だけは二十一歳になっているが。

同一人物なら、一ヵ月で七歳も歳を取ることはあり得ない。しかしその後の竜二は、まさに「梅檀《せんだん》は双葉より芳《かんば》しい」十四歳の浅倉大介から予想される通りの人生を辿っている。婦女暴行、恐喝、暴行傷害、さらに数々の詐欺事件が加わり、ただの粗暴犯に経済犯・知能犯の彩りまでが添えられている。

一方大介はといえば、その後完全に更生し、うるさ方の大家や、善次郎のような老人にまで気に入られるような好青年に生まれ変わっているらしい。

東京都下の中流の住宅地に生まれ育った浅倉大介と、下町の配管工を父親に持つ竜二とのあいだに接点はない。しかしある時期を境に、人を犯罪へと駆り立てる悪霊があたかも竜二に乗り移ったかのように、浅倉大介はまるで憑き物が落ちたように更生した……。

とそこまで考えて葉子は、ある一つのとんでもない可能性に思い当たった。

まさか、そんな……こんな症例に私が巡りあうなんて。でも、そう考えれば、すべてに説明がつく。全部、筋が通る。

中央高速を疾走するタクシーの窓から、諏訪《すわ》湖の輝く湖面を眺めつつ、葉子はある仮説を組み立て始めていた。

第7章　ロケーション――山嶺の死

おれと零奈を乗せた観光バスは、誰に邪魔されることもなく中央高速を西に走り、長野自動車道経由で千国《せんごく》街道を川沿いに北上し、一気に信濃大町に着いた。ここは黒部・立山方面の観光と登山の基地になる街だ。

「やつらの盲点を衝《つ》いたかもな」

などと言い合ううちにバスは、関西電力が黒部ダム建設のために開通させた大町アルペンラインを通って、扇沢駅に到着した。ここで専用トロリーバスに乗り換え、北アルプスの横っ腹をぶち抜いた関電トンネルを抜けて、黒部ダムに行くのだ。

このトンネルこそ、映画『黒部の太陽』の舞台にもなった日本土木史上空前の難工事の現場だというが、あいにくおれにはそっち方面の知識も興味もない。零奈だけは、なぜか添乗員の初美の説明に真剣に耳を傾けていたが。

「只今、全長八十メートルに及ぶ破砕帯を通過しました。四百八十万トンの湧水に建設隊は七カ月もの苦闘の末……」

というアナウンスが流れるが、窓外はただの狭いトンネルにしか見えない。

おれは、今この時、追っ手がかかったらどう逃げるか、それを考えていた。

今乗っているのは電気駆動のトロリーバスだが、業務用の車両はみんな普通の自動車だ。入口のゲートを突破すれば、普通車でもこのトンネルに侵入することは可能なのだ。敵が車で追ってきたら万事休す、などと考えているうちに、トロリーバスは黒部ダムに着いた。十五分ほどのあっけない旅だった。

ツアーの参加者たちは、この観光名所で昼飯を食い観光するのだが、おれたちは先を急ぐ。添乗員の初美に、「おれたちは先に行く」と声をかけて、階段を駆け上がり、歩行者トンネルからダムの上に出た。

「ほお!」

思わず声が出てしまう眺めだ。観光で来たわけではない。だが、急峻な峡谷に突如現われた巨大な建造物の姿は、壮麗だった。左手は黒部川を堰《せ》き止めて、水を満々とたたえた黒部湖。右はそれとまったく対照的に、鋭い岩肌が急角度に落ち込んでいる。地球の裂け目と言えそうな深い谷間が、巨大なダムの壁から延々と続いている。こんな山の中に、よくまあこのようなものを、それも今から四十五年も前に造ったものだ。

おれたちはツアー客とは離れて、ダムの上の道を対岸に向かって走った。対岸にはケーブルカーの駅がある。ケーブルカーで黒部平まで登り、そこからロープウェイに乗り継いで、イワツバメの群が飛び交う中、切り立った急斜面を大観峰《だいかんぼう》まで昇った。その先は、標高約三千メートルの雄山《おやま》の真下を潜る地下トンネルをバスで走って、ようやく室堂《むろどう》にたどり着くのだ。

移動時間自体は短い。距離でいうと十キロもないのだが、乗り換えの待ち合わせで案外時間を食って、おれたちは一時間後にようやく目的地・室堂に到着した。

室堂の駅は地下にある。階段を駆けあがり地上に出ると、見上げるような高山に囲まれた、箱庭のように美しい盆地が広がっていた。

「たしかに……この眺めは、あのフィルムに映ってた通りだな」

「ロケは、こっちでやったの」

零奈は先に立って歩きはじめた。

室堂ターミナルからは整備された観光遊歩道がある。おれたちは、みくりが池という濃緑の神秘的な池を右手に見て、雷鳥沢の方向に二十分ほど歩いた。周囲は、すでに黄色に紅葉している高山植物の群落と、地を這うハイマツの低木ばかりだ。

ところどころに岩肌が露出している。

起伏のある遊歩道を登り降りしたその先で、開けた場所に出た。エンマ台という展望広場だ。

正面に、まるで屏風のように切り立った高い峰が連なっている。雲が切れて、太陽が、高い峰のひとつを金色に輝かせた。宗教心などまるでないおれだが、なるほど、神の棲《す》む山としてここが信仰の対象になってきた理由が判る。

「あれよ」

零奈が、まさにその、ありがたい光の条に照らし出された山を指差した。

「この方向で撮ったのか」

「いいえ、あそこに行ったの」

おれは扇沢の売店で買った地図を広げた。それによると、零奈の言うあそことは、剱御前《つるぎごぜん》という山らしい。

「室堂から少し行ったところよ。あのシークェンスは剱沢《つるぎさわ》周辺で、山小屋に泊まりこんで撮影したの。かなり奥だった。車がはいれる場所じゃないから、ロケ隊みんなで荷物をかついで登って……。監督はヘリコプターで来たけど」

見たところそう険しい道でもなさそうだが、実際に登れば二時間ほどかかるという。

「で、あの山が剱御前。問題のショットは、剱御前の山小屋の前で撮ったの。だから、そのバックに映り込んでいるのが……」

零奈は百八十度身体をねじり、反対方向を指差した。

「あそこね」

彼女が指差しているのは……おれは地図と首っ引きで位置関係を確認した。

問題の場所は、立山三山の雄山と浄土山《じょうどさん》の中間にあるらしい。一ノ越《いちのこし》辺りか。

おれはポケットから、あの問題のショットのプリントアウトを数枚取り出した。ロングショットや拡大したものなど数パターンある。

ロングショットを見ると、バックに立山連峰がすっくと聳《そび》えて、これはさすがにここでなければ撮影出来ない勇壮で美しい山岳風景だ。地図で縮尺を概算すると、撮影現場の剱沢とバックに相当する一ノ越は三キロも離れている。ＯＫになったアングルからのショットをあらためて確認すると、登山道を往き来する登山者の姿も、尾根に隠れてちょうど死角になることが判った。

それにしても、遠い。

「だけどなあ……確かにこの画は綺麗だよ。奥多摩《おくたま》や丹沢《たんざわ》じゃ撮れないだろう。しかし、バックがこれでなきゃいけない理由があったのか？」

苦労して撮影機材を山奥まで運び、わざわざ金をかけ、あげくはフィルムに妙なモノが映り込んでいる。鳴沢の気が知れないとおれは思った。

澤田組を使って高齋を消す。そのお膳立を鳴沢自身が整える。零奈を餌《えさ》にして、ロケ地まで高齋をおびき出すことによって。

それはいい。しかし、何もその瞬間まで映画に映さなくても良さそうなもんじゃないか。

「それとも何か？　鳴沢ってのはとんでもない変態だとか？　よく、あっちの殺人犯にいるじゃないか、殺した相手の持ち物だとか、体の一部とかを記念に取っとく奴が」

「やめてよ！」

零奈は蒼白になっている。その可能性を否定しきれないのだ。

この映画は、鳴沢にとって殺人の『トロフィー』みたいなものなのか。背景で恋敵《がたき》が殺されているその同じ画面の中で、その男が愛していた女に演技をさせるというのは。

零奈は自分に言い聞かせるように、ゆっくり話した。

「あのひとは……高齋は、この室堂でロケをすることを出資の条件にしたの。私たちの記念にしたかったのね、この映画を。ここは私たちの、想い出の場所だから……」

　でもそういえば、と彼女は続けた。

「おかしなことがあった。脚本の第一稿では、このシークェンスは室堂ターミナル周辺で撮影することになっていたの」

　みくりが池で零奈の水浴シーンを、そしてラストのクライマックスは、地獄谷《じごくだに》で撮ることになっていたのだと。

　なるほど、あの池の深緑の水には、零奈の裸身がさぞかし映《は》えたことだろう、とおれも思った。それに、池からちょっと下った地獄谷は、亜硫酸ガスの煙が出放題の荒れ地だ。見せ場のレイプや殺しのロケーションとしては、まさにぴったりじゃないか。第一、室堂の駅からは遙かに近場で、カネがかからないだろうに。

「……それが突然変更になって、スタッフはみんな不思議がってた。監督は脚本書きながら絵がいきなり頭の中に出来ている人で、それがもう天才的に完璧で、だから途中で迷ったり変えたりすることはないのに、って」

「その前後に何か変わったことが無かったか？」

　おれの質問に、零奈は一心に何かを思い出そうとする様子で、やがて言った。

「携帯に、電話が頻繁に掛かってきてた。自宅なのに」

　携帯なら、普通の電話に比べて盗聴は難しいはずだ。

「何を話してた？」

「判らない。私には聞かせないようにしてたから」

大体読めた。鳴沢が高齋をおびき出し、殺害する決意を固めたのはその頃なのだろう。ロケ現場から三キロも離れたところを選んだのは、アリバイ工作か。

とにかく、おれたちはロケのバックに映った、殺人が行なわれた場所を特定して、そこに行ってみる事にした。

エンマ台を下り、地獄谷の煙を右手に見下ろしながら、『みくりが池温泉ホテル』とは名ばかりの、小さな共同浴場のような建物の前を過ぎ、今度はみくりが池とみどりが池の間を伸びる遊歩道を、おれたちは辿った。彼方に見える一ノ越の尾根を目指すのだ。

「キャメラは、こう向いてた」

室堂山荘の裏手を過ぎ、およそ一時間ほども歩いたところで、零奈が立ち止まった。

道は急速に上りになってきている。

彼女は、映画監督がするように、両手の指で四角のフレームを作っていた。

おれは、彼女の指の中にある風景と、ロングショットのプリントアウトを見比べた。

「いいんじゃないか」

そしてエンハンスして拡大したプリントアウトを取り出し、さらに場所の範囲を狭めていった。

この付近はすでに森林限界を超えていて、毎冬の豪雪に耐えるためにどっちを向いても高い木はなく、低木と草だけしか生えていない。雪が地肌をえぐり取っていくのか、沢の部分の山肌には岩石が露出し、雑草すら生えていない。それはプリントアウトも実物も同じだ。

「あ」

見比べていた零奈が小さく叫んだ。

「車の色、保護色になってたんだわ。薄茶色だから、少しロングに引いちゃうと、色が潰れて見えなくなるのね」

修正前のプリントアウトには、岩肌の斜面に停められた車が写っている。その斜面は、明らかにこの先の一ノ越に向かう山道だ。

「車を置いて、どこかで登山道を外れたんだな」

この登山道はガイドブックによれば、立山登山のメインルートで、シーズンともなれば夜明け前から御来光目当ての登山客で賑《にぎ》わうらしい。

だからこそ車も入れるのだろうが、しかしあたりは相変わらずの岩肌だ。柔らかい土というものがほとんどないこの場所で、死体をどう処理したのだろう？　埋めるための穴を掘るのは至難の業だし、何よりも誰かに見つかる怖れがある。

しかし、それでもこの場所が選ばれた強力な理由があるはずだ。

オリジナル・ネガのバックに映り込んでいた連中はここで車を降り、登山道を尾根に向かって登っていた。岩や灌木《かんぼく》の茂みや沢になっている窪《くぼ》みに見え隠れしつつ、上に移動していく四つの点を、おれは思い出していた。

「この辺りから右に入ってみるか」

すでに歩き出してから二時間近くが経っている。山の天気は変わりやすいというが、あたりは陽光に照らされたかと思うとすぐに翳《かげ》り、前方にある山の峰々も雲に巻かれたり姿を現わしたりしている。どことなく現実感のない、不思議な光景だ。

大介のパソコンに入っていたオリジナルの映像を、おれは頭の中で超高速で再生していた。記憶にある画像と地図、そして周辺の景色を照合して、連中が登山道を外れた場所の見当をつけた。すでに一ノ越の尾根は目前だ。これを越えると斜面は黒部湖に向けて、数千メートルの距離を一気に下ってゆくことになる。

おれたちは登山道から外れて、右側の低木と雑草のおい茂るブッシュの中に入った。薄い雲が上方から流れてきて濃い霧のようになり、時折り視界が遮《さえぎ》られるが、道を見失うほどではない。

歩きながらじっくり目を凝らすと少し上のほうに、草を踏んだ跡が道のように延びている箇所が見つかった。おそらく、フィルムに映っていた連中が歩いた道だ。

おれたちはそっちにルートを移して、忠実にその道をトレースしていった。

しばらく歩くと、小さなテントが張れる程度の大きさに草が踏み固められた場所に出た。そして、そこから先、道はなかった。

ここが、あの殺人現場であることはほぼ間違いない、と思った。

おれはプリントアウトを取り出して、周辺を見回し、映された連中が立っていた位置を再度確認した。霧のような薄い雲は流れ去っていた。目印となるような岩や涸れ沢と、この場所との位置関係、バランス……どうやら符合するようだ。

その時、完全に雲が切れ、この空き地が金色の陽光に照らし出された。

その瞬間、零奈が弾かれたように前に出てかがみこんだ。

おれの目も、なにか光るものを地面に捉えていた。

「これは？」

零奈が拾い上げたもの。それはカフスリンクだった。くすんだ銀色のカフスリンクが片方だけ。もっと派手に光るものならばすぐに見つかって処分されていたろうが、この色では判らなかったかもしれない。

「これは……あの人のものよ！　見覚えがある」

零奈の顔からは完全に血の気《け》が失せ、全身が小刻みに震えている。

「決まりだな。澤田組じゃなけりゃ、殺ったのは鴫沢だ。鴫沢が命じて殺させたんだ」

「嘘。ほんとに死んだのなら……どこかに……あるはずよ……」

「死体がか？　この辺りに埋められてはいないだろう。おれなら、斜面を引っ張り上げて、尾根から反対の側に投げ落とすね。谷をごろごろ落ちていって、草の中で朽《く》ち果てるか、動物に食われるか、そのまま雨に流されて黒部湖に沈むか……」

監督から金を引き出すなら早いほうがいいとおれは思った。テキは死体を見つけ出し、移動させて証拠隠滅を計るかもしれない。

殺人の瞬間を映した画像はこちらにある。おれたちが死体の実物を探し出す必要はないのだ。見つけた、とだけ言えばいい。犯行の証拠となる画像と、遺品のこのカフスリンクだけでも金を脅し取るのは可能だ。

「とにかく、早く話をつけよう」

零奈はその場に呆然と立ち竦んでいる。その目は不安げに辺りをさまよい、必死で何かを探し求めていた。まるで高齋の魂だか幽霊だかが、見えるとでも言うかのように。

「行くぞ」

「駄目よ。あの人をこんなところに置いて行けない！　見つけなくては」

おれは内心舌打ちした。女の感傷に付き合っているヒマはない。おれたちは遺骨収集に来たわけではないのだ。

「な。そういうことはあとからゆっくりしようぜ。今はコトを進めるほうが先決だ」

カフスリンクを握り締め、氷のように冷たくなっている零奈の手を引いて、おれは下山しようとした。鴫沢に脅しをかけるなら、電話のある場所まで戻らなくてはならない。

が、その時。予想もしない事が起こった。

尾根の向こうから数人の男が飛び出し、斜面を駆け下りてきたのだ。次の瞬間、みぞおちに激しい衝撃があり……おれはそのまま意識を失ってしまった。

＊

バスツアーから約三時間遅れで、葉子は黒部ダムに到着した。善次郎が高速を爆走し、遅れを取り戻したのだ。

扇沢で葉子は善次郎と別れ、黒部に向かうトロリーバスに乗った。善次郎はそのまま立山を迂回して、富山側に向かった。

黒部ダムでは数組いた観光ツアーも、昼食タイムとダム観光を終えて室堂に向けて出発した後だった。葉子も、その後を追って地下ケーブルカー、ロープウェイ、地下トロリーバスを乗り継いで室堂に出た。ここでは他に取れるルートはない。引き返すか前に進むかしかないのだ。長野側からの観光客のうち約半分は室堂から高原を下るバスに乗り、その日のうちに富山側に降りてしまうが、残りの半分は室堂のホテルで一泊する。葉子は観光客と登山客で賑わう室堂ターミナルを探した。しかし、その中に竜二と夏山零奈の姿はなかった。

葉子は、駅員や出札の係員に片っ端から声をかけて、それらしきカップルを見なかったか、とたずねた。

「大事なことなんです。病人を探してます。私は主治医なんですが……」

そんな葉子に、向こうから声をかけてきた若い女がいた。

「ええと……これ、言っちゃっていいのかな。でも、竜二さん、病気だってほんとなの？」

添乗員の初美だった。

「あの人たちは、黒部ダムで、急ぐからって先に行きました。私もさっき駅の人とバスターミナルの人の両方に聞いたけど竜二さんたちは、ここからバスにも乗ってないし、駅から黒部に引き返してもいない。この室堂平の何処かにいると思うんだけど。山に登ったのかな」

葉子は咄嗟に、室堂ターミナル内に設置されている立山登山情報の大掲示板を見た。そこには、登山道の状況や事故の速報が書かれている。

標高二千四百五十メートルの室堂平は、剱岳、剱御前、雄山、別山《べっさん》、浄土山など三千メートル級の名峰へと至る登山道の拠点だ。現在どのルートにも通行の障害はなく事故の通報もない。しかし夏とはいえ彼らは山歩きの準備はしていないし、そんなつもりもないはずだ。

葉子は、駅の中にある案内所で聞いてみようとした。

カウンターに近づくと、案内員とリピーターらしい観光客がなにやら話し込んでいた。

「あれ、なんだかおかしいと思うんだけどなあ」

葉子は聞き耳を立てた。観光客は案内員に言っている。

「自然保護センターのすぐそばにある、あの室堂ヒュッテ……あそこに、妙なグループが入って行くのを見たんだよ」

「見間違いじゃないんですか」

「いや、確かに見た。……ほら、この前の週刊誌に載ってたけど、あの山小屋、ヤクザが乗っ取ったっていうじゃない？」

案内員は迷惑そうな顔をした。

「別に……室堂に変化はないですが……ここはね、国立公園の中ですからね、凄く制限がありますからね、ヤクザがどうのって事はないですよ」

「そうかなあ。何か、普通の連中に見えなかったけどなあ。一人は、怪我してるみたいだった

「室堂ヒュッテは、現在改装中で閉めてますから。建設会社の人間を御覧になったんでしょう」

し。登山客を差し置いて、あんなのに使わせといていいの？」

「そうかなあ」

観光客は不審そうだ。

葉子はターミナルビルを出て少し歩き、その『室堂ヒュッテ』の前まで行ってみた。

そこは室堂ターミナルから少し離れた場所にある、山荘というより山小屋といった感じの小さな宿泊施設だ。道路が開通して室堂が観光地になる前から建っていて、登山者の宿として知られていたらしい。

小規模なログハウス風の建物だが、入口は両開きの木の扉でしっかりと閉ざされ、窓もすべて板戸で塞がれている。外に一台、『垂水建設資材』と横腹に書かれた薄茶色の4WD車が停まっているきりだ。

たしかに営業はしていない。が、中に人の気配があるように葉子には思えた。

扉か窓をノックしようとして思いとどまり、葉子はターミナルに引き返した。ターミナルビルに隣接するホテル立山の喫茶室に入り、名物水出しコーヒーを注文して、彼女は持ってきたパワーブックを開いた。これは善次郎に貸してもらったものだ。

室堂エリアは、携帯電話が使える。葉子はパワーブックに携帯を繋げて、インターネットにアクセスした。

地方紙のデータベースに入って、『立山』『室堂』『山小屋』『暴力団』のキーワードで検索すると、『立山町、室堂ヒュッテのオーナー・北越観光が不渡り』『室堂ヒュッテ、営業再開のメド立たず』『地元財界、北越観光の救済を断念』『東京の建設資材会社が北越観光の筆頭株主に』という記事が出てきた。

葉子は、次に取るべき行動を考えた。

＊

気がつくと、おれと零奈は後ろ手に縛られたまま椅子に座らされていた。

零奈は意識が朦朧としているのか、ぐったりとしている。

「よう。目がさめたか？」

笑いを含んだその声の主は、垂水治郎だった。奴の背後には五人ばかりの手下がいた。

「お前が事務所に持ち込んだあの紙っぺらで、こっちもそれなりに解析ってもんをしてみたんだよ。頭の悪いヤクザだと思ってたかも知れんがな」

垂水はゴルフのパターを手に、部屋の中を歩き回った。

「……先回りして張ってたら、やっぱり来やがった」

ゆっくりと視界が戻ってきた。かなり広い部屋にはダブル・サイズのベッドがふたつ。そしておれたちが座っている空間には簡単な三点セットが置いてある。開け放たれたドアの向こうには、きちんとしたソファとダイニング・セットがある。壁の作りはログハウスのような丸太だ。

窓にはカーテンが下がっているが、外の光は見えない。雨戸が閉まっているか、もう夜なのかのどっちかだろう。床にはかなり分厚そうな絨毯《じゅうたん》が敷かれている。どこかのホテルのスペシャル・スイートという感じだ。もしくは、誰かの別荘か。

「ここは、サワダ・ヒルトン。いや、借金のカタに取った山小屋だが、この部屋はオーナーズ・ルームとしてウチの組長専用として使われる予定だった」

例の射殺された組長か。どうりで高そうなペルシャ絨毯といい、真新しい革張りのソファといい、センスがバブルだと思ったぜ。

「ついでに言っとくがな、ウチの系列の垂水建設資材は、このヒュッテの改修工事を請け負っている。一般車両通行禁止の立山有料道路を、自由に走れるパスを持ってるんだよ。こっちの都合で往来が自由なのさ。言ってる意味が判るか？」

高山植物などの環境保護のために、立山のほぼ全域は、特別に許可を受けたバスなどの車両しか走れない。しかし澤田組の連中は、自分のところの車で自由に往き来できるというのだ。つまり、どんなものでも持ち込めるし、誰でも人目を気にせず出入り出来るということだ。

「だから、お前らの死体をいつでも搬出できるんだ。警察に止められることもなく」

「判ったから、その鬱陶《うっとう》しい自慢は止めろ。それは脅しか？　口封じにおれたちを殺すつもりなのか？」

おれは頭の中で素早く計算した。東京を出る前に、おれは『保険』を掛けてある。葉子先生に渡したハードディスクだ。あの中には、大介が修正を加える前の、殺しの現場が映ったオリジナル・ネガが、そっくりそのまま入っているのだ。

先生は、もう警察に駆け込んだだろうか？　おれは探りを入れてみた。

「夏山零奈が失踪となれば、サツが動くぜ」

「知らねえのか？　捜索願いは取り下げになった。あの、何とかいう監督の差し金だがな」

鴫沢も警察が怖いのだ。

よし。まだ、こいつらと鴫沢の両方からカネを引き出す余地はある。おれは言った。

「天下の澤田組を相手に、おれが何の手も打ってないと思うか？　おれたちを殺せば、動かぬ証拠が速攻でサツに渡ることになる。いいから東京での話の続きをしよう。そんなに金に困ってるのか？　こっちは億の金を出せとは言ってないんだぜ」

「口の減らない野郎だ」

垂水は、部屋の中に置いたパターゴルフのボールを打った。絨毯の上を転がったボールは、ちょろっと盛り上った置き物のホールにことんと入った。

「いくら言っても判らないようだが、我々には、お前に金など払う義理も理由も、これっぽっちもねえんだよ」

「だが、表に停まってた4WD車。映画の背景に映り込んでたのはあれだろうが？」

「あの車はここに置きっぱなしだ。お前の言ってた六月八日だがな、その日はこの山荘に誰もいなかった。勝手に車を転がされても、おれたちには判らねえ」

見え透《す》いた言い訳だ。おれは言った。

「じゃ、それを警察に言えよ。高斎が殺《や》られたその時間の、お前のアリバイも一緒にな」

「それはちょっと困る。その日はよんどころない仕事で海に出ていたんでな」

蛇頭《スネークヘッド》がらみの密入国か。麻薬の受け渡しか。垂水は続けた。

「ただ、高斎については、お前とは違う理由で、逢って話したいことがある。前にも言ったことだが」

垂水は、手にしたパターでぱしぱしと威嚇《いかく》するように左手を叩いた。

「お前もな、金をせびるというようなセコい真似で、こっちの出方を探るのはやめろ。そういうやり方は癇《かん》に障《さわ》る。こっちも、お前の知ってることを無理にでも聞き出したくなるじゃねえか。な？　高斎はどこにいる？」

「知らねえよ」

死んでるんだろ、と言ってしまうと話にならなくなる。おれはブラフをかけるほうを選んだ。どうも、話が嚙み合っていない。

「居所を喋れば、しかるべき礼をしようとまで考えてるんだぜ……おれたちは高斎に、それだけの貸しがあるんだ」

垂水はおれの頰をパターでぴたぴたと叩いたが、薄ら笑いを浮かべてやった。

「言わねえかっ！」

それが合図になったかのように、手下がわっと押し寄せて、まるで血に飢えたサイコ・ボクサーのように、おれをぼこぼこに殴《なぐ》りはじめた。

おれはいくら殴られても平気なのだが、隣の零奈が悲鳴を上げた。

「やめてっ！　死んじゃうっ！」

自分の顔がどんなふうに変形したのか判らないが、瞼《まぶた》が膨らんで視界が半分になり、口の中が切れて血の味が広がった。

「やめろ。こいつにはまるで効かないんだ」

垂水が止めた。

「不感症というか、化け物じみてるんだ。こいつは、死ぬまで笑ってるだろうよ……おい、タオルをもってこい。せっかくの絨毯にこいつの狂った血が垂れる！」

「組長ルームだもんな、ここは」

おれはそう言って、ぺっと口の中の血糊を吐いてやった。狙いあやまたず、白いサテンのベッドカバーに赤い泡が貼りついた。

「あっ、こいつ！」

「こするな！　シミになる」

手下たちが慌ててタオル片手に拭きにかかった。

「まったく腹の立つ野郎だぜ。だが、いくらこいつでも、自分の女が目の前で犯《や》られちまったら笑ってられないだろう。それにこの女は、今話題のあの女優なんだしな」

垂水は、手下に目くばせした。

「いい女じゃねえか。はるばる富山くんだりまで来た出張手当だ。犯っていいぜ」

垂水がゴーサインを出すと、手下どもが一斉に零奈に群がり、その躰に手をかけた。

「や、やめて……」

零奈は蒼くなったが、そう言って手下どもがやめるわけがない事も知っている。

「『やめて』か。いいぞ、ねえちゃん。もっと泣けわめけ叫べ。いい女がイヤがるのを無理やりに、ってのがそそられるんだ」

怯《おび》えてゆがんでいた零奈の表情から、すっと何かが抜けた。

「おやりなさいよ」

声のトーンが変わった。今までの女優・人気者・お嬢さんという声から、ドスの利いた蓮《はす》っ葉《ぱ》なそれに変わったのだ。おれの耳に、彼女が語った過去がよみがえった。

「好きにすれば？　私、これでも、輪姦《まわ》されるくらい、平気なのよっ！」

ほうそうかい、と手下どもは、零奈とおれの顔を見比べながら、じりじりと彼女の衣服を剝いでいった。ふくらはぎのロープをほどき、ジーンズを抜き取ってしまう。厚手のワークシャツの前ボタンを外し、下に着ていた防寒用のTシャツもめくりあげて、ブラジャーを露出させた。

そして後ろ手に縛っていたロープも解いて零奈を床に寝かせると、まず三人が取りついて、たちまちTシャツもブラもショーツも剝ぎ取ってしまった。

「すげえおっぱいだぜ！　これがあの夏山零奈のハダカかよ……」

零奈の巨乳を担当している男が、澤田組に入ってよかった、というような声をあげた。

「しかしこいつ、犯られ慣れてるのかな」

両腿を押さえつけて股間を開かせ、零奈の恥毛を指に巻いたりして遊んでいる男が呟《つぶや》いた。

「見たところ毛も薄いし、割れ目もピンクだし……ウブに見えるがな」

「レイプに慣れてる女なんて、いるわけないだろ。虚勢を張ってるのさ」

兄貴分のような男がそう言いざま、零奈の頬に平手打ちを軽く一発見舞った。悲鳴をあげさせて、催淫剤にしようというのだろう。

「顔はやめて！……それ以外なら、仕方ない」

なるほど。鴫沢の女房の三ッ矢薫も同じことを言ってたが、これが女優のお約束なのか。おれは思わずにやりとした。

「こいつ……笑ってやがる」

兄貴分がおれを見て驚いた。

「てめえ、自分の女が犯られても平気なのか」

「やめろと言えばやめるのか？　泣きわめくのは、おれの性分じゃないもんでね」

この野郎……と兄貴分は呻《うめ》いた。

零奈が組み敷かれたまま、こちらを見た。その顔からは一切の表情が消えている。おれも彼女を平然と見返した。

「やろうぜ」

男たちが、三人がかりで零奈を犯しはじめた。

彼女の両脚を抱え上げた男は、慌ててズボンを脱いで、半分勃起している陰茎を、零奈の秘裂に押し当てて擦りつけた。

「待ってろよ、ねえちゃん。すぐにひいひい言わせてやるぜ」

男のモノはすぐに全開状態になった。ヤクザは、濡れてもいない零奈の秘腔に、それを力任せに突っ立てた。

「ひっ！」

痛みに身をよじった零奈の口から悲鳴が上がった。いくら気丈でも、痛みには勝てない。

「うーっ……きつく締まってやがる。いい味だぜ」

根元まで没入させた男は、満足げな声をあげた。

別の男が、零奈の大きな乳房を両手でつかみ、その先端をちゅぱちゅぱと舌で舐めあげた。

「くそ。これが夏山零奈のオッパイか……」

男は片方の乳首に吸いついて、思いっきり吸い立てた。

「い、痛い！」

悲鳴を上げる零奈の口を、三人目のヤクザがキスをして塞いだ。

最初の男は、零奈の腰をつかんで、ゆっくりとピストンを開始した。彼女の秘唇に野太い陰茎がぬるぬると出入りする光景は、さすがのおれにも、愉快とは言えない。

「どうだ？　具合いいだろ、その女」

おれは声をかけた。なにか、みぞおちのあたりにしこりが出来たようで、妙な気分だった。黙っているとますます調子がおかしくなりそうだ。

「そこで、チンポを上向きにしてずんと突いてやると、Gスポットに命中してヨガリ狂うぜ。おれ様からのワンポイント・アドバイスだ」

「お前……なんて野郎だ」

どうやら、おれよりも零奈を強姦している男のほうに人間性があると見える。男は腰を動かして零奈を犯しているくせに、おれをケダモノのように見た。

「こいつ、お前のスケだろうが……」

「そうだ。だが、どうせ犯るなら気持ちよくやってやれよ」

おれは喋りながらもますます気分が悪くなった。何かが体の中で暴れ回っているような感じだ。『エイリアン』の、あの胸を食い破って出てくる怪物……そんなモノがいるような気がする。

数時間前、長野自動車道を豊科《とよしな》で降りた観光バスが休憩を取ったドライブインで、信州名物のお焼きを食ったが、それに当たったのだろうか？　いっそ反吐をついてやるか、と思いながら、おれはカラ元気で続けた。

「その女、スキモノだぜ。顔に似合わずな」

「そうか。なら、遠慮なくイカせまくってやるぜ。澤田組の、ペニスキングの名にかけてな」

男は零奈の腰を抱きかかえて、グラインドを開始した。ぐるぐる回していたかと思うと、だしぬけにぐいっと突き上げる。

二人目の男が揉みしだいている零奈の乳房は、すでに乳首がカチカチに硬くなって勃《た》っていた。

零奈の唇を貪っていた三人目の男も、キスを中断すると膝をついてズボンをずり下ろし、露出させたペニスを彼女の顔に突きつけた。

「舐めろ」

三人目のヤクザの持ち物は、真珠がいくつも埋め込まれた醜怪なモノだ。しかし、零奈は唇に押しつけられたそれを、従順に口に含んだ。

零奈の白い喉が動き、頬がすぼめられた。ほとんど反射的に、舌を使い出したらしい。

「この女、巧《うま》いぜ！　尺八がよ。ウチがやってるヘルスで、今日からでも働けるな」

零奈に咥《くわ》えさせているヤクザがこたえられない、という風情で呻いた。

「はうっ……ふむむ」

零奈も、三人のヤクザに同時に犯され……あそこに入れられ、胸を吸い立てられ、フェラチオをやらされながら……ヨガりとも呻きともつかない声を洩らしはじめていた。

しかも気のせいか、だんだんと声に甘さが混じりはじめたような……。

おれはますます気分が悪くなり、部屋が目の前でぐらぐらと回りはじめた。頭から血の気が引き、すうっと水底にでも沈んでいくような気分だ。胸からみぞおちのあたりで暴れまわっているものの力が、ますます強くなってきた。

いかん、出てくる。……なんなんだ、これは？　とおれは思い……。

そのまま意識を喪ってしまった。

＊

「止めろ止めろ止めろっ！　お前ら、止めるんだ！　この野郎っ！」

突如起こった絶叫に驚いて、垂水がベッドルームに飛び込んできた。

彼が目にしたのは竜二……つい今しがたまで憎まれ口を叩き、自分の女が犯されているのに平然としていたはずの竜二が絶叫し、縛り付けられている椅子《いす》ごとガタガタと全身を揺さぶって、必死にのたうち回っている姿だった。

零奈に取りついていた三人のヤクザたちもぎょっとして、その姿を見やった。

「……大介……」

男に組み敷かれている零奈が、呟いた。

その時、建物の入口の方で言い争うような声がした。女性の声も混じっている。

やがて、ベッドが置かれている部屋の次の間のドアに、控えめなノックがあった。

「なんだ」

垂水は狂ったように暴れまくっている『竜二』を押えつけさせ口を塞がさせてドアを開けた。

外には垂水の子分が困惑しきった顔で立っていた。

「この女が、どうしても中に入れろとうるさくて……」

その子分の横には葉子が立っていた。

「これはこれは先生。どうしたんですか」

すでに葉子とは顔見知りの垂水は、愛想のいい顔を見せた。

「ですが先生。今ちょっと取り込み中でしてね。それにここはプライベート・エリアですから、ご遠慮願えませんかねえ」

葉子は、決然と言った。

「私の患者を、返しなさい」

そして、ドアをどんと押し開けた。

奥のベッドルームの光景を目にして子分が数歩、後ずさった。垂水が言った。

「驚くな。後からお前にもさせてやる」

垂水は仕方ない、という様子で、葉子にも道を開けた。

「ちょっとしたパーティの最中でしてね。言っときますが、これは強姦なんかじゃありませんぜ。見りゃわかるだろうが、女も気分を出しているんだ」

垂水は開き直っている。

葉子は、ずんずんと続き部屋の中に入っていき、ベッドルームに足を踏み入れた。

そこでは、二人の男に口と身体を押さえ込まれた『竜二』がもがいており、その横の床では、葉子も知っている女優・夏山零奈が三人がかりで犯されている最中だった。

男たちは汗びっしょりで、その目は野獣のようだ。全身から暴力とセックスの匂いを立ちのぼらせて、腰を使い舌を使い、零奈を穢《けが》している。三人目の男に至っては強制的に零奈にフェラチオをさせていたらしく、それが終わったばかりのようだった。

零奈の唇から白濁した液が唾液とともに、泡状になって流れ出ている。

が……そんな彼女の腰は、男に突き上げられるたびに、乳房を吸われるたびに、快感に耐えないというかのように、うねうねと左右に揺らいでいるのだった。

『竜二』は、先ほどとは打って変わって、半狂乱になって暴れている。口をふさいでいるヤクザの手の隙間から、うなり声が洩れていた。

「その手を退かしなさい」

葉子に命令された男は、思わず垂水を見た。

「なんなんですか、この女は」

葉子は、垂水が口を開く前に、言った。

「とにかくその二人は返して貰うわ。一時間経っても私が戻らない時は、警察に連絡が行くことになっている。この室堂ヒュッテを捜索されてもいいの？」

葉子は、椅子に縛られている『竜二』の怯えと怒りが入り交じった目を見た。

「あなたは……沢竜二さんじゃないわね。『浅倉大介』さん、そうでしょう？」

その言葉を聞いた彼は、え？　という驚愕の表情になり、暴れるのをやめた。

「聞いてくれる？　今私ははっきりと言えるわ。あなたは、解離性同一性障害、いわゆる『多重人格』なの。私は『竜二』さんの主治医です」

暴力と凌辱《りようじよく》の場が、凍《こお》りついた。

第8章　ゲッタウェイ――高熱隧道《ずいどう》

「専務！　大変です！」

その時、別の子分が血相を変えて、ノックもせずに部屋に入ってきた。

「こっちも取り込み中だ！　くだらん事だと承知しないぞ！」

垂水も怒鳴り返した。なにしろ、これから脅しあげて高齋孝信の居所を吐かせようとしていた人質が突如暴れだし、文字通り「人が変わった」のだ。

しかも、精神科の女医が乗り込んできた。垂水の知る限りでは本物の、それも東大病院で研究を続け警察とも太いパイプのある医者だ。彼女はこれを『多重人格』だと言う。

これを上まわる「大変」なことはそうそうないと思われた。しかし。

「警察無線によれば……捜索隊が一ノ越付近を一斉に捜索して、死体が発見されたと」

「なに？　そんな動き、聞いてなかったぞ」

警察にもそれなりのルートを持つと自負する垂水としては、自分の情報網にまったく引っ掛かってこなかった事態が信じられない。

「捜索って、いきなりか？」

「はい。警視庁から捜査員が来て突然、だそうです」

「で、死体は？」

「一ノ越付近から五百メートルほど下った斜面の低木の陰で、白骨化が進んだ状態で見つかって、さきほど立山署に収容されたと」

「誰の死体だ？　高齋のか？」

垂水が声を荒げたとき……。

「だからテレビをつけろよ。頭悪いな、あんたら」

その声を聞いて、一同は慄然とした。絶叫してのたうち回っていた人質が、ふたたびけろりとして、元のへらへらした様子に戻っていたからだ。

零奈を犯していた手下が、ズボンをずり上げ、慌ててテレビのスイッチを入れた。

「……では、只今入りましたニュース。富山県警立山署と警視庁は、さきほど富山県立山町の、雄山斜面で男性のものと思われる遺体を発見収容しましたが、その遺体は、一連の経済事件の重要参考人として行方を捜していた元会社役員・高齋孝信氏のものであると発表しました。遺体はほとんど白骨化していましたが、着衣や生前の歯科診療記録などから高齋氏であると断定したものです」

部屋の中に、どよめきのようなものが広がった。

「また、立山署と警視庁の合同捜査本部では、高齋氏は殺害されたものとしており、重要参考人として東京の建設会社役員の行方を追っています。この会社役員は東京の台東区に本拠を置く広域指定暴力団・澤田組の元幹部で、警察では澤田組は高齋氏との間に、何らかの金銭トラブルがあったものと見て、捜査を進める方針です。では、次のニュース」

部屋の中の沈黙を破ったのは、竜二だった。

「なるほどね。ということは、おれにはもう、あんたらを脅《おど》すネタがなくなった、というわけだ」

「何を言っている。おれは高齋を殺《や》っちゃいない」

垂水がきっぱりと言った。

「本当に殺ったのなら逃げも隠れもしねえ。あいつは組長のカタキだからな。しかし、おれ以外の誰がやつを殺るというんだ？　おれよりあいつを殺したいと思ってた奴がいたとはな」

「なんなんだよ。他人に殺られて悔《くや》しいのか」

竜二に嘲《あざけ》られてむっとした垂水は、思い切り竜二の頬を拳《こぶし》で殴りつけた。が、痛みを感じない竜二は、相変わらずへらへらしているだけだ。

「専務。本当の事はともかくとして、早いとこ身を隠さないと警察が来てしまいますぜ。やつら、ここに専務が居る事は先刻承知でしょうから」

零奈の胸を執拗に揉んでいた手下が、垂水に促した。

「……仕方ねえな。山に入って逃げるか。しかしな先生」

垂水は部屋を出て行こうとしたが、振り返って葉子に指をつきつけた。

「高齋の野郎がくたばったとは、どうもおれには信じられねえ。やつの身許は、歯形で判ったんだよな？　どこかの歯医者がこれは高齋だと言ったんだろ。あんたは、その歯医者を突き止めるんだ。警察にツテがあるんなら、そんなの朝飯前だろうが。ちょっとはおれにも協力しろ」

判ったな、そうすれば全員無事にここから出してやる、と言い残して垂水は高飛びするために出て行った。手下も、一人を残して全員が部屋から出ていった。

「しかし……警視庁がどうして動いたんだ？　先生、例のものを警察に送ったのはあんたか？」

そう問う竜二に、葉子は答えた。

「そんなことしてません。『例のもの』って、これのこと？」

葉子はバッグを開けて中身を見せた。大介名義の私設私書箱から出してきたハードディスクだ。

「これと、このパワーブックを繋げば、中が見られるはずよね。でもあなたには無理。それが出来るのは『浅倉大介』さんのほう、そうでしょう？」

葉子の大型キャリーバッグの中には、善次郎のパワーブックと携帯が一緒に入っている。

「あなたの治療をさせてほしいの。あなたは境界型人格でもサイコパスでもない、多重人格者だったのよ。これは診断までに平均して七年もかかる病気だけれど、治せるのよ」

「何の話か判らないな。病気じゃねえよ、おれは」

「そう？　じゃあ言ってみて。浅倉大介さんは、今どこにいるの？」

竜二は落ち着きなく視線をさまよわせた。

「さあ、な。東京の、てめえのヤサにいるんじゃねえのか」

「そうじゃない事はあなたにも判っているはず。浅倉さんは、たった今まで、ここにいた。その、あなたの体の中に」

胸元にまっすぐ指を突きつけられて、竜二は不安そうに身じろぎした。シラを切ってはいるが、さきほど自分の身に起こった事の不気味さに、実は内心動転していたのだ。

竜二の意志に反して『大介』が出てきたのは、これが初めてだということまでは、さすがに葉子にも判らない。

葉子はバッグから二枚の紙片を取り出した。

「これを見て。これは警視庁の指紋照合システムに登録されていた、あなたの指紋。こちらが浅倉大介の指紋よ」

二枚の紙片には、拡大された指紋のコピーがプリントされていた。それには指紋の特徴的な箇所をいくつかピックアップし、絞り込むためのドットがマークされている。

信じられないかもしれないけれど……と葉子は続けた。

「これをこうして……重ねて見るわね。ほら……」

葉子はその二枚の薄い書類を重ね合わせ、シャンデリアの光に透かして見せた。

二つの指紋と、それぞれのドットは、見事に重なり合った。

背後で、零奈が息を呑む気配があった。しかし……。

竜二はかたくなに顔をそむけ、その書類を見まいとしている。

「信じたくないのは、判る。でも、ほら、ここの名前を見て。これを見れば、あなたにも否定できなくなるわ。浅倉大介はあなた自身であること、いや、正確には、彼があなたの躰を共有していることが」

　葉子は懸命に訴えた。

「あなたとあなたのお母さんは、二十年前、あの『超能研《ちようのうけん》』の会員だったでしょう？　憶えてる？」

「おれじゃない。大介と、やつのおふくろが、だろう。調べたのか？」

「そうよ。悪く思わないでね。『超能研』すなわち『超早期能力開発研究所』は早期幼児教育と能力開発の研究所を名乗っていたけれど、実態はカルトまがいの自己開発セミナーだった。親を洗脳して大金を差し出させ、就学前の子供を預かって教育する。ところが……五年くらい前から、裕福な家で何不自由なく育った少年が、突然、凶悪な犯罪を犯す事件が頻発するようになった、容疑者である彼らの生育歴を調べると、過去『超能研』に預けられていたというケースがいくつも見つかったの。このことは、警察から精神鑑定を依頼される精神医学者や犯罪心理学者のような、私たちの業界でも、まだごく一部でしか知られていない事実ですけれどもね」

　葉子は言葉をきって竜二を見据えた。

「ね。『超能研』では何があったの？」

「別に。よくあるようなことさ。小さな子供が好きな変態ってのは、どこにでもいるもんだからな。それに、あそこに預けられていたのはおれじゃない。大介だ」

「それならそれでもいい。あなたと大介さんの人格が解離した原因は、おそらくその時期にあると思う。お母さんのことは、憶えている？」

「大介のおふくろか。イヤな女だったよ。いつもぶすぶす不満をくすぶらせてやがって、やつをその捌《は》け口にしてた。『超能研』から戻ったあとも、やつを苛《いじ》め抜いていたな」

「どんなふうに？」

「大したことじゃない。言うとおり勉強しなければ飯を食わせなかったり殴ったり蹴ったりとかな。そんなことだ。水風呂にやつの頭を突っ込んでたこともよくあった。それをまた大介が必死で言いなりになるんだな。アホだぜ、やつは」

大介は苛められるのが好きなんだ、とうそぶきながら、竜二はつけ加えた。

「だが、やつのおふくろは、根性の悪ささえ目をつぶればなかなかいい女だった。年の割には若いし、躰もよかった。あそこの具合も……」

「まさか……実の母親をあなたは……」

葉子は絶句した。

「ああ、一度姦《や》ったが悪いか？　それにあれはやつのおふくろで、おれには関係ない」

「関係ないわけないでしょう！　あなたと朝倉大介は同一人物なのよ！」

「いい加減にしろ！」

竜二にはまったく聞く気がないようだが、葉子はなおも訴えた。

「どうしても判ってもらわなければ困るのよ。浅倉大介が傷つくようなことをすれば、あなたは痛みを感じなくても、いつかは死ぬようなことになる、だから……」

「うるせえよ。あんなバカがおれの体にいるなんて、そんな話、聞きたくもねえ」

竜二は話を逸らそうとしていた。

「だから……話を戻そうぜ。誰がサツにチクった？　垂水でもない、あんたでもない……とすると」

エンドレスなやり取りに、ついにうんざりしたヤクザが割って入った。

「訳の判んねえ事をいつまでもごちゃごちゃ言ってんじゃねえ！　まず、お前は服を着ろ」

ヤクザはまず零奈に、次に葉子に命令した。

「ほら、これでサツに電話するんだ」

見張りのヤクザは携帯を葉子に渡した。

「余計なことは言うなよ。必要なことだけ聞きだして、すぐに切るんだ」

下手に逆らわず、葉子は携帯を使って各方面に連絡を取りはじめた。立山で見つかった例の遺体の身元情報を照会しているのだ。

「高齋孝信の治療をした歯医者さんの名前って判りますか？　すぐ判ったということは、前もって歯のカルテを警察は持ってたんでしょう？」

うなずきながらメモを取っている葉子の手は、いくつかの数字をメモパッドに書きつけていた。

その手元を、零奈がじっと見つめている。

その時、玄関のほうでボン、という爆発音がし、ヤクザたちの悲鳴が上がった。

「サツだ！　サツのガサ入れだ！」

という声もする。

「いいか、お前らここにいろ。いいと言うまで部屋を出るんじゃねえ」

見張りのヤクザも慌てて携帯を切り、部屋を走って出て行った。

「最近のヤクザはヤワだぜ」

と竜二が言った瞬間、今度は彼らが監禁されている部屋のすぐ外で、ドンという音がした。見ると、窓ガラスが雨戸とともに粉々に割れ、外の光が射し込んでいる。

こうなればおとなしく座っている手はない。竜二は零奈と葉子にロープを外させて窓に取りつき、外に出た。平屋建てのヒュッテだったのが幸いした。

ヤクザたちは玄関が破壊されて負傷者も出たようで、こちらを気にする者はいない。

窓外はすぐに立山有料道路に面していた。この辺りのヒュッテやホテルに、塀や囲いはない。建物が剝き出しで建っている。

この道路を下ってゆけば、美女平《びじょだいら》を経て、富山県の平野部に抜けられるのだ。

「しかし歩きじゃキツいぜ……」

と、竜二がボヤく間もなく、目の前に一台のタクシーが滑り込んで来た。

横腹には『鈴木タクシー』のロゴがあり、その横には二発の銃弾の痕がまだ生々しい。

「あんたたちが出てくるのを待ってたんだ。何も言うな。早く乗れ!」

善次郎は、信濃大町から富山に抜け、そこから観光バス用のルートを無理やり室堂まで登ってきたのだろう。

葉子に続いて竜二が乗り込もうとした時、突然、零奈が、葉子の手からハードディスクとパワーブックが入っているキャリーバッグを奪い取った。

「何をするの！　早く」

「お前、どういうつもりだ？」

しかし零奈は竜二の腕をぐい、と引いて囁《ささや》いた。

「そっちじゃない。あの人は死んでないと思う。その証拠が欲しいでしょう？」

玄関のほうから足音がした。捕虜の脱走に気づいたヤクザたちが、こちらにやって来る様子だ。

竜二は咄嗟に心を決めて建物の陰に隠れた。同時に善次郎のタクシーが急発進した。

「あばよっ！」

追いすがるヤクザたちを嘲るように、その鼻先を掠めて善次郎のタクシーはタイヤを軋《きし》ませ、美女平方面にみるみる小さくなっていった。

ヤクザたちは慌てて駆け出したり、車を出せ、と叫んだりしている。

ヒュッテの陰に隠れていた竜二と零奈は、その様子を見ていた。

「さっきの爆発は、サッの連中じゃなかったようだが……ところで、どうするんだ、これから？」

「宇奈月《うなづき》に連れてって」

零奈は決然と言った。

「先生が電話しながらメモしていた局番は0765。これは宇奈月のもの。地元だったから私には判るの。手がかりは宇奈月にある。宇奈月の歯医者を探すのよ！」

零奈は、高齋の生死をどうしても確かめたいのだ。

「……詳しいことはあとから話すけれど、二年前、高齋と年恰好がよく似たある男の人と、三人で宇奈月温泉に行った事があるの。その時、その人の歯が痛み出して……」

「歯医者にかかったんだな？」

竜二はそこまで聞くと、零奈の手を引いて室堂の駅に走り出した。

＊

「あー。今、美女平だ。ケーブルカーの駅で張ってるんだが、やつら、ぜんぜん姿を現わさねえ」

「美女平からはケーブルカーだけじゃなくて、道路もあるんだぞ」

「だから、その道路を、おれたちはタクシーを追って走って来たんだよ。だが、タクシーにはじいさんの運転手と、あの女医しか乗っちゃいねえ。で、車から降ろしてジジイともども締めあげようとしたんだが、連中がお巡りにすり寄っちまったから、どうにも出来なくてな」

「どういうことだ？」

「運悪くパトカーが走って来たんだよ。あのタクシーが、許可車両でもないのに高原バス道路を走ってきたからだというんだが……だけど、肝心の竜二と夏山零奈は消えちまった」

「こっちは、一応扇沢と黒部ダムの駅を張らしてるんだが……」

「見つからないんだろ？」

「ああ。垂水のアニキに何と言えばいいか……」

携帯電話で連絡を取るヤクザたちの焦《あせ》りの色は濃くなっていた。

富山県側の美女平と、長野県側の扇沢。立山黒部アルペンルートの、いわば出口と入口を張っているのに、零奈と竜二が姿を消してしまったからだ。

「装備もなしに山に入ったか。取り敢えず、黒部ダムから美女平までの宿泊施設は、全部当たれ」

「判った。ところで劉《リウ》のやつはどうした？」

「三十分ほど前にチェックした。大きな湖のそばだ、と言ってたみたいだ。黒部ダム駅だと思うが、それっきり携帯がつながらねえんだ。勝手なことをしなきゃいいんだが」

「腕のいいヒットマンだそうだが、言葉がいまいち通じねえってのはな」

「口封じと足止めの違いを判ってるのかどうか……だが、こうなりゃいっそやつらを黙らせてくれたほうがいいかもしれん」

その頃、竜二と零奈は、団体客に紛れて室堂の駅からトロリーバス↓ロープウェイ↓ケーブルカーと来た道を逆にたどってアルペンルートを下り、ふたたび黒部湖駅に降り立っていた。長野側の扇沢に向かう黒部ダム駅は、巨大な湾曲するダムの上の道を渡った、向こう側だ。

翡翠《ひすい》にミルクをつき混ぜたような色の黒部湖の向こうを、零奈が指差した。

「あそこに、宇奈月まで行けるトンネルがあるの。そこを通って、あたしを宇奈月に連れてって」

「え？　そんなものがあるのか？」

「あるのよ」

零奈は言い切った。

「扇沢に降りて信濃大町からJRで富山を回るよりずっと近道なの」

竜二は地図を取り出した。

なるほど。黒部ダム駅からほぼ真北の方向に、トンネルを表わす点線が伸びている。その点線は、黒部ダムから流れ出る黒部川に、ほぼ並行していた。

東西に走る『立山黒部アルペンルート』とはまったく別個に、ほとんど最短距離で宇奈月に向かうルートが存在するのだ。

トンネルは、『黒部川第四発電所』という地点で『K電黒部専用鉄道』と名を変え、まだまだ山の下を延びている。そしてその線路は欅平《けやきだいら》の『黒部峡谷鉄道』と繋がって……。

「ほんとに宇奈月まで走ってるじゃないか！　このルートは凄いぜ！」

しかしそこで竜二はがっかりしてしまった。

「駄目だ。ほら、『黒部トンネル（K電専用道路）』ってちゃんと書いてあるじゃねえか。一般人は通れない。諦めろ」

しかし零奈は強硬だった。

「なによ。あなたらしくもない。あなたは一般人のルールを大人しく守る人なの？　レイプしちゃ駄目ってあたしが言えば、そこでやめる人だったの？　まさか、あなた、ほんとうは、大介さんなんじゃ……」

「二度とそんな冗談を言うな。マジで怒るぜ」

竜二は一瞬だが本気で腹を立てた。まったく、あの葉子先生が気味の悪いことを言ったお陰で、すっかり調子が狂ってしまった。よし、こうなったらK電専用だがタイムトンネルだが知らないが、意地でも突破してやろうじゃないか……。

零奈が言った。

「悪かったわ。でもね。まともなルートじゃ、絶対に宇奈月までたどり着けない。JRの信濃大町にも、見張りが立ってると思ったほうがいい」

零奈の言うとおりだった。二人を追っているのはヤクザだけではないのだ。警察の動向も心配だし、鴫沢監督も零奈が宇奈月に行くのを邪魔しようとするかもしれない。

二人は団体客に混じって黒部ダムの上を歩き、対岸の、黒部ダム駅にたどりついた。

駅の入口は、そのまま山肌に口を開けたトンネルの入口だ。

地下駅に向かうトンネルに入った瞬間、零奈は敏速に行動を開始した。

「急いで」

竜二の手を引いて走ってゆく。

三々五々、ゆっくりと歩いている観光客を追い抜いて暗い通路を抜け、階段を下ると、その日の午前中、二人が扇沢からのトロリーバスを降りた地下駅の改札が目の前だった。

人の流れはちょうど切れている。

あたりを見回した零奈は、売店や切符売り場もあるその場所の壁面にある、目立たないアルミのドアに、まっすぐ駆け寄った。

「こっちよ」

そのドアは施錠されていなかった。

零奈が引き開けたドアの中に、竜二も後を追うように転げ込んだ。改札
何者かの視線を感じたような気もしたが、気のせいだろう。改札に人影はなく、出札係も売店に人影はなく、出札係も売店の売り子も、こちらを見てはいなかったのだから。

後ろ手にドアを閉め、ついでに鍵もかけた竜二は、ほう、と嘆声をあげた。奥に向かう通路が、長く続いているのだ。

「お前、なぜこんなところを知っている?」

「あの人が……前に連れてきてくれたことがあったの。あの人のお父さんは、この先の、昔のトンネルが掘られた時の、作業員だったから……」

今度は竜二が先に立って、トンネルを進んでいった。途中、掃除用具などの雑物を置く整理棚があり、K電力のマーク入りヘルメットと雨合羽があったので、拝借することにした。零奈もヘルメットを深く被って合羽の襟を立てれば、女だとすぐには見破れまい。

さらに少し歩くと、人間の居住区域が終わったことを示すかのように、トンネルの壁が露出した岩肌になった。もともと黒部ダムの駅はすべて地下にあり、K電トンネルの一部なのだ。

エアコンが効かなくなったのか空気は湿気を帯び、冷えてきた。

トンネルは複雑に入り組み、幾つにも分岐していたが、二人は「黒部トンネル←」という標識

を見つけ、それに従って歩いた。やがて、ライトバンやマイクロバスなどの作業用の車が数台止まっている広い場所に出た。

　夕刻のこの時間、黒四発電所に向かうこの道に、幸い人はいない。

「この先、十キロ以上あるわ。急がなくちゃ。車、使える？」

「盗めということか？」

　その時、トンネルの後方に人の気配があった。

　ひたひたと歩いてくる足音が微《かす》かに聞こえるのだ。

　二人は、手近なライトバンに乗り込んだ。キーは付いていないから『直結』でエンジンをかけるしかない。

「こんなのは初歩の初歩だ。ガキの頃さんざんやったからな」

　竜二は難無くバッテリー・コードを裸にしてショートさせた。エンジンがかかった、と思った時、フロントガラスをとんとんと叩く人影があった。

「どうしたの。今から発電所行くの？　なにかあったんだっけ？　それとも宿舎行くの？」

　K電の作業着を着た、正真正銘の関係者がそこに立っていた。

　零奈が囁いた。

「この人を人質にして。この先、K電専用のケーブルカーやエレベーターを使わなくちゃならない。私たちだけじゃ、無理かもしれないから」

「本気かよ、お前」

いつの間にか零奈が主導権を取っているのだが、竜二は、それでもドアを開けた。

次の瞬間、竜二はその関係者の襟を摑むと、一気に車の中に引きずり込んでいた。

「いいところに来た。こっちも不案内で、この先何がどうなっているのかよく判らないんだ。道案内をして貰おうか」

とっさの判断で、零奈がポケット越しに指をピストルの形にして関係者の脇腹を突いた。

「ひ」

胸に『太田《おおた》』というネームプレートをつけた関係者は、勝手に竜二と零奈をテロリストかなにかと勘違いしたようだ。

「発電所をどうするつもりだ！　この発電所は、本当に多くの人たちの血と汗と命の結晶なんだぞ！　K電社員の端くれとして、勝手なことはさせない」

「このトンネルや発電所をどうこうするなんてことは考えてない。おれだって『黒部の太陽』は見たんだ。裕次郎もよかったが、三船《みふね》もよかった」

竜二の言葉に、関係者・太田の表情が緩んだ。

「ちょっと事情があって、至急、宇奈月まで行かなきゃいけない。このルートを使わせてもらうから、道案内しろ」

竜二は、車のサイドブレーキを外して、黒部トンネルの中を走り出した。

トンネルの壁には蛍光灯が取り付けられており、車が行き違うための待避場所がところどころに設置されている。

「あの、カーブとか分岐点がありますが、とにかく一番太い道を走ってください……そうすると、十キロほどでインクラインの駅ですから」

「インクラインって、なんだ？」

「ケーブルカーと同じことですけど」

「乗り換えなきゃいけないのか」

「このトンネルと、上部軌道とは標高四百五十六メートルの差がありますから」

「上部軌道ってなんだ」

「トロッコ列車です。……あなた、何も知らないでここに入り込んだんですか？」

　太田は呆《あき》れ声になった。

「黒四の中枢部に入り込もうとしてるのに……」

「だからおれたちは、単に近道をしたいだけなんだって言ってるだろ」

　その時、バックミラーに、車の影が映った。

「……見ろ。やっぱり誰か尾《つ》けている」

「K電の車かもね。異変に気づいたんですよ」

　太田はほっとしたように言った。

「しかし、へんじゃないか」

　竜二が言った。

「正規の車両なら、ヘッドライトを点《つ》けずに走るか？」

追っ手がかかったらしい。しかもここは狭いトンネルの真ん中だ。

「止めてくださいよやめてくださいよ。このトンネルは資材運搬とか人の行き来で、とても大事なトンネルなんです。カーチェイスとかされて車が爆発炎上でもしたら、それはもう大変なことに」

そんな事は竜二としてもする気はない。

「……高さの差が四百メートルとかあると言ったな」

「四百五十六メートルです」

太田は正確に訂正した。

「それ、ケーブルカー使うしか道はないのか？　階段とかエレベーターとか他に」

「ありません」

太田はにべもない返事をした。

ならば、とにかく追っ手より早くそのケーブルカーだかインクラインだかに乗り込んでしまえばいいのだ。道が一つしかないのは逆に追いつかれる心配もないということだ。

竜二はアクセルを踏みこんだ。狭いトンネルを、ライトバンはスピードを上げた。

「危ない！　路面はいつも濡れてるし、ハンドルを切り損ねて壁面にぶつかったらそれで終わりですよ！　この時間、定期便がないからいいけど、あったら向こうは大型バスなんだから、行き違いの時に正面衝突だってするかも」

「着いた」

車だまりがあった。ここにもライトバンやマイクロバスが数台駐車していた。

その横に通路があり、そこを入っていくと正面に、ステンレス製の銀色に輝く、バスくらいの大きさの乗り物が待機していた。

「これがインクラインです。これで降りて行って到着するのが、黒部第四発電所です」

「よし！　乗ろう。これが出たら、次が来るまでどれくらい時間がかかるんだ？」

「一本のロープに二つの車がくっついてると考えてください。所要時間は二十分ですから、下から同じ車輌が上がってくるまで、二十分かかるということです」

竜二は、斜面になって急角度に落ち込んでいるトンネルを覗きこんだ。

傾斜角は三十度以上はありそうだ。線路のまん中には駆動用の太いケーブルが走っていて、その脇に階段がある。

「動かしてくれ」

竜二はそう命令すると、零奈と一緒にインクラインの席に乗り込んだ。

太田が、駆動用のボタンを押した。

ブーッと言う発車ブザーが鳴り響き、インクラインは切り立った斜面の軌道上を、がたん、と下り始めた。

竜二は太田に聞いた。

「これを降りたら、下に誰かいるのか？」

「もちろん。K電の所員がずらっと並んでお迎えしますよ……と言いたいところですが、残念ながら発電所は無人運転中で、今、下に降りても、誰もいないんだ」

太田は悔しそうだ。

「だが、たとえ私一人でも勝手なことはさせない。あなた方に発電所の中で何かされたら、文字通りとんでもないことになります。私は身を挺《てい》してそれを防がねばなりません」

「立派な心懸けだ。だが何度も言うけど、おれたちは近道をするだけなんだよ」

その時、窓から、とんでもないものが見えた。

走ってきた人影がトンネルの上方からこちらを見下ろし、胸元から拳銃らしいものを取りだして、狙いをつけているではないか。

「伏せろ！」

竜二が叫んだ瞬間、窓ガラスにぴしっと音がして、穴が開いた。

追っ手のスナイパーは、さらに数発弾丸を発射したが、車輌に跳飛するだけに終わった。それに業を煮やしたのか、驚くべきことに、スナイパーは斜面トンネルに身を躍らせてきた。

物凄い勢いで線路脇にある階段を駆け下りはじめたのだが、あまりの速さに足がもつれて、斜面をごろごろと転がった。そして、なんと、分速四十メートルのインクラインに追いついてしまったのだ。

後部のデッキに、スナイパーが取りつき、立ち上がった。

顔面は傷だらけで額《ひたい》から血が滴《したた》っている。その形相《ぎょうそう》は、まさに鬼だった。

構えている銃は軍用銃らしい大きなものだ。先端にサイレンサーらしきものも装着されている。

スナイパーは無表情のまま、銃口をこちらに向け、トリガーを引いた。

ぽす、という音がして長椅子のようなインクラインのシートに穴が開いた。

「なんだこれは!」

太田が、初めて生命の危機を感じて叫んだ。

「あんた、そっちの人、ポケットの中にピストルがあるんだろ? 応戦しろよ!」

零奈がポケットの中から何も持っていない両手を出して見せた。竜二は言った。

「ダメだ。こっちには武器がないんだ!」

「あ。騙したなコノヤロー」

そんな事で言い争っている暇はない。

スナイパーはデッキから身を乗り出して車内に銃を向け、発砲する構えだ。竜二はドア陰からその動きを注視しつつ、いきなりドアを開け、スナイパーを中に引き擦り込もうとした。

だが、スナイパーはデッキの手摺りを左手で強くつかんでいる。

竜二はスナイパーの銃を持つ右手を力まかせに引っ張った。ドアに挟んで、思いきり叩き潰そうとする。だが、スナイパーがすんでのところで右手をかわす。

竜二はドアを開けて身を乗り出し、相手につかみかかった。軍用銃を持つ右手をねじり上げ、みぞおちに膝で蹴りを入れた。

スナイパーも負けじと左手で竜二に殴りかかってくる。スナイパーの銃を封じなければならない竜二は、自分の身を守るのには不利だ。相手のパンチが何度も顔面に炸裂し、瞼が切れた。

「竜二さん」

インクラインの中から零奈がまっ青な顔で声をあげた。

太田も、この死闘に固唾《かたず》をのんでいる。

しかし、彼は竜二である限り、恐怖も痛みも感じないのだ。竜二は猛然とその左手につかみかかり、デッキの手摺りに叩き付けてへし折ろうとした。

インクラインが、がたん、と大きく揺れた。深く傾斜したトンネルに走る軌道が膨らんで、複線になったのだ。

中間地点に来たらしい。ほどなく下のほうから、無人のもう一台が昇ってきた。

カーブする車輛のデッキの上で死闘が続く。

スナイパーの喉輪をつかみ、竜二は相手をインクラインのボディに叩き付けようとした。相手も捩じり上げられた右手で何度もトリガーを引く。ぱすすっ、というサイレンサーの音が耳元で鳴り、薬室で炸烈する火薬の臭いが鼻をついた。射出された銃弾が跳ね返り、竜二の顔をびゅん、という音とともに掠めた。

怯《ひる》んだわけではないが集中力をそがれ、竜二の手の力がゆるんだ。スナイパーはすかさず左手の指を鉤爪のように曲げて、竜二の目を襲おうとした。

スナイパーの両手がデッキの手摺りから完全に離れた瞬間、竜二は太田に叫んだ。

「インクラインを止めろ！」

車内でおろおろしていた太田が、非常停止ボタンに飛びついた。

ぎゃぎゃぎゃーっという嫌な音を立てて、インクラインが緊急停止した。

その反動で、どこにもつかまっていないスナイパーの体が宙に浮いた。

その機を逃がさず竜二は相手の体を持ち上げ、手摺り越しに投げ飛ばした。

「うおおっ！」

絶叫とともにスナイパーの体は宙に舞い、インクライン下部の荷物置きデッキに激しくぶつかり跳ね返ると、そのまま、ごろごろと斜面の奈落に転がり落ちていく。

悲鳴がトンネルに響き渡り、等間隔についている安全灯にストロボのように照らし出されながら、その体はあっという間に見えなくなった。

「……およそ四百メートルありますから……生きていないかも」

太田は、ホッとしたような憤《いきどお》っているような、複雑な表情で竜二を見た。

「着いたら、通路を左に行けば上部軌道のトロッコ列車が待ってますから、それに乗ってください。間違っても発電所の中に入って、今みたいな撃ち合いはしないで！　これを作るのに、どれだけ人が犠牲になったことか。そんな場所を、汚い血で汚さないでくれよっ！」

太田は怒っていた。

インクラインは、黒部第四発電所に到着した。

斜面トンネルはもう少し先まで下っているが、付近に男が転がっているとか血痕があるということはなく、見たところ何の変化もない。

「こうなったら、最後までついて行きますよ。欅平で、あんたらが捕まるまでね」

太田が先に立ってプラットフォームに降り、竜二もそれに続いた。しかし肌寒さを感じる暇もなく、次の瞬間、竜二の鋭い耳は聞き覚えのある籠った音を捉えていた。

「伏せろっ」

そう叫びざま、竜二はプラットフォームにダイブした。太田も平蜘蛛《ぐも》のように這いつくばった。

竜二は伏せたまま、遮蔽物《しゃへいぶつ》を求めて周囲を見回した。

銃声は、これから行こうとしているトロッコ列車の乗り場の方から聞こえて来ている。

乗り場に向かう通路の右側にドアがあった。

「零奈。こっちだ！」

竜二はバネのように跳ね起き、ドアめがけて走った。

「あっ、発電機室には入るな、と言ったろう！」

「知るかよ！」

立ち竦んでいた零奈と、太田も後に続いた。さらに数発の弾が体を掠《かす》めて飛んだ。

三人がドアの中に転げ込むと、右側は大きなガラス窓になっていた。中に電光掲示板や各種メーター、コンピューターのディスプレイなどが見える。ドアに『発電制御室』と書かれている。

そして正面は、巨大な吹き抜けだ。蛍光灯の冷たい灯りに照らし出された、広大な空間が広がっている。竜二は短い通路を走り、手摺り越しにその空間を覗《のぞ》き込んだ。

広い。テニスコートが四つは造れそうだ。長方形の、体育館のような部屋の向こうの端まで百メートルはありそうだ。天井までの高さもビル五、六階分はある。

そして床にはクリーム色に塗られた直径二メートルほどの円筒型の機器が四つ、間隔を置いて設置されていた。これが発電機なのだろう。

竜二たちはこの巨大な部屋の壁面の、二階ぐらいの高さにある通路にいた。竜二は振り返って、太田に聞いた。

「トロッコ列車の乗り場に行く道は、ほかにないのか?」

「ここから発電機室のフロアに降りると階段の裏手にドアがある。そこから管理棟に抜けて、ぐるっと迂回すれば乗り場に回れる」

見るとすぐそばに階段があり、下に降りられるようになっている。

太田の声は完全に裏返り、ヒステリーを起こす寸前だ。

「言っておくけど、発電機にも、発電制御室にも絶対に傷をつけるなよ!」

「それは撃ってるやつに言ってくれ」

「早く行きましょう! 下に降りるのよ」

零奈がそう言った瞬間、背後にふたたび銃声が起こった。同時にガラスが割れ砕け、床に落ちて飛散する凄まじい音が耳を襲った。発電制御室の窓ガラスが被弾したのだ。

三人は転がるように階段を落ち、階段の真ん中にある踊り場に重なるように倒れこんだ。

「う、撃たれたっ!」

見ると太田が悲鳴を上げのたうち回っている。その太腿がみるみる赤く染まっていく。

「しっかりして! 二人で運んであげるから」

零奈は必死に、救いを求めるように竜二を見た。しかし彼は……。

ぶるぶると体を震わせ胎児のように丸くなって、竜二が踊り場の隅で縮こまっていた。

「どうしたの！　何やってるの！」

「わ、判らない……ここは……何処《どこ》なんだ」

竜二とは似ても似つかない弱々しい声を聞き、その顔を覗き込んで零奈は愕然とした。

彼のあの眼差し……恐怖も痛みも一切のものを寄せつけない不敵な目の光が、跡形もなく消え失《う》せているのだ。

「どうして？　何故ここで入れ替わっちゃうのよ！　ここを出て、あの人の生死を確かめなくちゃならないのに！」

あの人？　そう口走る零奈に、大介は、ずきん、と胸が痛んだ。状況は飲み込めないながらも、零奈はやはり高齋を愛しているのだ、忘れられないのだ、と悟ったのだ。

と、同時に、例によって切れぎれになっている記憶がとびとびに、ランダムに戻ってきた。

ひどい怪我をして全身に激痛を感じながら、見知らぬ女性に看病されていた記憶。意識を取り戻すと目の前では愛する零奈がヤクザたちに輪姦されていた。そして、そこに乗り込んできた看病してくれた女性が放った言葉……。

『あなたは……沢竜二さんじゃないわね。「浅倉大介」さん、そうでしょう？　あなたは、解離性同一性障害、いわゆる「多重人格」なの。私は「竜二」さんの主治医です』

悪夢のような光景が一気に甦って大介は混乱した。

「ダメよ！　今、訳が判らなくならないで！　お願い、竜二、出てきて！　あなたが必要なの！」

零奈の言葉に大介は傷ついたが、今の零奈にそれを気遣う余裕はない。

零奈はすっくと立ち上がった。

「判った。もう誰にも頼らない。私一人で、真実を突き止める」

待ってくれ！　と大介が叫ぼうとしたその時。またしても銃声が響いた。

ややあって、零奈の躰は、ぷつんと糸が切れたように崩折れていった。

すさまじい獣のような絶叫がホールに響き渡った。

それが自分の喉から出ていることに気がついた時、大介は零奈にしがみつき、必死にその躰を揺さぶっていた。

嘘だ……嘘だ……こんなことって……。命よりも大切なものが喪《うしな》われようとしている。

氷のような手が、大介の心臓を摑んでいた。そこから、全身が麻痺するような冷たさが、全身に広がって行く。

涙にゆがむ視界で、大介は階段を見上げた。

階段の上には、スナイパーがその全身を現わしていた。

男は、米軍払い下げらしいジャケットを身につけ、水平に伸ばした左手を支えにして、右手で軍用銃をこちらに向けている。慎重だが命中率の高い構えだ。

爬虫類《はちゆうるい》のような目が狙いをつけ、男の唇が笑うように歪《ゆが》んだ。

その一切を、大介は他人事のように見ていた。自分の命さえ、もう、どうでもよかった。

……ぼくは、何一つ、この手にとどめて置くことが出来なかった。時間も、記憶も、人とのつながりも……すべてが壊れて、すべり落ちてゆく。命より大切だった彼女さえ、こうして……。

大介は、スナイパーの銃弾が自分のこの凄まじい心の苦しみを終わらせてくれることを願った。

男の手が、ゆっくり撃鉄を起こし、トリガーを引きしぼるのが見えた。

その時。男の手から銃が弾け跳ぶと同時に、ぱっと鮮血が飛沫《しぶ》いた。間を置かずサイレンサーをかけた発射音が聞こえ、
男の躰がよろめき、回転して手摺りに激突し、その衝撃でもんどり打って、通路から下のフロアに落下するのを、大介は呆然と見ていた。

反射的に踊り場から身を乗り出して、下を覗き込む。

男はまだ死んでおらず、発電機室のフロアを血に染めてのたうち回っている。

フロアの向こうにある円筒型の発電機の陰から、一つの人影が現われた。

その男は断末魔の男の傍に歩み寄り、銃を構えた手を延ばした。そして、何のためらいもなく頭部に一発、銃弾を撃ち込んだ。

スナイパーは動かなくなった。

すぐ下まで来た男は大介を見上げ、声を発した。

「大丈夫か？」

胸に響く声、というのはこういう声を言うのだろう。よく通って朗々《ろうろう》と響く。

その声を発した男は、階段を上って零奈の傍らに膝をついた。

右手にはまだ銃を持っているが下に降ろしている。肉体労働で鍛え抜かれたように見えるがっしりした大柄な外見は、黒ずくめの服と長髪を後ろで結んでいるスタイルが奇妙に決まっている分、年齢不詳だ。壮年のようでもあるし、案外若いのかもしれない。くっきりした眉根に鋭い眼光は彼の知性と意志の強さを、額に刻まれた深い皺は彼の屈折と苦闘を感じさせた。そして、なんといっても男の全身から発散される迫力は圧倒的だった。

大介は彼に、黒光りする魅惑的な悪の香りを嗅いでしまった。

その男は零奈の瞼を開け、首に手を当て、彼女の頬を軽く叩いた。

「心配ない。かすり傷だ。ショックで気を失ったんだろう。疲労と寒さで大分弱ってるようだが」

そう言われて大介も、しんしんと躰の芯まで冷えてくる寒さを感じた。

男は、傍に横たわる太田に目をとめて、血で真っ赤になったズボンを脱がせて詳しく診《み》た。

「貫通したな。だが、動脈や神経はそれている。傷ついてたら、痛みはこんなものじゃない」

男は、太田のズボンを切り裂いて応急の包帯にすると太田の腿のつけ根を縛《しば》った。

「この出血で死ぬことはないだろう。向こうに抜けたら応援を呼んでやる」

男の持つ威厳というか迫力に押されて、太田はハイとうなずいた。

「悪いが、あとしばらく我慢してくれ……」

男は気を失っている零奈を軽々と抱き上げ、大介に言った。

「来い。トロッコ列車に乗るんだ」

客車に乗った大介に零奈を託し、運転台に座った男は熟知した手付きでマスコンを操作すると、欅平に向かうトロッコ列車はゆっくりと動きだした。

失神している零奈を抱きかかえて乗っている大介の目には、この男がアウトドア及びサバイバルの達人に映った。いや、あれほど凄い拳銃の腕前を考えれば……ミリタリー・マニアなどというレベルではない。プロだ。

トンネル内の灯りが男の横顔を照らし出すたびに、その頬骨の下に長い傷痕がうっすらと浮かび上がるのが見えた。

「銃の扱いに……慣れているんですね」

「故国では、軍にいたことがあるからな」

生まれ育ったのは日本だが、国籍は日本人ではないのだと男は言った。

「なぜ、殺したんです」

一片の慈悲もなく、スナイパーの頭部にとどめの銃弾を撃ち込んだ光景が甦った。

「おれにとって大事なものを傷つける奴は、許さん」

この男こそ、あの高齋ではないか、と大介が悟ったのはその時だった。

高齋は一切表には出ない人間なので、マスコミにも顔を知られていない。大介も、もちろん顔を知らない。この男が高齋だという証拠はない。なぜ彼がここに出てきて大介たちを救ってくれたのか、自分たちがここで危地に陥っていることをどうやって知ったのか、それも判らない。

しかし、安心しきって目をつぶっている零奈の寝顔を見ると、大介は、絶対に自分には入っていけない、絆《きずな》のようなものを感じるのだ。

「……そろそろ『高熱隧道《ずいどう》』に入る。列車だとそんなに感じないだろうが、それでもこの辺りの気温は今でも四十度くらいはある。昔は優に百度を越えていた。掘ってから七十年近く経って、ダムの導水で冷《さ》まされたんだ」

しばらく口を開かなかった男が、喋った。

「どうして知っているんですか？」

大介は素直に聞いた。

「このトンネルを掘ったのは、強制連行されたおれの親父だ。戦争直前の、強制労働ってわけだ」

トンネルが切れて、渓谷の冷たい外気が頬に触れた。あたりはすでに暮れかかっている。トンネルは断崖にぽっかりと口を開けて、そこから伸びる線路は渓谷を橋で渡ろうとしていた。

その手前を、コンクリートの屋根のついた通路が横切っているのが見えた。

男はトロッコ列車を止めた。

「おれは、ここで降りる。この列車はこのレバーを回せば走る。あまりスピードを上げずに、ゆっくり走れば大丈夫だ」

そう言って男は列車を降りた。

「でも、あなたはどうするんです」

「その道を左に行けば水平歩道という登山道だ。それを歩いていく。怪しまれないで町に出られるからな。しかし君は、彼女がいるから険しい山道は歩けないだろう」

「おんぶじゃ、ダメですかね」

男の意地を見せようと大介が言うと、男は、ははは、と人もなげに笑った。

「無理だよ無理。人一人がやっと歩ける、岩を掘った険しい道なんだ。足を滑らせれば二人とも、三百メートル下の黒部川の濁流に呑まれてしまう」

その一言で大介は歩きを諦めた。

「トロッコ列車の終点が欅平上部駅だ。そこに、下に降りる巨大なエレベーターがある。それが最後の関門だ。見つからないようにうまく乗り込め」

男は、がっしりした手を大介に差し出した。

凄い握力だった。そして、その手は凄く熱かった。

「零奈を、頼む。私の事は何も言うな。じゃ、気をつけてな」

男は後も振り返らずに、通路を歩み去った。

大介は運転席に座って、レバーを回した。トロッコ列車はゆっくりと走りだした。

窓からムワッとする熱気と、硫黄の匂いが入ってきた。これが、『高熱隧道』か。

だんだん強くなってきた硫黄の匂いが鼻をついた。暗闇を時折り照らす蛍光灯が、黄色く染まったトンネル壁面を照らし出した。ところどころ蒸気も出ている。

戦後の、黒四発電所建設時に掘られたトンネルは壁面もコンクリートで、きれいに造られていた。だがこの辺りは六十年以上も前にドリルで掘られたままの、ゴツゴツした状態だ。トンネル自体も小さくて狭い。トロッコ列車がやっと通れるほどだ。その壁面が、硫黄で黄色く染まっている。匂いがきつくなるとともに、温度も上がってきた。冬のような寒さだったのが、真夏のように蒸し暑くなってきた。トロッコ列車の窓ガラスが全部、一気に曇った。このトンネルは超高温の岩盤を直角に横切っているのだ。

サウナのような蒸し暑さと硫黄のきつい匂いに参りかけたとき、トロッコ列車はようやくその高熱地帯を抜けた。後はなんの変哲もないトンネルの中だ。

十五分ほど走ると前方に溜まっている車輌が見えた。ここが欅平上部駅なのだろう。

大介はゆっくりとブレーキを締めて、列車を停めた。

と、行く手にある鉄のドアがごごご、と音を立てて開き始めた。

これが彼の言っていた巨大エレベーターか。きっと中には、下からやってきた人たちが乗っているはずだ。

大介は零奈を抱えあげて列車から降ろし、車輌の陰に隠れた。

車輌一台がそのまま入る巨大なエレベーターからは、どやどやと大勢の関係者が降りてくると、ほぼ全員が停まっていたトロッコ列車に乗り込んで、発電所方面に先を急いだ。倒れている太田のために、あの男がどのようにしてか、救援を頼んだのかもしれない。

それをやり過ごした大介は、零奈をおぶってエレベーターに乗りこんだ。

大きいだけあって、下降もゆっくりだ。

その間、彼は零奈の頬を軽く叩いて目を覚まさせようとした。

「う、ん？」

零奈は目をゆっくり開けた。

「ここは？」

「もう少しで欅平。今、エレベーターの中だ」

そう答えた大介に、零奈は、「私、夢を見ていたみたい……」と言った。

「誰かが私を運んでくれて……」

「『あの男』の夢なんだろう？」

と、大介は思わず言ってしまった。しかし、零奈は、

「なぜ判るの？」

と驚いた顔をした。

その表情を見た大介は、口の中に苦いものが広がるのを抑えられなかった。

実は、と、トンネルの中の道を手引きしてくれた男のことを喋ってしまおう、零奈に言わなくてはならない、そう思ったが、何かが邪魔をした。どうしても舌が動かない。

「それより、早く宇奈月に行かなくちゃ」

ウナヅキ？　大介はとまどった。自分がここにいる理由も、零奈と一緒にウナヅキという場所を目ざしている目的も、何も判らないのだ。それは、上位人格である『竜二』の記憶の中にあり、大介には取り出すことが出来ない。

「とにかく、まず宇奈月に行きましょう。宇奈月で、歯医者を捜さないと」

何かに憑《つ》かれたような零奈の口調が、大介は辛《つら》かった。

「私には、判るの。あの人は絶対に生きている。殺されてなんかいない」

そうだよ。きみの言うとおり、『あの人』は生きている。きみを助けにやって来た。ついさっきまで、きみをおぶっていたんだ……そう言おうとした時、口が勝手に動いた。

「そうとも。やつが生きているって事実は、凄いカネになるぜ」

竜二の声が出た。

声にならない大介の悲鳴は竜二に押しのけられた。池に投げ込まれた小石のように、大介の意識は心の奥底深く沈んでいった……。


ほどなくエレベーターは欅平の下駅についた。

ピーッという列車の汽笛が耳を刺した。この音を聞いて、零奈の顔にはようやく、「助かった」という表情が広がった。今までは人間社会から隔絶された、山の下深くの地底にいたのだ、と改めて実感しているようだ。

だがここは列車が忙しく出入りする、活気に溢れた人間の職場だった。

竜二と零奈は操車される列車の邪魔にならないように線路を歩いて、トンネルの外まで出た。

そこは、黒部峡谷鉄道の欅平駅だった。まったく普通の、観光客が大勢いる平和な駅だ。

九月も終わりで、日は短くなりはじめている。山蔭にすでに陽は落ちて、観光地である黒部峡谷は夕闇の中にあった。

切符を買って普通の乗客となった竜二と零奈は、観光トロッコ列車に乗り込んだ。

わざと人気《ひとけ》のない車輛を選び、二人はこれからのことを相談した。

「脅しのターゲットを鳴沢から高齋に変えよう。比べ物にならない金額が取れるぜ」

「なぜ？　どうしてあの人を脅したりなんかするの？」

「判らねえのか。高齋が出てきて色々口をすべらせれば、ヤバいことになる連中が一杯いるんだ。やつが死んだことにしておいたほうが、色んな奴らにとって、とくに政治家連中には都合がいいんだよ。手形詐欺に引っ掛かって大ヤケドした澤田組を別にすれば、な」

「じゃあ、澤田組から逃げるために、あの人は自分が死んだことにしたかったと？」

「そうだ。大体、この一件は不自然なことが多すぎる。とくに怪しいのは鳴沢だ。ネガの修正を依頼しておいてマッチポンプで騒ぎ立てる。そこに死体が出るとは、タイミングが良すぎるじゃないか。死体のありかをサツにチクったのは鳴沢だな」

「監督があの人と共犯だと……」

「映画の製作費が偽装工作への協力と引き換えなら悪い話じゃない。それに鳴沢は、高齋の昔からのダチなんだろ？」

宇奈月に着いた二人は、すぐに案内所に行って歯医者の場所を尋ねた。

探すまでもなく、この温泉地に歯科医院は数軒しかない。そのうち、零奈の記憶にある場所は、北陸銀行宇奈月支店の並びにある『羽柴《はしば》歯科医院』だと思われた。

よく言えば歴史を感じさせる、悪くいえば流行《はや》ってなくて改築も出来ないのかと思わせる、ペンキも剝げた廃屋のような医院だった。

もう診察時間は終わっていたが、中の電気はついているし、ドアも開いていた。

看板にある『院長・羽柴邦夫《くにお》』の文字を横目に、竜二はズカズカと診察室に入っていった。

「先生いるかい」

「なんだ君は」

もう引退したほうがいいような老人が白衣を来て机に向かっていた。カルテの整理らしい。

「羽柴先生、嘘をつきましたね」

竜二は老医師の前に仁王立ちになった。

「富山県警の照会があったでしょう？　高齋という男についての」

「ああ。X線写真とカルテのコピーを渡した。嘘などついておらん」

ヤブなのか頑固だから客が来ないのか、老医師はにべもなく言った。

「野郎！　隠し立てするとタメにならねえぞ」

「竜二。やめて」

医者の胸倉を取ろうとする竜二を零奈が制した。

「ごめんなさい。でも、どうしてもお聞きしなければならない事なんです。その、先生が治療なさった……高齋という人について、何でも覚えていることを話してください。お願いします」

手を合わせんばかりの零奈に、老医師は機嫌を直したようだ。

「そうだな。背は高く、がっしりした躰つきだった。下顎第一臼歯の歯根部に慢性の骨膜下膿瘍《のうよう》があって」

「先生悪いけどよ、普通の言葉で喋っちゃくれねえか？」

「要するに、歯の根に膿《うみ》が溜まっとる状態だな。膿瘍が相当進行しておったから、しばしば急性発作を繰り返し……つまり、始終歯痛に苦しんでいたはずだ」

「ほかには？」

「さて……。歯の咬耗《こうもう》・磨耗の状態、歯槽の吸収状態から見ると、保険証にあった年齢にしては若いように思われた。ああそうそう。歯の裏側にはっきりと色素沈着があった。ニコチンだな」

「煙草ですか？」

「そうだ。それもかなりな常用喫煙者だな、あれは」

一言も聞き洩らすまい、としていた零奈が口を挟んだ。

「あの、その人の右目の下に……頬骨の下あたりに傷痕がなかったでしょうか？　薄いけれど、近づくと、はっきり見えるような……」

「さあ……それは憶えていないが。そういえば、小鼻の脇に大きなホクロがあったかな」

「どうもありがとうございました」

もう充分よ、と目で合図した零奈は竜二をうながして医院を出た。

「駅に急いで。ここは山の中だから逃げ場がない」

言うまでもなく、発電所での銃撃がそろそろバレているころだ。

富山方面行きの富山地方鉄道に飛び乗ったあと、竜二は零奈に聞いた。

「じゃあ、やつは生きているんだな？」

「間違いない。あの人は煙草は吸わなかった。歯が痛いなんてことも一度もなかった。決め手は頬の傷。歯の治療を受けたのも白骨死体で見つかったのも、別人よ」

高齋は、替え玉を用意し、それを殺したのだ。

「殺されたのが誰か判るか？」

「言わなくちゃいけない？」

零奈はしばらく沈黙していたが、やがて言い難そうに口を開いた。

「私があの人に逢うまで働いていた、ＳＭクラブのオーナー」

「お前を調教したのもそいつか？」

「そう。あの時、私には判らなかった。どうしてそんな奴が、あの人との旅行に付いてくるのかって」

「その頃から替え玉殺人の計画を立てていたんだな」

恐ろしい男だ、と竜二は思った。本心は隠し通しつつ冷静に殺人を企てる。だが、替え玉にされた男は、高齋と出逢う前の、まだ何も知らない少女だった零奈を、変態的なセックスの贄《にえ》に供していたような人間だ。いずれは人気女優となった零奈を脅したかもしれない。高齋は自らの手で復讐をとげ、愛するもののために将来の禍根を絶ったのだ。

竜二は、オリジナル・ネガに映っていた殺人者が高齋その人であったことを確信した。

零奈は複雑な表情だ。独り言のように、ぽつりと呟《つぶや》いた。

「なぜ……私にまで嘘をついたの……人を殺したって、私になら隠す必要はなかったのに」

「敵をあざむくにはまず味方より、ってな。人間誰しも我が身が可愛いもんだ。こうなりゃこっちも遠慮なく大金をせしめようぜ。やつには莫大な隠し財産があるに決まってるからな」

途方に暮れたような零奈を気にかける様子もなく、竜二は有頂天だ。

「いけるじゃねえか。な。高齋は生きてるんだ。しかし、警察は死んだと思ってる。警察がそういうんだから、世の中的には死んだ事になったんだ。しかし、本当は、やつは生きている。そして、そのカラクリがバレるのは困るはずだ……澤田組からは金を取れなかったが……」

「行きたいところがあるの」

零奈がぽつりと言った。

＊

そこは、富山と新潟《にいがた》の県境を越えてすぐ、親不知《おやしらず》にほど近い寒村だった。

前は海、後ろには山が迫り、圧迫されるような土地だ。

「私は、ここで生まれたの」

今は高速道路が通り、町もそれなりに開けてはいるが、以前はどうだったのだろう。

零奈の家は、河口にへばりついた漁村から急な坂を登った、山の中にあった。

「……いつから人が住んでないんだ？」

竜二が思わず聞くほどの、荒れ果てた廃屋《はいおく》だった。

「あの人と出逢ったあとも、私は夜、何度もうなされた」

零奈は、崩れかけた家を見ながらぽつりと言った。周りには人家もなく、山の中に孤立してある、という感じだ。黒部の山の中、というのとは意味が違う。僅《わず》かとはいえ人里のそばにあるのに山の中、というのに残酷なものを感じる。

「……父親が夜、私の布団にやってくる夢を見て……その夢のことを彼に話した少しあと、彼は私をこの家に連れてきてくれた。もう無人になっていて……布団も敷きっぱなし、食器も卓袱台《ちゃぶだい》に出したまま。突然、住人が消えうせてしまったようになってたの」

彼女の目の前に、その家がある。

「……彼は言ったわ。『お前の悪夢の源は消えた。もう何処にもいない。何も恐れる事はないんだ』って。こんな場所にあるから、近所づきあいも全然なかった。夜逃げしたとでも思われたのだろうけれど、私にはすぐ判ったの。彼が私のために、何をしてくれたかが」

零奈は、悪怯《わるび》れることなく、竜二をまっすぐに見た。

「とても恐かったけれど……嬉しかった」

さすがの竜二も、それには何も言えなかった。その話の意味することはすべて判ったが、何を言っても、それは空虚な言葉にしかならないだろう。

「……外にいても休まらないぜ。とにかく中に入って、これからの事を考えよう」

竜二が先に立って中に入った。家の中のブレーカーを上げると、電気は生き残っていた。裸電球がひとつ、ぽつんと点いた。

何もなかった。誰かが手を入れたのか、家財道具はいっさいなくなっていて、畳すらない。

裸電球に照らされて、いっそう寒々とした景色に見えた。

零奈が、携帯を取り出した。奪い取った葉子のバッグに入っていたものだ。

彼女が電話を入れた先は、鳴沢のところだった。

「私、もう全部知っているのよ」

電話の向こうの鳴沢は、呻《うめ》くような声で何か言っているようだ。

「監督には色々お世話になりました……だけど、私は、あの人のところに戻ります。女優も、もうやめます」

電話の向こうの鳴沢の声がひときわ高くなったところで、竜二は零奈から携帯を奪い取った。

「監督さんよ。久しぶりだな。おれは、あんたにコケにされて画像の修正を請け負った浅倉大介だ。ついては、あんたのお友達の、高齋さんに連絡を取ってほしいんだよ」

「高齋？　あいつは死んだぞ。ニュースを知らんのか！」

竜二が名乗った『浅倉大介』の名に鳴沢は逆上したようだ。

「貴様、零奈に何を吹き込んだ？　この若造が！」

「高齋に伝えてほしい」

竜二は鳴沢には取り合わず、言いたい事だけを喋った。

「あんたが生きていることを黙っている代わりに、金を寄越せってな。金額は六千万。安いもんだろ。以上だ。今晩中に返事がほしい」

こっちはオリジナル・ネガのデータも持ってる、替え玉の顔もはっきり判るんだぜ……駄目押しのハッタリをかますと、竜二は一方的に通話を切った。

零奈は、何ともいえない顔で竜二を見ている。

「どうした？　不満なのか。やつがくたばってようが生きてようがカネは戴《いただ》く。最初からそのつもりじゃなかったのか？　心配するな。うまくやるって」

零奈は、悪魔に魂を売り飛ばす哀れな人間を見るような表情になって竜二を見つめた。

ほどなく携帯が鳴った。

相手が高齋だと名乗るのを竜二が聞く暇もなく、零奈が携帯を奪い取った。

「パパ？　パパなのね？　なぜ私を置いていったの？　どうして嘘をついたの！」

再び言葉を交わせる嬉しさと、高齋を恨む気持ちが入り交じった零奈の声は、ほとんど泣き笑いの状態だ。しかも、その口調はどんどん激しくなってゆく。

「いやよ……そんな。何を言うの？　そんなことは嫌。絶対に出来ない！」

お願い、あたしを一緒に連れて行って、と泣きじゃくる零奈に、電話の向こうの高齋は辛抱強く説得を続けている様子だ。

竜二はいらいらし、次第に我慢が出来なくなった。

こんなに長く話すのは危険だ。盗聴されるおそれがある。だいいち、携帯のバッテリーが上がっちまったらどうするんだよ、このバカ女が。

竜二は零奈の手から携帯をもぎ取った。

「あーもしもし。お電話代わりました。時間もないですし、ここは割り切って話を進めましょう。彼女には納得してもらいます。で、そちらの条件は？」

はい。はい、判りました。と言って竜二は通話を切り、零奈に向き直った。

「話は聞いたろう？　お前は鳴沢のところに戻るんだ」

零奈は必死で首を振った。

「戻ってもらわないと困るんだよ。高齋は言いなりに金を出すといってる。お前が女優を続けること、条件はそれだけだ」

「いや……絶対に、嫌」

涙が頬を伝った。

「なあ。もっと大人になれよ。『マノン』のプレミアに主演女優としてお前が舞台に上がり、挨拶すること、それが新聞に載れば、金は全額、耳を揃えて振り込むとさ」

竜二は零奈の肩に腕を回した。

「まだ判らないのか。お前は捨てられたんだよ。お前みたいに目立つ女は逃亡の足手まといだからな。だいたい、あの男と何年つきあったんだ？　いくらいい女でも、男は飽きるもんだぜ」

「うそ……」

零奈は体を硬くして、竜二の手を振りほどいたが、竜二はさらに言い募《つの》った。

「やっと別れてからどのくらいになる？　半年か？　もっとか？　高齋ほどの男だ。新しい女がいない訳ないだろう」

零奈の表情が強ばった。

「やつがお前を自分の女にしたとき、お前は十五かそこらだろう？　はっきり言って、ロリコンだぜ、やつは」

一言ごとに打ちのめされた様子になる零奈を見て、竜二の目に、邪悪なものが浮かんだ。

「たしかにお前は滅多にいないような、いい女だ。だがな、男は新しいものが好きなんだ。女も若ければ若いほどいい。お前がいくら若くても、ハタチ過ぎればババアなんだよ」

「やめて！」

頭を両手で抱え、耳をふさごうとする零奈を、竜二は強引に抱き寄せた。

「金が入ればこの体ともお別れか。まだ一回しか姦《や》ってない。面倒なことは忘れて、愉しもうぜ」

竜二は、大介の人格を通じて知っていること……高齋が実は零奈の身を案じていること、零奈が何の心配もなく生きて行けるよう腐心していることを、話さなかった。彼が零奈の将来を気づかっていると知れば、零奈が何を捨て何を選ぶか、はっきり判っていたからだ。

もちろんK電トンネルに彼が現われたことも零奈に話すつもりはない。

「零奈。お前は諦めなきゃいけないんだ」

竜二はそう言って、強引に零奈の唇を奪った。

乱暴にシャツをたくし上げ、乳房を揉み、パンティごとジーンズをずらせて指を這わせた。

零奈は形ばかり抵抗しようとしたが、やがてすべての気力を喪った、という様子で大人しくなった。こんな時でも零奈の躰は愛撫に反応し、竜二の指先はぬめりを捉えていた。

「私と一緒に逃げようと思ったんじゃないの？」

零奈は竜二に抱かれながら聞いた。

「まあな。あの時は確かにそう思ったが、お前には、いろんな男の思いが掛かり過ぎている。三番抵当まで入ってる物件みたいなもんだ。おれはカネだけ頂戴してとっとと逃げることにするぜ」

そう言ってペニスを突き上げた。

「お前もそれで文句ないだろ」

「私の気持ちなんて、どうでもいいのね。あなたも、監督も、あの人も……」

零奈はそう呟《つぶや》いた。しかし竜二はいっこうに気にかける風もなく、うっと呻いて射精するとそそくさとズボンを穿《は》いた。

「寝るぜ。これから何かと忙しいからな。高齋から引き出したカネは半分お前にやるよ。どっかの口座に隠しとけばいい。お前は女優に戻れ。それでいいじゃないか。鴫沢のじじいは弱味を握られて、これからはお前の言いなりだぜ。主演で何本か撮って、テレビに移ってバカやれば一生楽して暮らせるぜ」

頭からジャケットを被った竜二は、たちまち眠ってしまった。

深夜。

大介は妙な気配にふと目を醒ました。

見ると、暗がりの中に零奈が立っていて、いましもこの隠れ家から立ち去ろうとしていたのだ。

「待って！　どこ行くの！」

「あなたたちの思い通りにはならない。私は、お金なんかいらない。女優もやめる。また、独りになる。十五のとき、この家を出ていったように」

暗闇の中の零奈の頬には、涙が流れているように見えた。

「高齋が、あの人が、私のことを忘れてしまったのなら……私にはこれ以上生きている意味はない……今すぐ死んでもいいの」

「や、やめなって」

必死にすがりついて、大介は零奈が出て行くのを止めようとした。

「放して！」

振り払おうとした零奈の肘が大介の顎に命中し、彼はふらっと倒れこんだ。

「あ？　あなたは、大介さん？」

零奈もようやく彼が竜二ではないことに気がついた。

「彼は……高齋は君の事を忘れてはいないよ。それどころか、どんな事をしても、君に幸せになって欲しいと思っているはずだ」

「ウソよ……どうしてそんな、根拠がないことを言うの」

「黒部のトンネルの中で……途中から僕は記憶があるんだけど、失神した君を助けて、僕らをトロッコ列車に乗せて助けてくれたのは、たぶん、高齋その人だと思う。凄く悔しいんだけど、彼の君を想う気持ちは尋常じゃない。じゃなきゃ、あんな……」

大介は、高齋の勇姿を思い出していた。

「そう……やっぱり、あれは夢じゃなかったのね」

零奈はゆっくりと腰を降ろした。

「だけど僕も、君を愛していることにかけては、高齋に負けるとは思えないんだ。だから……」

暗闇の中で二人は寄り添い、唇を重ねた。

いつしか躰を抱きしめあって、横たわっていた。

「不思議ね。さっき、この同じ躰で、竜二さんが私を抱いたのに……」

零奈は突然、大介の首にしがみついてきた。

「あなたは、あなただけは嘘をつかないのね？　信じていいのね？」

その口調には必死なものが感じられた。

「ほんとうに、私を愛してくれているの？」

「ああ。僕には、ほかに何もないから……」

「ねえ……あなたがいないときでも、助けて大介、ってあなたを呼べば、あなたは出てきてくれる？」

零奈は熱っぽくそう囁くと、手を伸ばし大介のペニスを手で握り締めた。

「そうしたい……いや、そうするよ、必ず」

大介はくらくらと目まいがしそうな気持ちで、そう言った。

「そうしてね……絶対よ……約束よ……」

彼のモノが挿入されて、零奈は言葉を切った。

翌朝。

携帯電話を睨みつけ、何度も深呼吸を繰り返していた零奈は、意を決したように番号をプッシュした。

相手は鳴沢だった。

零奈は息を吸い込むと、一気に喋った。

「私はもう、あなたの道具じゃありません。『マノン』のキャンペーンに私を使いたかったら、私の言うことを聞いて。あの人に……高齋に、もう一度だけ、逢わせてほしいの」

「それは……」

「あの人が、高齋が生きていることをこの目で確かめ、あの人の口から直接、女優を続けろという言葉を聞かないかぎり、私は納得出来ません」

零奈はそう言い放った。

「お金も名誉も、私を縛ることはできない。記者会見で私がひとこと口をすべらせれば、どうなるかしら？　『マノン』の製作資金の出所、その人物の生死、主演女優の過去……どれか一つでも明るみに出れば、監督、あなたはおしまいよね」

そこまで喋ったとき、寝ていた大介が目を覚ました。いや、それは竜二だった。息を吹き返したように竜二のほうが目を覚ましたのだ。

「なんだお前。止めろ。何を言ってるのか判ってるのか。おれが完璧な段取りをつけたっていうのに。止めろ。やめて監督に謝りな！」

慌てた竜二がどんなに脅してもすかしても、零奈は頑として言う事をきかなかった。

結局、竜二と鴫沢が話し合い、舞台挨拶をする代わりに零奈の要求は入れられることになった。

鴫沢監督を通して、高齋と零奈は再会できることになったのだった。

第9章　ファイナル・カット——日本海に消えた男

沢竜二と夏山零奈は、日本海沖を航行する大型コンテナ船に乗っていた。

時刻は夜明け間近。

鳴沢を介して高齋に交渉した結果、深夜の親不知・青海《おうみ》港から、高齋差し回しの漁船で能登《のと》半島沖に運ばれ、そこでコンテナ船に乗り移ったのだ。

目的はただ一つ。高齋とのコンタクトだ。

パナマ船籍の『グランド・パシフィック』は、函館《はこだて》を出て釜山《プサン》に向かっている。四万二千トンの船は、船首から船尾までコンテナが山積みだ。

進行方向左、左舷遠くには、日本の明かりが小さく見えた。右側は中国だが、その灯りを見るには遠すぎた。

「……今さら逢ってどうするんだ？」

長い沈黙を、竜二が破った。お前を捨てた男だぞ、とその目が言っている。

「あなたには、判らない」

零奈は顔をそむけた。その表情は緊張し、強ばっている。

おかしいな、と竜二は思った。零奈は警察に追われているわけではない。澤田組の連中も、今夜のことは知らないのだ。こんなに怯《おび》える理由がないではないか。

「まあ、さんざん各方面に面倒をかけて、この段取りをつけたんだ。高齋だって、今夜はお前のために大変な危険を冒《おか》すんだぞ。きれいにさよならを言って、終わりにするんだな」

奴だけが男じゃあるまいし、という言葉を竜二は呑み込んだ。

零奈の思いつめたような横顔が、そんな軽口を拒否していたのだ。

おいおい勘弁しろよ、と竜二は思った。まさか包丁でも呑んでて、高齋の野郎をぶすり、と行くつもりじゃあるまいな。零奈ほどの女でも、結局おれにポイ捨てされて、大介の部屋の前で騒ぎ立てる女どもと一緒なのかよ。

「お金で女を売る気分はどう?」

零奈が風に髪を乱されながら言った。

天候はよく、快晴で星が見えるが、九月も終わりの日本海の真ん中は風が冷たかった。うねりもけっこう出ており、黒い海面には波が白く立っている。

「なあおい。そういう言い方で自分を悲劇のヒロインにするなよ。今回の事で、一番得するのは誰だ? お前じゃないか。何人もの男にちやほやされて、女優生命も断たれない、カネも入る。そこへいくと鳴沢はどうだ。おっ死ぬ直前にいい女に巡り会い映画も撮れてバンバンザイと思いきや、女は元の男に走るし女優を辞めると言いだすし。垂水にしてもそうだぜ。高齋のせいで組長を殺された上に億単位の金をドブに棄てて、戻ってこないんだからな」

「あなたは……何にもしないで儲かるからいいじゃない」

「何もしない、というのは語弊があるな。これだけ走り回って殴られ蹴られ、ついにはお前のお供で密出国だ。大介だって……」

そこまで言って、竜二は言葉を切った。

「大介も、損な奴だぜ。こんな女に惚れちゃって」

パラパラという音がしてきた。

船は南西に進路を取っている。その左舷で海を眺めていた二人が音の方角を探ると、進行方向の右舷前方の空に、ライトが見えた。

その光る点は、だんだん大きくなってくる。

ヘリコプターだった。

災害救助で活躍する丸っこいヘリではなく、鋭い形をしたタイプだ。

「アエロスパシアル・エキュルイユ」

アッパーデッキで風に吹かれている二人の背後から声がした。フィリピン人の船員だ。

そのヘリは見る見る近づいてきて、船の上でホバリングするまでになった。

「あれに乗ってるはずだぜ。この船に近づくのは、警察か高齋かのどっちかしかない」

警察、という言葉に零奈の目が、一瞬ヘリを離れて日本沿岸方面を凝視した。

その海面には、船影らしいものが見えている。

「なんだ？　あれもこっちに向かって来るみたいだな」

竜二もその船に気がつき、背後の船員に「急げ、なにしてる」という意味の事を怒鳴った。別の船員が赤白の手旗を持ってコンテナの上に登った。その上にヘリを着陸させるつもりだろう。

白のスマートな機体を持ったアエロスパシアル・エキュルイユは、ゆっくりと降りてきて、コンテナ最上部すれすれの高度でホバリングを続けた。パイロットはかなりの技量の持ち主らしい。ドアが開いて身を乗り出したのは、黒部トンネルで彼らを救った男だった。長髪を後ろで束ねたヘアスタイルが、強烈な印象を残している。

「……パパ⁉」

驚きと歓びと猜疑《さいぎ》の入り交じった叫びを上げた零奈は、魂を奪われて吸い寄せられるように、ふらふらとヘリに近寄っていった。

人を心底愛する、というのはこういう事なのか、とドライそのものな竜二も、さすがに感心せざるを得ない。

「お願い。そこから降りてきて。近くで話をさせて！」

ローターが回る爆音にかき消されないよう、声の限りに零奈が叫んだ。

巻き起こる風に長い髪が、吹き飛ばされるようにたなびいている。

それに応じて、高齋がコンテナの上に降り立った。ヘリは相変わらず、コンテナの上スレスレでホバリングを続けている。

零奈がラダーを使ってコンテナに攀《よ》じ登り、竜二もそれに続いた。

情にほだされた高齋が、零奈を連れて逃げる気になるかもしれない。そうなった場合、竜二は実力で阻止するつもりだった。

「……私の国のパイロットは優秀でね。やめろと言わなきゃ一日中でも続けられる」

高齋が話し掛けたのは、しかし零奈ではなく、竜二のほうだった。

「お国自慢ですね。それで、どうしても考えちゃうんですが」

竜二は言葉を切った。彼にしても、デリケートな事を口にするのは慎重になる。

「悪どくて汚い手口で日本で荒稼ぎするのは、日本が大嫌いで心の底から憎んでいるからなんですか。日本人ならどんな事をして金を吸い上げても、あなたの良心は痛まないからなんですか」

高齋はじっと竜二を見た。高笑いしてケムに巻くのか、と思いきや、彼はきちんと答えることを選んだ。

「そうとも言えるな。しかし、日本は私が生まれた国でもあるんだ。どん底の貧乏人は、国籍などには関係なく助け合うものさ。私の親父は、黒部の地底で地獄にいるような思いをして、君たちが通ってきたあのトンネルを掘った。高熱の地盤でダイナマイトが自然発火した時も、峡谷で雪崩が起きて宿舎を跡形もなく吹き飛ばした時にも、山ほどの死者が出た。その中には日本人もたくさんいた。たとえ虫けらのような人間でもあんまり多く死ぬんで、戦争のさなかに当局が見兼ねて工事中止命令を出したほどだ。あの現場では、民族がどうだからという事はなかったはずだ。だが人間、小金を持つと何か理由をつけて他人を見下したくなるものだ。私は、親父が一緒に苦労した人たちと、今の小金を持った連中を、同じ日本人とは思っていない」

「おれも同感だ。バカからはどんどん搾《むし》り取ればいいんだ」

高齋の顔に、嘲《あざけ》りが浮かんだ。

「私は、君には同感しないね。君のしてることや考え方は、ただの拗《す》ね者でしかない。頭の悪いチンピラと同じだ。私と君は、同じではないんだよ」

そう言いながら海のほうを見やった高齋は、はっと身じろぎした。

竜二もその方向を見ると、さっきは点だった船影がかなり迫ってきていた。かなりの高速船らしい。そして、色や形から見て海上保安庁の巡視船でもなければ、警察や自衛隊の船でもない。

「零奈。もう行かなければならない。元気で。幸せになるんだ」

「待って！　もう我がままは言わない。でも、もう一度……もう一度だけ、室堂のホテルで、あの朝言ってくれた言葉を聞かせて！」

「飛んでいくんだ。お前自身の翼で」

「抱いて……しっかり抱いてよ」

ホバリングするヘリのタラップに足をかけた高齋の胸に、零奈は身を投げかけた。

とっさに高齋の腕が、その躰を支えた。

零奈は何をしているんだ？　竜二の胸に疑惑が芽生えた。

危険が迫っていることが判らないわけではないだろうに、時間稼ぎをして、高齋を引き止めているとしか思えないのだ。

怪しい船はさらに近づき、接舷しそうなほどになっている。視界の隅で、誰かが縄梯子を降ろすのが見えた。

「おい。危ないぞ！　高齋、逃げろ！」

「待って！　まだ行っちゃ駄目！」

本能的に異変を察知した竜二が叫ぶのと、零奈が高齋にしがみついたのが同時だった。

そして、ドスの利いた大声がヘリのローター音もかき消すほどに、甲板に響き渡った。

「高齋っ！　おれの顔を忘れちゃいないだろうな！」

コンテナ船の甲板に縄梯子で上がってきた男は、垂水だった。

「筋を通さねえと、まとまる話もまとまらなくなるぜ。一生逃げ回って、まともな商売をしねえつもりか」

「垂水くん。悪いが私は、死んだ人間でね。検死も終わって、私はこの世には存在しないんだ。死人に口なし財布なし、だ。金の事など、知らんね」

高齋は竜二を睨《にら》みつけた。

「君。ここまでして金がほしいのか？　私と零奈を澤田組に売って金にしたな？」

「それは誤解だ！」

思いがけない成り行きに、竜二も呆然とするばかりだ。

垂水が、にやりと笑った。

「この阿呆は何も知らんよ。おれはあの映画監督から聞いたんだ！」

「まさか……鳴沢がそんな」

「お前、日本人でも信用してるやつがいたのか。残念だが、日本人ミンナ薄汚イノ事ネ」

垂水は高齋の人生を土足で踏みにじるような言葉を放った。

「それに、どうやら、もう一つ、裏切りがあったみたいだぜ」

水平線の向こうから、あらたな船影がこちらに向かい接近しつつあった。

「あれはきっと、海保だぜ。北朝鮮の高速船を拿捕《だほ》するのに新造した、足の速い奴だ」

垂水はそう言うと、胸元から拳銃を取り出した。黒部トンネルの、あのスナイパーが持っていたのと同じルガーだった。

「日本のヤクザを、甘く見るな!」

垂水が銃を構えた。

「懲役が怖くてヤクザが出来るか! 組長のカタキだ。お前の命をもらうぜ!」

高齋はヘリの中に身を引き、零奈が必死でその後を追おうとした。

「待て、零奈! 行くんじゃない」

竜二はとっさに零奈の躰を羽交い締めにした。

「いや、いや……放して! あの人のところに行かせて! ……大介! 出てきて! あたしを助けて」

竜二の躰が一瞬硬直し、顔からすべての表情が消えた。

雷に打たれたように呆然として両手をだらりと下げた大介が、竜二の代わりに立ち竦《すく》んでいた。

零奈は後をも見ずに身をふりほどき、ヘリに向かって走った。

垂水が、高齋に向けてトリガーを引いた。

零奈が、何のためらいもなく高齋の前に身を投げ出した。

垂水と零奈と大介の叫びが交錯した。

ぱあん、という銃声が甲板に響き渡った。

零奈の白いシャツの胸に、赤いものがゆっくりと広がっていった。

ジーンズの細い脚から力が抜けて、がくっと崩れた。

高齋は一瞬躊躇《ちゅうちょ》したが、次の瞬間、「すまない！」と叫ぶと、ヘリを上昇させた。

目の前に現われた悪夢のような光景の中で、大介は零奈に駆け寄った。

零奈の躰が倒れ込んでくる。それを受け止めた大介は、支えきれずに後ずさった。

突然、足の下に何もなくなり、大介の体は彼女と一緒に宙に浮いた。

数秒後、すさまじい衝撃とともに、息もとまるほどの冷たさが襲ってきた。

真っ暗で何も見えない。どちらが上か下かも判らない。海水の中、細かい空気の泡がゴボゴボと顔のまわりで渦を巻いている。

大介は死の恐怖の中でただひたすら、零奈の躰を離すまいと抱きしめた。

これは夢なんだ。銃声がして彼女が倒れたのは、かすり傷だ、気を失っただけなんだ、と必死に言い聞かせながら。

数秒後、突き上げられるように、頭が海面に出た。肺が空気を求めて悲鳴をあげている。

零奈は、まだ大介の腕の中にいた。しかし、その躰からみるみる生命が失われてゆくのが、残酷なまでにはっきりと感じ取れた。

「零奈、零奈……零奈ぁ！」

サーチライトらしい光が、海面の二人を照らし出した。

零奈の瞳がかすかに開き、大介を見つめたような気がした。

「零奈……どうして、どうしてこんな事に……」

大介は零奈をかき抱いて必死になって立泳ぎを続けた。

「零奈。ごらん、助けが来た」

巡視船が近づいていた。

しかし彼女の顔は、すでに蒼白め、生命あるものではなかった。

黒い髪が海藻のように、美しい顔の回りで揺れた。

「そんな……こんな、馬鹿な……」

その瞬間、強い横波が殴りつけるように襲い、大介は思わず彼女の躰から手を離してしまった。

彼女のなきがらは、暗く冷たい海の中に消えていった。

「第九管区海上保安本部だ。停船してこちらの指示に従いなさい」

接近してきた高速巡視船の拡声器が吼えた。

「ここは公海上だぜ！　お前らに逮捕出来るのか！」

垂水はなおも、弾がなくなるまでルガーを撃ちまくった。

高齋を乗せたヘリは、一気に上昇して小さくなると爆音だけを残して、元来た方角に飛び去っ巡視船から再度、命令が出た。

「海洋法に関する国際連合条約第三十三条に基づき、発砲者を逮捕する。ちなみにこの水域は日本の接続水域である」

巡視船から海上保安官がコンテナ船に乗り移り、垂水は逮捕された。

「日本国の領海に入った時点で、君を警察に引き渡す」

垂水は、そんな馬鹿なという表情で、今や点となった高齋のヘリを睨みつけていた。

「あのヘリは摑まえねえのか？」

「東京航空交通管制部に問い合せたが、フライトプラン未提出の国籍不明機だ。どうしようもない」

別の保安官に海から助け上げられた大介は、巡視船の甲板にうずくまって、ひたひたと涙を流すばかりだった。

エピローグ

彼女の胸が血に染まった。

彼女は、何事か言いたげに口を動かそうとするが、それは声にならず、土の上に膝をついた。

「麻耶っ！」

男の声が、夜明の山々に響き渡った。

猟銃を投げ棄てた男は、横たわる女のかたわらに駆け寄った。

愛する女のなきがらを抱え上げた男が、呆然とした表情のまま山を降りていく。

その姿がだんだん小さくなり、それに重なって、エンド・クレジットの文字が下から現われ、ロールしはじめた。

客席の緊張が解けたのか、小さく言葉を交わす声があちこちから聞こえはじめた。

その中に、大介がいた。

彼は、エンドタイトルを見ずに席を立つ客さえ目に入らずに、スクリーンを食い入るように見つめていた。

やがて、『終』の文字が画面中央に止まって、フェイド・アウトした。

場内が明るくなった。

「超よかったー」

「泣けたね、最後」

「もったいないよな、あの女優。死んじゃったなんて」

他の客は、手元のプログラムを見ながら、次はどの映画を見ようか、などと愉しげに話しているが、大介だけは、今にも死にそうな暗くて青い顔をしてスクリーンを見つめたままだ。

零奈は死んでしまったけれど、スクリーンではまだ生きている。フィルムの中では、まだ生きている……。

そんな残酷な思いを嚙みしめている時、横から声がした。

「いい映画だったろう?」

大介は自分に掛けられたものだとは思わずに、思い詰めた表情のままだ。

「きみ」

肩を触れられて、大介はやっと我に返った。

「危ないぞ。まるで自殺しそうな顔をしてる」

隣りの席に顔を向けた大介は、飛び上がるほど驚いた。

そこにいたのは、誰あろう、高齋その人だったからだ。

「誰よりも先に、彼女を見てやりたかった」

想いを込めた口調で、高齋が言った。

彼らがいるのは、冬の北海道で開催される映画祭として有名な、夕張《ゆうばり》映画祭のメイン会場だった。ここで、夏山零奈主演、鳴沢享監督作品『マノン』が世界初公開されたのだ。

この『マノン』は、いわくつきの映画として、作品そのものよりもスキャンダラスな舞台裏の話題が先行していた。

再起を掛けた巨匠・鳴沢は、それも映画の宣伝と割り切って、自らワイドショーに出まくっていたが、新人主演女優の逃避行の果ての事故死は、ゴシップと呼ぶには後味が悪すぎた。

零奈の可憐な美貌と見事なバスト、そして悲劇的な死から、モンローの再来とまで言ったコメンテイターもいたが、世の移ろいは速い。映画が完成する頃には、人々はもう夏山零奈の存在すら忘れようとしていた。

しかし、少なくともこの世には、三人の男が零奈の事を忘れられずにいた。

「零奈は、この映画に出て、よかった。これで彼女は永遠の存在になった」

「……そうですね。僕もそう思います」

「彼女は、すべての人の夢になったんだ。私だけではなく」

高齋は自分に言い聞かせるような口調で言った。

「彼女は、私の夢だった。この醜い世の中で守るに値するもの、美しいもの、価値あるものの、すべてだったかもしれない」

大介は思わず言っていた。

「そうでしょうか？　死んで冷たい夢になるよりも、あなたの側にいたかったはずだ。彼女は」

高齋は、一瞬、苦しそうな表情になった。しかしすぐに動揺を押し隠し、席を立った。

「少し、歩こうか」

市民ホールを出ると、夜だった。街中に映画祭のイルミネーションが輝いている。その灯りに、降る雪が白く照り映えている。

人々の吐く息が白く、しかしすぐに夜の闇に融けて、消えた。

大介は、高齋に言いたいことがありすぎた。しかし、結局は、零奈の愛を勝ち取れなかったのだ。それを思うと、何も言えなくなるのだ。

「許したんですか、監督を？」

親友の裏切りを知りつつ、高齋が何の報復措置も取らなかったことが、大介には不思議だった。

「すべてが明るみに出れば、鳴沢の名声というより『マノン』に、零奈に傷がつく。それでは何の意味もない」

疑問がふくれあがり、大介はついに思ったままを口にしていた。

「彼女は、あなたの何だったんです？　自分を飾るトロフィーみたいなものだったんですか？　あなたは、彼女を踏み台にしようとしただけなんだ！」

高齋は大介の顔を見た。非礼な激しい言葉にも怒った様子はない。

ややあって、彼は、言葉を選びながら話した。

「そうじゃない。私は彼女に幸せになってほしかった。自分の足で大地を踏みしめ、歩いてゆくこと。自分の翼で可能なかぎり高く飛ぶこと。それが幸せだ」

「そしていつか、必ず飛べるようにしてやる、この雛《ひな》たちのように……室堂のホテルで、あなたが彼女に言った言葉ですね」

「そんなことまで、きみに話していたのか」

高齋は懐かしそうな、遠い眼差しになった。

「私はもう歳だ。ひどい男ときみは思っているだろうが、彼女を連れて逃げたとして、あの子を一生幸せにするだけの時間は残されていない。それが判っていたんだよ」

老いの妄執から若い女にしがみつき、親友を裏切る鳴沢のような男もいる。しかしそれとは、まさに対極にある愛もあったのだ、と大介は知り、同時にたまらなく悔しくなった。

「……海上保安庁に通報したのは、女の声だったそうだ。きっと、零奈だったんだろう。私がまた生死不明の行方不明になってしまうと考えたんだな。それくらいなら警察に捕まって服役すれば、生死も居場所もはっきりしてるし安心だ。私が出所するまで待てばいい、と思ったんだろう。女特有の考え方だと思うが」

「羨《うらや》ましいですね。そこまで彼女に想われていた、というのは。正直、悔しくて涙が出ます」

実際、大介は涙ぐんでいた。

「泣くな。涙が凍って目がバリバリになるぞ」

高齋は大介の背中を叩いた。

「零奈は死んで、三人の男も道連れにしたか……。いや。君はまだ若いし、私は、もう、女は結構だ。誰かを愛するという事もないだろう。すると、死んだのは……」

「……たぶん、鳴沢は、次は撮れないでしょうね」

「映画が撮れないあの男は、死人と同じだ」

高齋は立ち止まった。大介も足を止めた。

「君はまだ若いんだから……零奈の事は忘れろ。忘れて、次のステップを踏み出せ」

大介は、しばらく高齋を見つめた。

なにか言おうと口を開きかけた時、高齋は背を向けた。

「もう逢えないだろうが」

高齋の大きな背中が、降りしきる白い雪に隠れ、そして、夜の闇の中に、消えていった。

解　説——変わった味がタノシメる小説

エッセイスト　井《い》狩《かり》春《はる》男《お》

たしか、吉行淳之介《よしゆきじゆんのすけ》さんの『砂の上の植物群』という映画だったと思うが、兄と妹がやっているうなぎ屋が画面に出てきたことがあって、それが奇妙な印象として今も頭に残っている。兄と妹は愛し合っていたのだ。二人は、客から見られるのを嫌ってか、店は開けずに、出前だけで商売をする。

街の人たちは、密かに二人の夜についてあれこれと想像力を働かせていたのだろう。

兄は、自分の妹の×××を、股を開いてあらわにし、舌を使って優しく温め、かすかにキラキラとヌメヌメと濡らして、やがて、心のどこかでいけないことをしているのだとハッキリ思いながら、はちきれんばかりに血管がまわりにイナズマのように浮き出た肉棒をゆっくりと沈めるのだろう。

妹は、やはり〝いけない〟と思いつつも、大好きな兄のイチモツのカタサを確かめていたのだろう。

〝イケナイ〟というのが頭にあるからこそ燃える。あってはならない愛だから、心のどこかで、こんな恋愛誰もやっていないだろうとばかりに二人には特別で、日向《ひなた》を歩けない状態にひたっているようで、たまらなくイイのだろう。

二人の焼くうなぎは、変わった味でオイシイという評判だった。あの時の、スクリーンに大きく写し出されたうな重は、うまそうだったっけ。

うなぎがカゴの中で動いている。なん十匹もが、お互いのヌルヌルの中を、挿入するかのように、からまり、入っていくのである。それは、二人の性交のクライマックスを観《み》るかのようだった。——妙なあと味のイイ、感じの悪さだったのだ。これをⒶとする。

先日、20代の女性と話していた時に、その子がスバラシいエッチな発言をした。

「その男の人を好きになったら、自分から手をつなぎたいし、自分からキスをするだろうし、自分から股を開くかも知れない」

自分から股を開く、なんて言葉を、男の作家では表現できない。使えない。小生《しょうせい》は、ハッとしたのだった。これをⒷとする。

そんな、ⒶとかⒷといった、妙な味がしたり、ハッとしてしまうのが、このサスペンス＋エロスの長編エンターテインメント小説なのである。

その源（味）は、著者安達瑶《あだちよう》の二人にある。

二人とは、男と女である。安達瑶は、安達O（ゼロではない、オーだ。男）と安達B（女）の合作ペンネームである。男女のコンビによる合作とは、世界でも珍しいことだろう。

安達Oは、日本広しといえどもたった一つしかない映画の大学を卒業。助監督として巨匠に師事し、『数々の名作の誕生に立ち会うという希有《けう》の体験をするも、「独裁者」の資質はないことを悟り、映画監督への道を断念。脚本家に転向したが、ここでも「君の書く話は日本映画の規模では出来ない」』といわれたそうで、それならば、「絶対に映画化不可能な話を小説で書いてやろう」と、生来のスケベさを生かしたポルノを書こうと思ったそうなのだ。Oとは、どうやら血液型のようだ。

安達Bは、血液型Bの女性。年齢不明。正体不明。美人かどうか、どんな男が好みなのか、はたして安達Oとは、サイバースペースにおける安達Bと出会ってからの仲らしいが、二人は夫婦なのか、恋愛関係にあるのか、それとも、まったくの他人なのか、はたまた安達Bは、どんなエッチが好きなのか、どうやら東京の片隅で生活しているらしいのだが、それが、一戸建てなのか、マンションなのか、実は、アパートの狭い一室で、別れた彼の子供と一緒に暮らしているのか、髪は長いのか、ワンピースが似合うのか、どんな料理が得意なのか、全裸になると、あそこの髪がふさふさで長く、横から見ると、黒いオシッコを沢山《たくさん》しているように見えるのか、抱きしめると背中にホクロがひとつあって、それが小さく「ヤ・メ・テ」とつぶやくかどうか、などがサッパリわからない。ただ、ふたつの思いを残してくれている。

「サイバースペースにテクストとして存在したい」「フィクションの創造は最大級の娯楽、ポルノの執筆は至高の悦楽」

「至高の悦楽」か——。けっこう、知的で色気のある大人の女なのかもしれない。

ポルノを書く人たちは、覆面作家なのがイイだろう。正体不明なのがいい。

安達瑶の二人も、一生正体を明かしてはならない。誰が書いたかわからないが、頭の中で、なん回でもセックスしてしまって、ヌかれてしまい、カラダに悪いようなスゴイポルノを書いておくれでないか。いや、もうこの本で書いている。

「男性作家ならではのハードな描写・スラプスティック感覚に加えて、女性時有の繊細な心理描写・言語感覚、加えて意地悪さ、残酷さ、さらにギャグも満載」……。ナルホド。

この部分は、O（男）が書いているのだろう、このSEXのシーンは、B（女）しか書けないだろうとこのポルノを読んでいるとタノシサが倍増する。両性具有作家である。ぶっといオチンチンと、温かっくって、ステキにヌルヌルの×××で書いている。

小生は、女性が書いたポルノを読んで不自然さを感じて、ガッカリしたことがある。

それは、男が、女のあそこの毛をツルツルに剃《そ》ってしまい、男が大満足をするという場面なのだが、毛を剃るなどということは、男のちょっとしたお遊び、いたずらであって、好きな女にそんな秘めごとをしてしまったといううしろめたさのある満足はあるものの、小さなことで、大喜びなど男はしない。そんなことなど経験したことのない（であろう）女の著者としては、性器のまわりの毛を剃ることは一大事で、とんでもないことであり、それを成しとげた男は、大満足なのだろうと思ってもみたのだろう。

おそらく、男が書いたものの中に、女から見れば同じように、そんなことはないと感じる文章にあたることもあるのだろう。

『ざ・だぶる』は、見事に不自然さがない。さすが、両性具有、オチンチンと×××で考えている。

これはどちらが書いた文章なのか？　そう思いながら読みすすむとタノシイ。

〈熱を帯びて桜色に染まっている肌はもっちりしていて、触れると吸いつくようだ。ヒップからウェストにかけての曲線も、見事なフォルムを描いて申し分がない。そして乳房の弾力と乳首のコリコリ感が、男に原始的な悦びを沸き立たせる。

おれの愛撫を受けて、零奈《れな》の全身から力が抜けていった。

「ああ……ヘンになりそう……」〉

〈没入させている男根をアヌスから引かれるとき、彼女はひぃっと声をあげた。指がGスポットを荒々しく嬲《なぶ》ると、くううと悲鳴のような声が洩れる。〉

――このあたりはO（男）であろう。乳首のコリコリ感や、くううと悲鳴のような声などは、男の側に立たなければ書けるものでないだろう。

そうやって、B（女）が書いたと思われる部分を探すのに苦労する。

つまり、される側の表現の部分とか、女が思ったり、考えたり、行動したりする場合ということになる。

〈「ウソよ……どうしてそんな、根拠がないことを言うのよ」

「ずっと一緒にいられる。普通の人になって生きていけそうな気がするの。あなたがいれば」「私も、もうネンネじゃないし、こういうのも初めてじゃないし……ぎゃあぎゃあ騒ぐ気はないんだけど」〉

このあたりは、B（女）であろう。言葉のウラに、女性ならではの優しさが見える。男には、こんな言葉は使えない。

ひょっとしたら、男のセリフは、Oが、女が話すことなどは、Bが書いているのではないかと思ったりもしたのだが、

〈おれはその小さな突起を、わざと乱暴に指でこすりあげてやった。
「いやあっ、やめて……そこは……」
しかしおれはやめない。もともと感じさせるつもりなんかないのだ。〉

いやあっ、やめて……なんてB（女）は書かない。男の都合で、こう言ってもらいたいと男の側からの願望で書いてある。

ということは、この小説をOとBは、どういう分担で書いたのか。だいたいはO（男）が書いたようにも思える。全部を最初に男が書き、女はこんな風に声を発しないとか、そんな風に思わない、といった部分をB（女）が書き改めたのだろうか。

それぞれが書いたところを、（O）（B）といった按配《あんばい》に印を入れといてくれてもオモシロかったかも知れない……、いや、それだとわずらわしい。

変わった味のする小説として、賞味されるとイイ。

この作品はフィクションであり、登場する人物および団体は、すべて実在するものと一切関係ありません。

ざ・だぶる

一〇〇字書評

切り取り線

購買動機（新聞、雑誌名を記入するか、あるいは○をつけてください）	
□（　　　　　　　　　　）の広告を見て	
□（　　　　　　　　　　）の書評を見て	
□ 知人のすすめで	□ タイトルに惹かれて
□ カバーが良かったから	□ 内容が面白そうだから
□ 好きな作家だから	□ 好きな分野の本だから

・最近、最も感銘を受けた作品名をお書き下さい

・あなたのお好きな作家名をお書き下さい

・その他、ご要望がありましたらお書き下さい

住所	〒				
氏名		職業		年齢	
Eメール	※携帯には配信できません	新刊情報等のメール配信を 希望する・しない			

この本の感想を、編集部までお寄せいただけたらありがたく存じます。今後の企画の参考にさせていただきます。Eメールでも結構です。

いただいた「一〇〇字書評」は、新聞・雑誌等に紹介させていただくことがあります。その場合はお礼として特製図書カードを差し上げます。

前ページの原稿用紙に書評をお書きの上、切り取り、左記までお送り下さい。宛先の住所は不要です。

なお、ご記入いただいたお名前、ご住所等は、書評紹介の事前了解、謝礼のお届けのためだけに利用し、そのほかの目的のために利用することはありません。

〒一〇一－八七〇一
祥伝社文庫編集長　坂口芳和
電話　〇三（三二六五）二〇八〇

祥伝社ホームページの「ブックレビュー」からも、書き込めます。

http://www.shodensha.co.jp/bookreview/

祥伝社文庫

ざ・だぶる

平成13年 3月20日　初版第1刷発行
平成23年10月30日　　　第8刷発行

著　者　安達《あだち》　瑶《よう》
発行者　竹内和芳
発行所　祥伝社《しょうでんしゃ》
東京都千代田区神田神保町3-3
〒101-8701
電話　03（3265）2081（販売部）
電話　03（3265）2080（編集部）
電話　03（3265）3622（業務部）
http://www.shodensha.co.jp/
印刷所　堀内印刷
製本所　ナショナル製本

Printed in Japan ©2001, Yo Adachi ISBN978-4-396-32850-4 C0193

祥伝社文庫の好評既刊

安達　瑶　**ざ・とりぷる**

可憐な美少女に成長した唯依《ゆい》は、予知能力まで身につけていた。そして唯依の肉体を狙う悪の組織が迫る！

安達　瑶　**悪漢刑事《わるデカ》**

「お前、それでもデカか？　ヤクザ以下の人間のクズじゃねえか！」罠と罠の掛け合い、エロチック警察小説の傑作！

安達　瑶　**禁断の報酬**　悪漢刑事《わるデカ》

ヤクザとの癒着は必要悪であると嘯く佐脇。マスコミの悪質警官追放キャンペーンの矢面に立たされて…。

安達　瑶　**美女消失**　悪漢刑事《わるデカ》

美しい女性、律子を偶然救った悪漢刑事《わるデカ》佐脇。やがて起きる事故。その背後に何が？　そして律子はどこに？

安達　瑶　**消された過去**　悪漢刑事《わるデカ》

過去に接点が？　人気絶頂の若きカリスマ代議士vs悪漢刑事佐脇の仁義なき戦いが始まった！

安達　瑶　**隠蔽の代償**　悪漢刑事《わるデカ》

地元大企業の元社長秘書室長が殺された。そこから暴かれる偽装工作、恫喝、責任転嫁…。小賢しい悪に鉄槌を！